U0943753

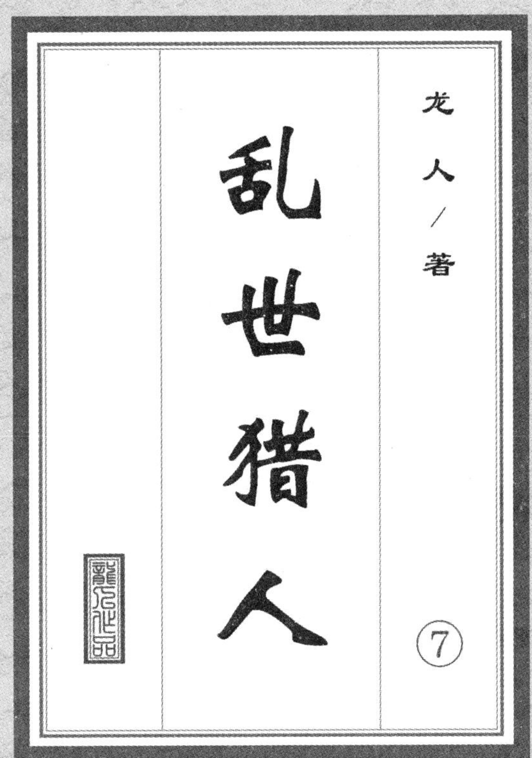


二十一世纪出版社集团
21st Century Publishing Group
全国百佳出版社

**图书在版编目（CIP）数据**

乱世猎人 : 全 14 册 / 龙人著 . -- 南昌 : 二十一世纪出版社集团 , 2017.10

ISBN 978-7-5568-3104-3

Ⅰ . ①乱… Ⅱ . ①龙… Ⅲ . ①长篇小说－中国－当代 Ⅳ . ① I247.5

中国版本图书馆 CIP 数据核字 (2017) 第 243763 号

**乱世猎人：全14册** 龙 人 著

**责任编辑** 敖登格日乐

**出版发行** 二十一世纪出版社集团

（江西省南昌市子安路75号 330025）

www.21cccc.com cc21@163.net

**出 版 人** 张秋林

**经　　销** 新华书店

**印　　刷** 北京龙跃印务有限公司

**版　　次** 2018年2月第1版 2018年2月第1次印刷

**开　　本** 710mm × 1000mm 1/16

**印　　张** 224

**字　　数** 2327千

**书　　号** ISBN 978-7-5568-3104-3

**定　　价** 700.00元（全14册）

赣版权登字—04—2017—746

# 目　录

# 第八十六章　葛家之秘

游四一语惊人，不由得让几人全都大起好奇之心。

“是什么身份?”鲜于修礼也有些吃惊地问道。

“你可曾听说过葛家十杰?”游四淡然而冷漠地问道。

“我听说过，这又有什么关系?”鲜于修礼有些不解地问道。

“说来你也许不信，杜洛周就是十杰之首杜大!”游四认真地道。

“什么?”“你胡说!”几人同时大惊呼道。

“你们信也罢，不信也罢，反正这是事实，我根本无须说什么。”顿了一顿，望着鲜于修礼继续道，“相信鲜于先生不会忘记自道之役后，蔡风是如何能够逃过杜洛周那一关的吧？难道你就没有怀疑凭杜洛周之能与他的骑队，仍会让一个受了重伤的蔡风安然逃脱？再有，为什么朝廷能和阿那壤如此快地联军，而且突厥族会如此配合杜洛周攻击阿那壤，你就不感到奇怪吗？这一刻，他羽翼渐丰，也就是反噬之时。所以，才会让你来杀我，我是游四，在十杰之中，我排行第四。你应该知道，在葛庄主的手下，像我这样的人至少仍有九个。即使你现在杀了我，还会有八个，而再加上一些人，我游四之死，也绝不会对葛庄主有很大的损伤。你想想，杀我断臂，是不是一相情愿的想法呢?”游四淡然无惧地道。

鲜于修礼的确是呆住了，游四之言的确不是假话，若是这样杀了对方，绝对不会是什么好事。葛家十杰的名号他自然听过，而以游四之厉害，却只能排行第四，若真如他所说，杜洛周是十杰之首，这两个人的可怕他是见识过的，那么还有两人呢？谁是老二，谁是老三？这些人又可怕到怎样的一个程度？另外六人呢？又是谁，又有多厉害？鲜于修礼和鲜于战胜的脸色都显得阴晴不定。游四口中的杜洛周以前所做之事，的确极为让人怀疑，若杜洛周曾是十杰之首，所有疑虑就迎刃而解了。

“不可能，你胡说!”杜三有些声色俱厉地吼道。

“杜洛周是不是杜大，我且不说，只说鲜于先生与杜洛周。鲜于先生若是想自立门户的话，最先响应的却是什么人？自不用我说。而杜洛周的义军中，至少有四成是破六韩拔陵的旧部，而最有机会让这群旧部归顺的自然是以前破六韩拔陵的旧部将领，你正具备这个条件，也就是说，最能够影响杜洛周实力的人，实际上是你。试想，谁会笨到去养一只可能会吃自己的老虎？他让你来杀我，可真是用心良苦，一石二鸟之计的确很高明，只是没想到鲜于先生会成为那只傻鸟。”游四冷笑道。

“你怎知道我就要自立门户呢?”鲜于修礼冷冷地问道，语调之中不显出半丝情绪。

游四暗呼厉害，心中骂道：“他娘的，不动声色的功夫倒很高明，看你如何跟老子斗。”想着淡然笑道：“鲜于先生即使不想自立门户，定也不会想做一个全无前途之人手底下的一个窝囊部下吧?”

“前途是人打拼出来的，岂可空口而谈？谁能预言未来呢？你所说的毫无前途，岂不是无稽之谈?”鲜于修礼冷哼道。

“常言道，看一个人从小事做起，一个人有无前途只注重他的思想、智慧和手段，三者缺一不可，而思想和手段却可以自他的日常生活和处理问题的细节之上表现出来。你若不想自立门户，却又帮杜洛周来杀我，定是想投靠杜洛周。不是我说杜洛周刚愎自用，更少了那种严于治军的魄力，军功和赏罚之上更有偏袒。只凭这一点，就可以完全否认他并不是一个成就大事之人。鲜于先生是沙场之上了不起的人物，当知赏罚不公，只会造成众叛离心，内讧不断，最终导致四分五裂的局面，绝难成什么大的气候。明人面前不说暗话，鲜于先生当不会不知杜洛周的内部军情吧?”游四断然道。

“但最终，我仍会成为葛荣的敌人，在战场上见个高下，正如你所说，一山难容二虎。因此，他迟早会成为我的障碍，成为我的强敌!”鲜于修礼充满杀机地道。

“你说得没错，你我最终将会成为敌人，可眼下，我们并不是敌人，若是你认为有必要的话，此刻，你绝对可以杀死我，我根本没有活的余地，但你也绝对没有一丝成功的希望，也许，你会认为我是在威胁你，当然，不否认有这个成分。可更多的却是提醒你，至少在你未曾威胁到葛庄主之时，我们不会是敌人。因为我们根本没有什么利害冲突，反而有着唇齿相依的合作关系。你的心思，只要是明智一些的人，都会很清楚，这个世间知道你野心的不止我一人，即使朝廷也有所警觉。所以在这个月二十二的晚上，就有人想取你的性命，但你是否知道，这些人为什么突然死了吗?”游四极为平缓地道。

鲜于修礼神色再也不能保持平静，惊疑不定地道：“你怎么知道得这么清楚?”

“相信你不会看不出那些人是哪一路数，也不会不知道那一群神秘杀手是什么身份。我不妨直接告诉你，杀死那些人的，就是我葛家庄的兄弟，这一群高手有个很好听的名字，叫作‘飞鹰’，所用的是一种极细的飞针。那些死者的后颈玉枕穴是否有一个针孔呢?”游四慢条斯理地道。

鲜于修礼再也不能不相信了，鲜于战胜却大惑不解地问道：“你们为什么要救我们?”

“很简单，我们不想你们死，不想少一份抗击敌人的力量，真正能够助鲜于先生的人，不是杜洛周，而是葛庄主!”游四冷然道。

“我若死了，你们庄主在不久的将来不就少了一个敌人，一个争夺天下的对手吗?”鲜于修礼也有些不解地问道。

“不错，你若死了，我们的确少了一个对手，但我们的损失会更大!”游四道。

“我不明白，这会对你们有何损失?”鲜于修礼直言不讳地道。

“鲜于先生小看了自己的力量，想来，你也不会不明白，若没有你的招呼，会有一批有志之士将潜隐，这些游离于杜洛周和葛庄主势力之外的人中有不少厉害角色，他们并不会加入任何起义组织，当然除你之外。若是你死了，这样一批抗敌力量，就会烟消云散，不再发挥任何作用。没有这样一支起义军的配合，我们的压力就会大增，损失也绝对会更大。因此，权衡利害之下，我们不能不让你活得更逍遥。因此，在你没有直接威胁到我们的时候，我们绝对不会向你出手，更不会对你不利。因为，没有多少人喜欢节外生枝，多惹仇敌。至于将来会怎么样，那是将来的事。在推翻了混乱不堪的朝纲之后，你我再拼个鱼死网破，就各凭本领啦。那时候，自是成王败寇，没有谁可以心存怨言。话尽如此，鲜于先生想如何就如何吧，是杀是和，只要你一句话。”游四慨然道。

“鲜于兄，杀了他！他一派胡言，葛荣诡计多端，绝不能信！”杜三急道。

鲜于修礼并不理会，却对着游四道：“我相信你，葛荣果然是个人物，他肯借粮五千担给万俟丑奴，就可以看出他的确是个以大局为重之人，你回去告诉葛荣，鲜于修礼先谢过他了，他的这份情我心领了，日后若是见面于沙场，就凭手中的刀枪见真章！”鲜于战胜听到这里似乎松了口气，面色缓和多了。

“我的十八位兄弟可是被害了？”游四神情并无欢喜地问道。

“他们只是中了我的千秋冰寒瘴，你只要拿这解药让他们每人嗅一下子，就可恢复自由。”鲜于修礼说着，从怀中掏出一个极小的鼻烟壶，递给游四。

“鲜于修礼，你……呀……”杜三一句话还未说完，就发出了一声撕心裂肺的惨叫。

“对不起，你不该在这里听得太多！”鲜于修礼缓缓地自杜三身上抽出滴血的长剑，冷冷地道。

“这就当作是我的诚意好了。”鲜于修礼连眼皮都没有眨一下，淡然道。

“很好，我们成交！”游四欣然伸出大手，一握鲜于修礼的大手。

“我们是朋友了！”鲜于修礼很洒脱地道。

“不错，你我自今日起就是朋友了！”游四也极为爽朗地道，同时接过鼻烟壶，向伏倒在灌木丛中的十八名葛家庄兄弟走去。

萧灵心中暗感奇怪，但是想到定是凌通做了手脚，否则怎会好端端的六个人全部都倒下呢？不过她已经没有心思去想了，手中一提小包袱，拿着早已准备好的弩箭，大摇大摆地冲了出去。

凌通顺手将吹箭叼在嘴中，若有任何人阻拦，他都不会有丝毫的客气。

众人大感奇怪，甚至不明白这是什么玩意儿。

凌通一边走，一边打开小包，里面却是虎皮袄，迅速套在身上，这样减少了不少累赘。

店小二并没有阻拦他们，因为东家曾经说过，凌通这一桌菜的钱免了，只是尔朱家族的几人突然昏倒，却让他们大吃一惊，慌了手脚。

店外并没有什么异常之处，行人依然极多，阳光也不错，只是凌通的马匹不见了。

“伙计，我们的马呢？”凌通一把抓住那看马的小厮，逼问道。只是因为口中叼着吹箭，使得声音极为模糊。

那小厮竟然一声冷笑，手腕一翻，动作快捷无比地向凌通的手上搭来，这小厮竟是个高手！

这当然不会是酒楼中的小厮，凌通大惊，本能反应之下，身形后撤，顺势踢出一脚，另一只手上的小弩一松。

弦音一响，小厮也真是了得，竟在此时，身形如风一般旋过，那抓向凌通手腕的手，以快得不能再快的速度，捏住了射到的短矢。

“砰……”凌通的身子一震，脑袋中“嗡嗡”作响，倒跌而出，落在地上差点没把脊骨给摔成十截八截的。他的一脚被对方的一脚给破去，而对方的功力比他不知高出多少，这记硬拼，只让他叫苦不迭，但也幸亏对方要躲开弩箭，不能用上全力。

小厮的身子也一震，想不到凌通小小年纪，功力也极为了得，以他的身份本来绝对不会愿意扮成小厮，但他们以为万俟丑奴在店中，想以出奇制胜的方法暗伤万俟丑奴，没料到却遇上了凌通。

那小厮轻蔑地抛去手中的箭矢，身形若风般的逼近凌通。

“嗞……”两道黑影自芦苇杆中飙射而出，正是凌通嘴里所叼的吹箭发挥出最后救命的作用。

小厮并不知道凌通嘴里叼的是什么东西，却没想到竟能够放出暗器，本以为手到擒来，却不得不骇然身退，险险地避开两支寸长的小针，杀机禁不住大盛。

“呀……”小厮突然闷哼一声，大意之中竟忘了一直立于旁边的萧灵。他虽然避开了凌通的吹箭，却没有躲过萧灵的弩箭。

凌通大喜，身子一滚，逃到了小厮的攻势之外，虽然身上痛得厉害，却并未受伤。

小厮一惊，本以为凌通受他一脚定会身受重伤，没有反抗能力，却没料到对方仍能站起身来。他当然想不到凌通一开始就被蔡风打通了经脉，习练的又是浩然正大的佛门内劲，经脉之强化已经不逊于一位高手，兼且苦练挨打之功，这一点打击力却不会对他造成什么影响。

小厮怒吼着扑向萧灵，他对萧灵可能是怒恨交加，没想到这小娃竟躲在背后施放暗箭，一下子激发了他的凶性。

萧灵骇然惊呼跃向凌通，凌通一声冷哼，背上的长剑脱鞘而出，划出一道美丽的弧线，刺向那小厮的心窝，出剑、旋身，一派大家之气，倒也不能让人小觑。

小厮眼角闪过一丝讶异之色，手指轻拂，幻出漫天指影，犹如天罗地网般向凌通罩到。

凌通从来都没见过如此可怕的招式，似乎自己怎么努力都是无济于事，更不可能击破对方的攻势，一阵气馁自心头涌起，气势顿时弱了三分。这全是凌通的临敌经验太少，在这种情况之下他根本不必在意对方的招式，只要顺着自己的剑意而行即可，但是他竟被对方那幻出的虚影给震住了。

小厮心头一阵冷笑，暗忖道："这只不过是一个初出茅庐的小毛头，临敌经验少得可怜，居然要劳动本爷动手……"刚刚想到这里，突觉脑中一片空白。

"呀——"一声惨叫，凌通的长剑竟刺穿了对方的胸膛。

小厮的五指却捏着凌通的咽喉，只要一灌劲力，凌通立刻会气断而亡，直把凌通骇得目瞪口呆，连剑都不知道拔出来了。

"杀人了！杀人了！……"酒楼内外一阵呼喝，把凌通和萧灵从惊骇中唤醒过来。

"通哥哥，你怎么了?"萧灵差点没急得哭出来，眼泪直在眼眶中打转。

凌通动也不敢动地望着那名小厮，正在奇怪对方怎么不杀他，暗忖："这回是死定了!"可是他立刻发现对方的脸色渐渐转绿，瞳孔早已放大，显然是已经死亡，而且还身中剧毒，立刻明白正是萧灵刚才那一箭之功。大喜之下，仍有些担心，小心翼翼地移开对方那只要命的鬼手。

鬼手竟很轻易地被移开了，凌通这才长长地吁了口气，死里逃生之感使他豪气大发，一脚踹在对方的小腹之上，那小厮的尸体就飞跌而出。

凌通闪身避过喷洒而出的鲜血，拖着带血的长剑呼道："快跑!"

"杀人了，杀人了!"此刻围观的人才知道继续呼喊。

"你的吹箭!"萧灵呼道。

"别管它!"凌通呼道，刚才被对方一捏，竟将吹箭筒自口中击落。

萧灵弯身拾起，她对这小玩意儿还是极有感情的，怎么也舍不得丢下。

"向那边走!"凌通眼角闪过一道黑影，身法极快，显然是预先守候在这里的高手，是以凌通立刻拉着萧灵向人群中钻。

"想跑?!"一声怒喝从天而降，紧接着一股劲风向两人涌至。

凌通无法可逃，显然外面条条路上都守有敌人。看来，尔朱家族对万俟丑奴的重视是可以想象的。

"回酒楼!"凌通在萧灵耳边轻喝道，一甩手，萧灵便飞了回去。

萧灵在空中翻了两翻，然后安稳落地，而凌通的身形却倒跌了出去。

"师父，你来了!"凌通眼中放出异彩地喜道。

那正准备追袭的人骇然转身，趁此机会凌通已经一溜烟般爬了起来，向萧灵奔去。

另外两道人影自一角掠来。

“我射死你，射死你！”萧灵小弩猛扳。

“走！”凌通一拉萧灵冲进酒楼。

待那两人闪过弩箭已是慢了一步，那将凌通摔了一个跟斗的汉子见并没有万俟丑奴的影子，才知上当，大怒之下向酒楼中追去。

“抓他们做人质，他妈的！”凌通愤怒地向尔朱送赞几人扑去。

突然，尔朱送赞动了一下，抬起头来，与凌通四目相对。

“妈呀！”凌通骇然倒退，惊呼一声，拉着萧灵向后面撒腿就跑。

尔朱送赞并不追赶，他甚至不知道发生了什么事，只觉得头脑中一片浑噩。原来，在尔朱送赞扑倒在桌上，其余几人也相继扑倒，使得桌上的热汤全都打翻，一下子浇在尔朱送赞的头上，竟然使他的迷药解了。但这迷药太烈，使得其头脑中一片浑噩，茫然不知道发生了什么事情，又被凌通的劲气一逼，竟然抬起头来。

以凌通的武功，对付那些马贼或江湖中的三四流角色，还是绰绰有余的，但与尔朱家族的这些高手相比，却是相去甚远。如果发挥良好，以游斗的形式，或许还能支持一会儿，但这几下子都是以硬碰硬，在功力之上，他哪能与人家相比？毕竟是初出江湖，经验不足，见尔朱送赞抬起头来，自然当对方故意装作中毒，若与之交手肯定吃亏。这一骇，使他来不及多想，第一时间赶快逃走。可是等他跑到后门口才悟到，对方其实真是中了毒，但想回头已经来不及了。因为尔朱家族的追兵已经掠入了酒楼中。

“二公子！”冲进酒楼之人一阵惊呼，显然被尔朱送礼几人伏在桌上的情景给吓住了，以为他们全都死去！

这么一滞，已让凌通冲出了后门。

“干什么？干什么？”一个小厮紧张地问道。

凌通一看，门外有头驴子，也不答话，一脚踢过去，竟将小厮踢了一个跟斗，这小厮却是没武功的。

小厮痛得一阵惨呼，凌通心头一阵歉然，方才以为这人又是尔朱家族安置的高手，还幸亏没有动用弓箭毒矢，否则这家伙只好暗叹命苦了，但这下子也够他受的了。

凌通忙解开驴子蒙在眼上的黑布，一剑斩下磨上的套子。

“上驴!”凌通低呼道。

萧灵只感到又有趣、又荒谬、又惊险，但仍依言跃上驴子。

驴子脾气极坏，萧灵刚刚跃上驴背，就猛地一跳，差点没将她摔下来。

“他妈的，你倒挺倔的!”凌通一带笼头也跃上驴背，一剑刺在驴子的屁股之上，紧搂着萧灵，双腿紧夹驴腹，横剑于身前。

驴子一声惨嘶，撒开四蹄就向棚外拼命地跑去。

“哎，哎，有人偷驴了，有人偷驴了，快来人哪……”小厮忍着痛高呼道。

尔朱家族的几人迅速赶至后院，见凌通两人策驴已跑出二十来丈远，于是迅速追赶。

那是几道不宽的小路，有的是横着田地，此刻已是深冬，地中早已没有了什么作物，土地被冻得很硬，毛驴屁股受痛，笼头又被凌通拉着，跑起来竟然极快，却难与马相比。

“他们追来了，怎么办呢?”萧灵扭头一望，急道。

“还有多远?”凌通的心也慢慢静了下来，很冷静地问道。刚才被对方的气势逼得喘不过气来，使得思路全都有些混乱，这一刻终于找到了一口喘气的机会，是以能够静下心来。

“好像越来越近了，他们比驴子跑得还快!”萧灵有些慌急地道。

“别怕，就算比驴子跑得快，也只是两条腿，如果他们追近了，你就用弩矢射他们，让他们不敢靠近。如果再跑一程，他们就快不过驴子了。”凌通无可奈何地安慰道，他心中明白，若这头驴子不争气的话，他们两人自然是逃不过那些家伙的追击。若只有他一个人，一切都好说，凌通别的不行，但逃命的功夫还是很好。但要他带着萧灵一起跑，就会使速度大慢，自然无法逃出那些人的追捕。即使以他自己的速度，就比现在这头驴子的速度要快，对方自然不会比驴子慢。现在也只能这样先耗费着对方的体力，然后才好甩开对方的追踪，也只希望这头驴子能多跑上一段路，而在这段路上不被对方追上。也希望对方的功力不是如他所想象的那么高深，这样长力比拼之下，人比驴子的耐力自然要差一些。

萧灵咬咬牙，在凌通的帮助之下，调转身子，与凌通贴面而坐，小脸不由得微红，但迅速调整心绪，她也知道，若让后面几人追了上来，两人只怕都会是死路一条。

“小心一些！他们来了几人?”凌通问道。

“一共四人!”萧灵眼睛瞪得很大，回答道。

“嗯，只来了四人还好说一些。”说话间，毛驴已经冲过地头，奔上了一个小山坡，那四人也已追近了近十丈，这一跑竟在瞬间奔出了七八里路。

毛驴显然是跑得有些累了，四蹄微缓，凌通岂能让它慢下来？那样岂不是只有死路一条？于是又在毛驴另一边屁股上刺了一剑，毛驴一吃痛，就没命地再次加速。

“好，有救了！前面有一片芦苇荡！他妈的臭贼子，奶奶个儿子!”凌通一高兴忍不住骂道。

萧灵小弩瞄得极准，可是放射出去，由于驴身摇晃，竟失去了准头，但仍让四人步子滞了一滞。这么一滞，又多拉开了一丈来远的距离。

由于走下坡路，驴子跑得飞快，却也更加颠簸，连凌通也有些受不了，但他以前有过骑毛驴的经验，加之武功的长进，使得骑驴也变成了一件易事。但这一阵晃动使他犹觉刚吃的饭都要倒出来了一般。

那四人也已看见了远处的芦苇荡，心知不好，暗忖若是让他们两个臭小子钻到芦苇荡中去了，其个头又小，只怕想要找到并非易事。

萧灵生在南方，很少见到这么大片大片望不到边际的芦苇，但凌通既然说这里可以逃命，那肯定是错不了，一想到可以逃命，立刻又镇定了下来，手中小弩的准头也变得极准，使追兵始终无法靠近。后面追赶之人不由怒不可遏，但这一路疾奔，真气也有些难以后继，人毕竟还是人，难以与这天生会跑的动物相比，双方距离渐渐拉远。

当驴子奔入稀疏的芦苇荡边缘之时，已经甩下了四人二十多丈。

冬季的芦苇荡不如春天一般密密麻麻，更有人砍伐芦苇，便使芦苇荡之间开出了一条路，驴子被凌通拉着笼头，只得没头没脑地冲了进去。

凌通欢呼一声，扭头一看，只见后面几人越追越远，心头长长地吁了口气。

正自得意之间，只觉得身下一软，还没反应过来，就“吧嗒”一声与萧灵两人重重摔在地上，毛驴两腿陷入泥坑，口中吐着白沫，显然已是精疲力竭，无力再跑了。

凌通和萧灵呻吟了一声，身上跌得满是泥土，幸亏冬季芦苇荡中的淤泥被冻硬，否则这一下只怕满身都是泥浆了。

凌通不敢细想，眼睛一扫周围的环境，一抱萧灵向芦苇荡深处掠去，尽拣一些硬处落脚，尽量减少自己的脚印。有时候踏着芦苇杆飞掠，有时竟自水中淌过，似乎并不怕那冰冷刺骨的寒意。

萧灵心头一阵感动，她知道，若不是为了她，凌通一个人根本不必这般狼狈地逃命。以凌通的武功，无论朝哪个方向跑，对方几个跑得快力竭之人自然是追之不上。

凌通也不知跑了多久，回头看了一下，稀稀朗朗的几个脚印并不是很明显，此刻显然已是进入了芦苇荡的深处。那四人的踪影早灭，但天知道会不会很快便追来。

凌通找了块干地坐下，喘了几口粗气，骂道：“他奶奶个儿子，那群龟孙子比狼还凶!”

劫后余生，萧灵也禁不住打趣道：“可我们跑得比兔子还快呀。”

凌通不由得哑然失笑，道：“来，坐在我身边，看把你的俏脸弄得满是泥土，不太雅观，我来为你擦擦。”

萧灵听说脸被泥弄脏了，变得不好看了，骇得乖乖听话地坐在凌通身旁，让凌通轻柔地为她擦拭，最后小脸已红到耳根。

凌通这才伸了个懒腰，吁了口气，问道："好不好玩？"

萧灵吐了吐舌头，扮了个鬼脸，嬉笑道："当然好玩，可是他们却是玩真的。"

"哈哈……"两个小孩子一离开危险，立刻又恢复了顽皮的本性。

"我们的马丢了，可怎么办呢？还丢了很多东西……"

"别急，慢慢再想办法，大不了，去偷他妈的两匹马来。"凌通打断萧灵的话道。

萧灵对于这些粗话听得多了，也就不怎么觉得刺耳，反而更有一种亲切的感觉。凌通虽小，但在萧灵的眼中却似乎是无所不会，没有什么事情可以难得倒他一般……越想越是盯着凌通看，竟看得有些痴了。

凌通被对方看得浑身不对劲，似是什么表情都是错误一般，禁不住干笑道："你怎么这样看着我？我脸上有花吗？"

萧灵被问得羞红了脸，低下头去，不敢望向凌通的眼神。凌通心头升起一种异样的感觉，朦胧得连他也糊涂了，不得不转换话题道："今晚我为你做一顿你最难忘的晚餐，怎么样？"

"最难忘的晚餐？是什么东西？好吃吗？"萧灵好奇地问道。

"当然好吃，只怕你从来都没有吃过比这更好吃的东西了！"凌通自信地道。

"是吗？是什么东西？"萧灵有些迫不及待地问道。

"蛇，芦苇荡中最多的是蛇虫，而且有很多毒蛇，蛇越毒，其肉味就越鲜美。"凌通悠然道。

"蛇？这是冬季，如此冷的天气，蛇早就不敢出来了，哪还有蛇可以抓呢？"萧灵生在大家贵族，对于食物方面的见闻自是不少，听凌通说蛇可以吃，她并不感到奇怪。只是她从来都没有吃过，而且知道蛇要冬眠，不会出来活动，是以极为奇怪。

"嘿嘿，一个好的猎人，不仅上山会打猎，下了芦苇荡更会抓蛇。蛇有蛇穴，只要我们找到了蛇穴，就有办法拿它们来当晚餐。不过，冬天的蛇味道没有春、夏两季的蛇肉鲜嫩倒是真的，但也会比那些山鸡、野兔更胜一筹！”凌通自信地道。

“好哇，那我们晚上就弄蛇肉吃。”萧灵喜道。

凌通抬头望了望，太阳仍然很高，可芦苇荡中极为阴森，倒像是黄昏一般，不由得道：“不急，等天快黑了，我们抓了蛇就迅速走出这片芦苇荡，这么早出去，恐怕那些鸟人还在外面守候着。”

凌通自小生长在北方，这种芦苇荡见得多了，根本不可能迷失方向。猎人都有一套认路的方法，那就是天上的星星和太阳，除非这一天满布乌云。而萧灵却是生在南方，哪里见过如此大的一片芦苇荡？更不能像猎人一般凭星星认路，但她却极为相信凌通，就像凌通相信蔡风一般，甚至有些盲目。

不过凌通倒也的确有着丰富的野外生存经验，不仅可以很快找到蛇窝，更可以找到田鼠的窝。跟着凌通倒也真是不愁没吃的，但必须胆大，若胆小之人根本就不敢吃蛇和老鼠之类的东西，萧灵当然不能算是胆小之人。

葛荣难以置信地看了又看手中的信，几乎不敢相信这是事实！神情有些古怪地望了望那铁画银钩般的字迹，良久，才重重地拍了一下身前的红木几，高兴地呼道：“太好了，太好了！真是苍天有眼，蔡氏有后了！我就知道，善恶终有报，快传众人进来！”

“传华阴双虎若干人等进见！”吆喝之声传出甚远，空荡的感觉极为有气势。

片刻间，厅门口显出颜礼敬诸人高大的身影。

“见过庄主！”杨擎天、石中天及颜礼敬客气地行了一礼，葛荣连忙还礼，十分客气地让其落座。

“侄儿见过师叔，愿师叔万安，福与天齐，功业大成！”蔡泰斗恭敬地向地上一跪，重重地磕了三个响头道。

“侄儿见过师叔！”蔡念伤也同样重重地跪倒，但却是极为朴实的一句话。

“好，好，两位好侄儿，快快请起！快快请起！”葛荣神情大悦地走上前将二人扶起，目光在两人的脸上扫了一遍又一遍，忍不住道，“真像，果然是虎父无犬子，二位贤侄年纪轻轻，就达到精华内蕴，不简单！不简单！”

“师叔过奖了，侄儿今后还得请师叔多多指点！”蔡泰斗一脸诚恳地道。

“你是泰斗？”葛荣心中甚喜，欢声问道。

“小侄正是泰斗！”蔡泰斗乖巧地应道。

“嗯，你的嘴巴比风儿还甜！”想到蔡风，葛荣不由得黯然一叹。在他的心中，始终没有任何人可以取代蔡风的位置，虽然在突然之间得了两个侄儿，却似乎仍无法弥补心头的那种空落之感。

“师叔别担心，三弟他已经有了下落，只要爹爹在陶大师那里求得解方，三弟就可以恢复正常！”蔡念伤很敏感地捕捉到葛荣的心绪，出言安慰道。

“是吗？”葛荣望了蔡念伤一眼，暗赞他心细如发。

“咦？这位是——”葛荣有些迟疑地向一旁的老和尚望去。

“哦，这位是了愿大师，今次在洛阳，若非大师出手相救，只怕三弟已经酿成大错了。”蔡泰斗忙介绍道。

“到底发生了什么事？”葛荣有些奇怪地问道。

“事情是这样的……”蔡泰斗便将洛阳发生之事细细说了一遍。其中惊险之处，就连葛荣这见惯了大风大浪的人都禁不住捏了一把冷汗。他很清楚蔡风和蔡伤的感情，若是蔡风真的在自己本身毫无知觉中杀死了蔡伤，那么，即使将来神志恢复，他也不会好好地活下去，那样蔡风的确是生不如死。

“至于刘家嫁女之事，我定会派人去查，你们就安心在这里住下吧。”葛荣欣然道。

“庄主好意，我们心领了，主人吩咐过我们，这件事情关系重大，我和颜兄必须亲自走一趟，若有什么需要，我定会和庄主联系。”杨擎天出言道。

“不错，这乃关系到三公子的大事，我们不能安心，庄主盛情我们心领了。”颜礼敬也立起来道。

“既然如此，那我不必多说，反正诸位的行动全由各位自己安排，若有需要，就迅即与我们联系，多一份力量就要多一份把握，这总会是好事！”葛荣轻松地道。

“庄主心意，我们自然明白，若有需要，我们会与你们联系的。”颜礼敬认真地道。

“好了，今日诸位就在这里住下吧，我还有要事待办，不能奉陪，尚望勿怪。葛福，带几位客人去休息！”葛荣呼道。

“是，请跟我来。”说话的正是第一次接见杨擎天诸人的老管家。

“两位贤侄也去休息吧，有什么事日后再说。远程而来，相信定很疲惫！”葛荣慈祥地道，眼中毫不掩饰地显露出关爱的神色。

“师叔有事就去忙吧，侄儿会照顾自己，若是师叔有何差遣，只管吩咐好了。”蔡泰斗和蔡念伤诚恳地道。

“好！今日暂且不谈，待你们养好精神再说！”葛荣重重地在两人肩头拍了一下，欣慰地道。

游四心头稍定，十八位葛家庄的弟子一脸安详，的确只是中毒的迹象。他早就耳闻鲜于家族擅用寒毒，无色无味，刚才若非他早有警觉，只怕也难逃中毒的命运，那此刻自己定在杜洛周的帐中，沦为阶下囚了。如此想着，心中不由得暗称侥幸！

鼻烟壶内果然是解药，在每人的鼻前晃了一下，中毒者就立刻猛然打了一个喷嚏，呼出一股极寒的气流，悠悠醒转。

“怎么会是这样?”醒来之人立刻翻身而起，惊骇地问道，待发现一旁虎视眈眈的鲜于修礼诸人，想要戒备却浑身无力，空荡荡的感觉倒像是大病一场。

“在三个时辰之内，你们力气无法恢复过来，三个时辰之后，你们的一切都会变得正常。”鲜于修礼淡然笑道。

“鲜于修礼，你……”

“二号，不要多说，现在鲜于先生是我们的朋友，以前的一切都不必再追究，若是他想杀你们，你们已经死了一百次!”游四的呵斥声打断了那名汉子的呼喝，只说得十八人满面惭愧之色，想到事实的确如此，自己在毫无反抗之下就被人制住，真是无地自容。

“鲜于先生，今日之情，游四先领了，咱们就此别过，望珍重!”游四平和地道。

“游兄弟果然是性情中人，就让修礼送你们一程吧，这些兄弟身体犹未能完全恢复，一路多有不便，我们一起走，相信方便很多。”鲜于修礼客气地道。

游四想了想，又望了望立在身旁犹若患了大病的十八人，淡淡地道：“如此有劳了!”

“何须说这种话，我们现在应该算是朋友了。”鲜于修礼笑道。

“你们也太不够意思了吧，过门而不入，岂不是要让天下人笑我杜洛周太不知礼吗？几位先不要忙着回去，待杜某一尽地主之谊，再好好送诸位一程不是更好!”一个浑洪的声音遥遥传来，只让鲜于修礼和游四的脸色大变。

“杜洛周!”游四身后的众人也骇然低呼出声。

蹄声缓缓接近，杜洛周那充满着霸气的身形已经出现在众人的面前。

鲜于修礼派来伏于一旁的众属众迅速跃出，护住鲜于修礼和游四，神情极为紧张。谁也想不到在这要命的时刻，杜洛周竟然出现了，这倒出乎所有人的意料。

“老四，你好！想不到你竟亲临我的营地，真够辛苦的了，庄主可还安康如昔?”杜洛周的语气竟是十分亲切而平静。

“托你的福，庄主他老人家依然生龙活虎，只是最近为几只吃里爬外的野狼弄得有些心烦而已。”游四的语意极为尖薄。

杜洛周淡然一笑，也不在意，道："庄主也越来越糊涂了，野狼不如家犬，是不可能驯服的，迟早有一天会噬人吸血的，他其实早就应该知道。"

"你真的是葛家十杰之首杜大?"鲜于修礼骇然问道。

"哦，鲜于兄，你让我倒有些失望，我们一向都十分合作，可你为什么要杀死杜三呢？这不是很伤感情吗？我是不是杜大并不重要，重要的是我们能不能好好合作。你不知道我这老四最会逞口舌之利，让人在不知不觉中陷入他的布局之中吗？看来你枉活了这么一大把年纪!"杜洛周毫不客气地道。

"的确，我倒真是枉活了这么一大把年纪，到了这年头，仍被别人耍得团团转，真是有趣!"鲜于修礼冷笑道。

"其实你也不必太过丧气，我们仍有合作的机会！只要你愿意，这片江山，就是我们两人的了!"杜洛周自信地笑道。

"是吗?"鲜于修礼竟有些好笑地问道，神情间笑得有些异样。

# 第八十七章　以智斗勇

劲箭已将弓弦挤压得极满，自响过马蹄声后，此刻全都静寂无声了。

山野之中充斥着挥之不去的杀机，一贯冷静的游四，此刻手心也禁不住冒出汗来。脑子在飞速运转，他有些不明白，为什么杜洛周竟能如此准确地掌握他们的地点，难道是高欢出卖了他？可是这有些不可能，那不仅仅是基于他对高欢和尉景的信任。更何况，若是高欢刻意要出卖他，根本就不必让他行出军营。在军营之中，以他一人之力如何能抗衡那么多的人呢？即使有百条命也不够死。那么杜洛周又怎会如此快赶来呢？

杜洛周没有骑马，他的身后和身前都布满了盾手，而他夹在中间，依然是那么显眼，浑身散发着一种野性而狂悍的气息，眸子之中，眼光在柔和的深处可以发掘出冷酷而狠辣的精神所在。

“老四，你的确是个人才，到了这一刻，我才真正明白为什么庄主这般看重你，为什么你如此年轻却有着这等威信，若谁有你这般人才相助，相信定会很轻松。依我看，年轻一辈中人，除了那个已死的蔡风外，大概已经没有人能够与你相比了。”杜洛周语意很诚恳地道。

“过奖了。我再厉害依然逃不过你的算计，依然无法摆脱做阶下囚的命运，这又何必说呢？”游四冷然道。

“哈哈哈！”杜洛周一声轻笑，认真地道，“老四，何必如此说呢？十位兄弟中，我最看重的就是你。你其实根本不用做阶下囚，只要你一句话，就可以任你做我的军师，将来荣华富贵，我绝对不会忘了你！”

“你要我归顺于你？”游四冷眼相望道。

“这是你唯一的选择。”杜洛周深沉地道。

“你错了，我还可以选择死！”游四傲然道。

杜洛周的眼中射出极为冷厉的神芒，淡淡地笼罩着游四，悠悠地道：“你觉得那样做值得吗？”

“这个世上本没有什么值不值的问题，只有原则与信仰以及良心！没有原则与信仰的人，始终只会是随波逐流的可怜虫！”游四不屑地道。

“我不知道葛荣有什么好，其实他是个地地道道的愚人，值得你如此为之牺牲吗？他总是自以为了不起，其实只不过是戏台上的小丑而已。他的每一步棋都在我的算计之中！”说到这里，杜洛周缓缓地拍了拍手掌。

马队迅速向两边一分，从中间行出几匹战马。

游四的眼中闪过一丝骇异，一阵恐惧自心底升起，一时之间竟失去了分寸。

那几匹战马之上，赫然是不知生死的高欢和尉景及几名高欢的亲信。他们满身鲜血，却不知是谁的血液。

这是怎么回事？到底破绽在哪里？高欢和尉景在前一刻还好好的，现在却成了如此模样，纰漏出于何处呢？游四的心一下子凉到了底。

“你是不是感到很意外？其实，也没什么，只是因为我对葛荣太熟悉了，他的那点雕虫小技又怎能瞒得住我？没有任何人想对付我会不付出代价！无论对方是谁！”杜洛周冷酷而得意地道。

“你杀了他们？”游四冷冷地问道。

“那倒没有，高欢的确也是个难得的人才，也为我立下了不少的汗马功劳，只可惜这样的人才走错了门道。我不想养一只吃里爬外的野狼，那只会步上葛荣的后尘。”杜洛周淡淡地道。

游四心头松了口气，却知道高欢是否已死，其结局都是一样。以杜洛周的性格，岂会容忍一群对他有威胁的人留在身边？不能被己所用的人才，就不能让别人得到，那只有死路一条！

高欢和尉景身上仍在滴着鲜血，殷红、刺目，像是死神的眼泪。他们没有丝毫声息，也不知道到底受伤有多重。

“鲜于兄，我一向都极为看重你，你是否会让我失望呢?”杜洛周似乎极为悠闲地问道，神情一片傲然。

“杜兄会相信我吗?”鲜于修礼淡然问道。

“这件事情的确有些麻烦，不过若是肯用心去做的话，相信没有什么事情是办不到的。”杜洛周毫不作伪地道。

“那就是说，杜兄根本就不敢相信我，如果这样，我们又怎么可能有合作的关系呢?”鲜于修礼冷冷地道。

“有些事情是可以改变的，却不是一朝一夕的事，我可以给鲜于兄一些时间。说实在的，目前我并不是很信任，也不能很信任你。”杜洛周并不作伪地道。

“爽快，直接！既然这样，那我们所谓的合作，就是你给我找一个极为偏僻幽静而安全的地方让我住下，然后让我慢慢想啰?”

“大概就是这样，但你没有选择，我知道你是一个真正懂得生命美好的人。”杜洛周不客气地道，神态之间大有傲视天下之气概。

鲜于修礼变得默不作声，他真有些后悔听信了杜洛周的话，否则，又怎会身陷于此?更不会连累游四，真是得不偿失，后悔莫及。杜洛周所说的并没有错，要想活命，就必须接受他的要求，否则，杜洛周绝不容许他们活着离开！而眼下的形势，根本就不可能与杜洛周相抗衡，若说反抗，无异于以卵击石。其实，只要杜洛周此刻一声令下，他们这一批人立刻就会成为箭靶，没有丝毫反抗的余地。

游四却在思索，究竟是什么地方出了纰漏，使得这次行动功亏一篑?他根本想不到，其实杜洛周早就算准了葛荣会有这番刺杀计划，正如杜洛周所说，他太了解葛荣了。而且游四早已经列入他的目标之中，虽然，他知道要杀死游四还有些困难，但以他手下的奇人异士，要盯住游四的行动却非难事。

杜洛周很清楚游四在葛荣眼中的位置，对于刺杀他的事情，负责之人绝对不会是普通人，那就必是游四无疑！因此，他盯住游四并非是没有道理的，而游四被人盯住了仍是懵然不知，还依然去与高欢会合、接头。本来在游四一走入敌方营地，杜洛周就可以杀死他，但杜洛周却不想错过获悉内奸的线索。对于高欢，他本就稍有些怀疑，这下子却由游四完全证实了，他自然会毫不客气地就对高欢施以无情的攻击。但他仍不想杀死游四，因为他发现鲜于修礼的存在，也就将杀死游四的任务交给了鲜于修礼，从而更好地施行他的一石二鸟之计，把鲜于修礼推到葛荣的刀锋之下。而他只是在军营中，迅速对高欢的势力进行攻击。

高欢被召去见杜洛周，在不知情的情况之下，几乎毫无反抗就已遭擒，被杜洛周以皮鞭及重刑严加拷问，而石离、穴城、斛盐三地的军系对高欢早有怨隙，如此机会，自然将高欢打得死去活来。尉景也遭到同样的下场，只是高欢与尉景十分硬朗，极够义气，死也不肯吐露出半句军情。杜洛周在气恼之下，就带着他们赶到鲜于修礼与游四纠缠的地方，意图让高欢死心。可却没想到，游四凭着一张嘴，竟说服了鲜于修礼，使之和好，这下子的确大出他的意料，但却庆幸自己的赶到，否则，游四和鲜于修礼和好，对他可是有百害而无一利。若让游四和鲜于修礼各返其营，更是放虎归山，后患无穷。但他的出现，却更出乎游四与鲜于修礼的意料。

而这一切，却非游四之资质所能够想象的，只是他知道肯定是什么地方出现了纰漏，而使这次的行动功亏一篑，但悔之晚矣。也只有这一刻，他才明白杜洛周的厉害之处。但有一点值得庆幸的是，高欢和尉景应该没有出卖他，否则，以杜洛周的个性，就不会将他们带到此地，更不会对他们施以重刑了。想到这里，游四不禁豪气顿生，死又何妨？

“杜洛周，我看你还是死了这条心吧！谁都知道你不会安下好心，与你合作迟早总难免一死，不如干干脆脆来个了断更好。爽爽快快、利利落落岂不痛快？谁想与你这种魔头合作？”游四讥刺道，神情凛然，大有视死如归之气概。

“好，有个性，只是有个性的人，往往最容易丧命，我看你也是差不多了。”杜洛周冷冷地道，语气之中充满了杀机。

鲜于修礼眉头微微一皱，但他却知道，若是与杜洛周合作，那只有一条路，就是被软禁。这种阶下囚的滋味，他却不想品尝，那将会是生死完全由杜洛周所控制，根本不会有人格和尊严可讲，而他更清楚对方的意图——杜洛周想借他招揽到更多的人力，使那些只信服鲜于修礼的人全都投入到他的麾下，从而达到一种扩大实力的效果。但终会有一天，杜洛周还会杀了他，而且绝对不会用很长时间。因此，与杜洛周合作只是一种空谈，根本就不符合实际。

游四感觉到一丝异样，绝对不是来自杜洛周的压力，也不是因为死亡的威胁，他的直觉告诉自己可能会生变，因此心跳不由得加快起来。

“既然你们冥顽不化，我也就成全你们吧!”杜洛周双目中闪过一丝冷厉的杀机，狠狠地道。

弓箭手的大弓很快就由各个方向对准了游四诸人，只要游四诸人之中，有谁动一下小指头，就可能成为一只只长满羽箭的刺猬，绝对没有侥幸的可能。也许像游四和鲜于修礼这般高手还可以稍稍做出反击，但却是绝对无济于事!

杜洛周的手缓缓抬起，只要他一挥，天空中必定满是劲箭。

鲜于修礼和游四的鼻尖都渗出了汗水，神经绷得极紧极紧!

“慢着!”游四突然出声喝道。

这死寂而压抑的气氛暂时得到了缓解，杜洛周的手也停在虚空之中不再移动，冷冷地望着游四，神情中微微有些得意地问道：“怎么，你想通了吗?”

游四心头隐隐感到了一丝希望，希望却并非来自杜洛周，那种感觉他太熟悉了，因此，他需要时间。

游四苦涩地一笑，道：“说实在的，我的确不想死，因为我还很年轻，假如我不死于战乱之中，也许可以再活几十年。这个人世虽然对许多人来说是充满了悲哀和无奈，有太多的辛酸和痛苦，可我感觉不到，因为我一直都很幸运，一直都未曾受过什么大不了的痛苦。这一生，我有太多的事情没有去做，也有太多的事情需要去做，如此死去，我的确有些不甘心。可是我知道，我的幸运全都归功于庄主，没有他，就不会有我的今天，因此，我知道今日定然逃不过一死，因为，我不是一个忘恩负义之辈。若此刻我背叛了庄主，那这一辈子我将会背着阴影而活，这，我做不到！可现在我就要死了，还有很多话却不能不交代，也可以说是有些遗言要说吧。我希望你能看在咱们曾同为葛家十杰的分上，去为我传达些遗愿，却不知是不是奢望?”说着，游四深深一叹。

杜洛周一呆，抬起的手又缓缓收回，那些紧绷的劲箭也都松了松弦。

杜洛周深深地望了游四一眼，心中竟有种说不出的惋惜和遗憾，如此忠心之人为何偏偏会成为一个敌人？如此忠心的属下也的确很难找到，可却是他不得不杀的对手！

“你说吧，只要我能够做到，而不违背情理，定会为你办到！”杜洛周冷漠的声音中，透出几缕坚决的诚恳之意。

“那我先行谢过了。”游四欣慰地道。

鲜于修礼也向游四投以敬佩的一瞥，神情显得十分安详。

“我的第一个遗愿，就是能让我娘的后半生不再受苦！”游四淡淡地道。

“你娘还在世上?”杜洛周和众人大奇问道，显出难以相信的神情。

“不错，我娘的确仍活在世上。我自三岁时，就跟师父上山，而我娘却一直受着庄主的救济度日，直到我下山，投入葛家庄之后。但我娘不愿跟我入庄享受荣华富贵，于是我就在和庄一个小村中买下了一块田地，我娘便寄居于那里。世间除了庄主和我之外，大概再也没有外人知道我娘的存在，现在我要死了，却不想让我娘受到战乱之祸，她年岁老迈，没人保护，我希望你能够看在我们曾经相处过一段时间的分上，派人去保护她，或派人通知庄主，他定会想办法做好的。你只要说我娘在和庄塘口镇下渔村，他就会知道怎么做了，因为庄主并不知道我娘住在哪里。”游四黯然道。

“好，这一条我可以为你做到，还有什么遗愿未了，就一并说出来吧！”杜洛周淡漠地道。

“我的第二条遗愿，就是请你到任丘王家走一趟，通知王家的应花不要再等我了，请她另择佳偶，就当我只是一阵吹过的风，淡去好了。请她也不要为我的死伤心，我死了之后，你就从我的脖子上取下那块龙形玉佩，一并交还给应花姐，这是她给我的定情信物。”游四神情越来越黯然，那种将要告别人世、告别亲人和爱人的感觉的确让人心酸而无奈，鲜于修礼此刻竟很理解游四。

“好，这一条，我也定会做到，你就放心地去吧!”杜洛周微感黯然地道。

“我的最后一个愿望，就是希望你能够把我的尸首葬在平山之上，这样可望得高，且山水风光好……”说到这里，游四一声长啸，单手飞快一拉鲜于修礼。

杜洛周立刻感到事情有变，还没来得及下令，就听得“轰——”的一声爆响，接着满天都是飞扬的尘土和树木。

鲜于修礼一惊，身子竟随着游四飞快地陷入地下，跟着就是他的属下和游四那十八名属下，全都向下陷落。在此同时，一阵可怕的弦响及惊叫声传入他们的耳中!

整个地面竟完全塌陷，包括杜洛周的身前和身后。战马狂嘶乱叫，为这突如其来的变化而惊嘶!

杜洛周一声长啸，身子拔空而起，但自地底飞射而出的劲箭，若乱窜的苍蝇，使得他根本没有机会去发号施令。

射向游四和鲜于修礼的劲箭尽数落空，只有几名移身不及的属众被劲箭射伤。

天地一片混乱，地面上的泥土和草木有若长鲸喷出的水一般，高高扬起，使得杜洛周那些骑兵满眼昏花，根本就看不出人影在何处。

跟着就是地下埋藏的火药爆炸之声，杜洛周那井然有序的队伍此刻全都溃不成军，让杜洛周心惊的并不是这些，而是远处营地中升起了告急的狼烟，显然是有敌人入侵，而且攻势强大。这一切几乎让他的心全都乱了，这才开始后悔刚才中了游四的诡计，被游四的缓兵之计拖延了这么长时间，给了地底下的敌人充足的时间准备。这可谓是极为失败的一招，但眼下要命的劲箭乱窜，却是非挡不可。

藤盾一挥，杜洛周身子借箭的冲力一扭，向最外围的一匹空马扑去。

并不是每个人都有杜洛周那么幸运，地底下蹿出来的不仅仅是劲箭，还有短矢强弩，加上那些炸药的威力，只使得杜洛周的队伍人仰马翻，乱成一团糟。更可怕的，却是他们根本不知道地底下有多少敌人，只得盲目地胡乱放箭，胡射一气。

游四身形很快落实，这种死里逃生的感觉的确让人大为振奋，那潜在而被压抑的战意竟无限地扩涌。

“谢谢你出手相救！”鲜于修礼由衷地握住游四的手道。

“我们是朋友，对吗？”游四坦然道。

“对，我们是朋友！”鲜于修礼欢快地道。

“四爷，庄主亲率大批人马来援！”黑暗中传来一声极为恭敬的声音。

“太好了，你们赶到得真及时，若再迟来一刻，那你们恐怕只会见到我的尸体了！”游四欢喜地道。

“属下该死，让四爷受惊了！”那人诚惶诚恐地道。

“这个时间正到位，不必自责，一共前来了多少弟兄？”游四沉问道。

“飞鹰队的兄弟有五十人，再加上我们土鼠组，合起来共有一百七十名兄弟！”那人回应道。

“好，干得好，给我将这些贼子杀个痛快，拖住杜洛周，给庄主更多的时间！”游四兴奋地道。

“属下明白，这就去下令发动总攻！”那汉子又若幽灵般消失于黑暗的地洞之中。

鲜于修礼不由得心中大为骇异，由于他刚由地面上落入地洞中，一时适应不了那种昏暗的光线，竟没有看清对方的面孔，但从对方的脚步声可以听出，其武功造诣绝对不低。

“鲜于先生有没有兴趣与我上去杀个痛快？”游四笑问道。

“算我一份！”鲜于战胜的声音从一旁传来，显得极为兴奋。

“好！就让杜洛周这家伙尝尝我们的厉害！”鲜于修礼豪气干云地道。

“来吧！”游四一声低呼，身子犹如破水的飞鱼，冲过洒落下来的尘土，直透地面。单凭感觉，就连珠射出三箭，一气呵成的三箭在他身子落地的前一刹那完成。

惨叫之声传来之际，刚好是游四甩出手中大弓之时，跟着他的身子犹如破雾的海燕，疯狂掠入那已四处奔散、溃不成军的敌队之中。

鲜于修礼和鲜于战胜对游四的身手也不由得咋舌，年纪如此之轻，武功却这样高明，将来的成就肯定超过他们那是毋庸置疑的。

游四刚才压了一肚子的闷火，神经一直绷得极紧，这一刻得到发泄的机会，可真若猛虎出山，凶悍得难以想象。

鲜于修礼和鲜于战胜死里逃生，使得战意大盛，也变得凶猛无伦。

这些追随杜洛周而来的骑兵属于杜洛周的亲卫，人人马上功夫极好，武功也并不坏，但与游四和鲜于修礼比较起来，却差了不止一个级别。特别是游四和鲜于修礼两人手中的奇门兵器，一个是月形弯刀，一个是飞爪，根本就是无迹可循，又是在众人惊慌失措之时，如何能够抵挡?

斩马腿，切人头，有若砍瓜切菜一般，地下仍是箭雨不断，泥土乱飞，那些突然由地上冒出的凶器或杀手，根本没有半点征兆，只杀得杜洛周和众兵将心惊胆寒。

这土鼠组曾在沙漠中用来对付刀疤三，那时却没有今日人多，但却尽是高手。这种穿行于地下的本领和技巧，本是由马叔设计的，却被葛荣用来作战，并取到了难以想象的战果，神不知鬼不觉，的确能起到震撼人心的作用。

“杜洛周，你别走，就让我们来分个高下吧!”鲜于修礼怒吼道。

游四和鲜于修礼身形疾旋，一路向杜洛周逼去，他们对杜洛周倒是充满了杀机。

杜洛周本想重整旗鼓，再行攻击，但是得知营地受敌攻击，心悬两头，根本无心恋战，高呼撤退。

那些亲卫本来就全无斗志，被杜洛周如此一呼，全都调转马头向营地冲去，情况乱得不可开交。

游四诸人刚才窝了一肚子怒火，此刻知道葛荣亲来，那肯定是一切都有所准备，岂会再有顾忌？不由高声呼道：“兄弟们，给我杀！”

随着杜洛周而来的五六百人马，此时竟然全无还手之力，皆因斗志尽丧，根本就无法提起战意，而杜洛周自己也无心恋战，更不知道入侵的敌人究竟是哪一路，且有多少人马。

如果一支军队连主帅都没有战意，那这一仗根本就不用打了，注定只有败亡的结局。

土鼠组的兄弟全都跃出地面，尽皆是一身黑色紧身衣，他们的兵器竟是铁铲、短锄之类的，但每人身上都负有大弓劲弩，一跃出地面，就疯狂地对杜洛周所领的众骑兵一气乱射。虽然他们的速度无法追及骑兵的战马，但劲箭在射程之内却极有威力。

惨叫、马嘶、怒吼和吆喝，山野之间的平静被撕裂得一干二净、点滴无存。

游四和鲜于修礼等少数人已夺得战马，尾随杜洛周众骑兵之后，狂追猛杀，箭箭不空，但几人也不敢太过紧逼，若离开了大部队，杜洛周只要抽出小部分人马，就可将他们顺顺当当地干掉。

当杜洛周的骑兵驰出劲箭的射程之外时，五六百战骑却只剩下三百余骑，死伤过半，却仍未摸清楚敌人究竟有多少，这对于杜洛周来说，不能说不是一个惨重的失误。

杜洛周虽然聪明，但也不明白为什么在这么短的时间之中，他们竟可以挖空地下，造成如此大的一块地方塌陷，而又全无半点征兆，这是多么不可思议的事情啊！

其实，以葛荣的智慧，杜洛周自是难以相比，可笑他还自以为对葛荣之事了如指掌。殊不知这些年来，葛荣在暗中又训练出一批极为厉害的年轻好手，他们全都是葛荣潜在的力量，除游四等少数几人知道外，根本就不为外人所知。这一批好手，全都是由巧手马叔为他们制造的精巧杀人利器，包括这种迅速开挖暗道之术。

马叔不仅是个设置机关的绝世好手，更对土木之术精通得骇人，而这些却只是他平日当作儿戏一般授给阳邑小镇上的猎人，主要是用此对付那些来犯的官兵。马叔在阳邑能够只仅次于蔡伤和黄海，并非是偶然。蔡风极为尊重马叔，也与他关系最好。

葛荣是个有心人，竟把马叔这种奇门异术用到了战场上。试想，用这种方法攻城，的确会产生极佳的效果，更容易出奇制胜。上次由蔡风所领，在沙漠之中大发神威。沙漠之中的沙质极松，虽然要挖空它极难控制黄沙的流动，可是在沙漠之中，他们根本不需挖空，几乎是如鱼得水，因此在沙漠中潜行，根本不是一件难事。而这山坡之上，泥土甚厚，偶夹有小石块，开挖起来就有些麻烦，但一百多人合力，以马叔的奇术，要挖空这么一块地面，还是一件极为轻而易举之事，但要瞒过杜洛周这等高手却也并非易事。所以，他们绕开杜洛周，挖到其身后。而游四由于曾参加过沙漠的阻击，对这地下行动的感应就十分敏感，因此才能够及时施以缓兵之计，以有遗言留下为由，杜洛周果然中计。

葛荣所训的这一批秘密好手，分为飞鹰组、土鼠组、恶虎组及战龙组四大组，每组皆有三百余人，组合起来，的确是一支极为可怕的力量。但这却非外人所能知道的，同时也显示出葛荣的可怕之处。

鲜于修礼望着这一个个身手异常敏捷、一身黑色劲装的土鼠组队员，心头泛起了一种莫名的恐惧，深深地感受到葛荣的可怕之处，心中暗想：幸亏刚才未向游四施以杀手，否则的话，只怕此刻已被这些人乱刀分尸了。但想到将来要面对如此之多神出鬼没的对手，心中不由得泛起一阵寒意。

杜洛周的心中也泛起了寒意，他不明白为什么这么多的敌人潜至，而自己依然毫无所觉，这几乎是不可能的事情。可眼前却是事实，这些由地底潜出的敌人的确太可怕了，杜洛周虽然心痛自己骑兵的伤亡，但知道这已经是无法挽回的局面，兵败如山倒，根本不可能扭转局面，懊恼之余，却又暗自庆幸那些人并没有坐骑，否则乘胜追击，只怕死伤会更多。

此次恐怕是杜洛周作战以来，败得最惨的一次，皆因对方出奇制胜，使得他根本就没有准备的余地。

甩脱追兵，剩下的三百余骑很快就会合起来，这些劲骑全都是追随杜洛周多年的好手，刚才事出突然，对方先声夺人，使得他们一下子失去了镇定，又因杜洛周有令撤退，才会败得如此惨重，但若真是在战场上交锋，这些人全都是以一当百的硬手。

“大王，我们杀回去，将那些狗贼杀个片甲不留！”一名猛汉愤怒地提议道。

“是呀，大王，我们杀回去吧！”一群死里逃生却积满怒火的骑士立刻附和道。

“有大军来犯，我们必须迅速回营抗敌，不能被这一群人缠住，你们明白吗？”杜洛周吼道，声音中也充斥着抹之不去的杀机。

众人一呆，这才明白为什么杜洛周下达撤退的命令，全都不敢再有言语。谁都知道，一切必须以大局为重，因此三百骑顿时犹如旋风般向营地冲去。

游四诸人未能追至，因为他们被断后的步兵所阻，这些步兵也极为勇悍，为了阻止游四追杀杜洛周，个个拼命厮杀，使得战局也极为混乱。这是一些一手执盾，一手执刀的步兵，其中也有不少好手。

土鼠组的兄弟虽然个个武艺高强，但与这些不要命的人相斗，仍显吃力。飞鹰组的兄弟，那些暗器并没有取到很大的作用，因为敌方的藤盾刚好克制了他们的暗器。所以，双方只有真刀真枪地近身肉搏。

游四和鲜于修礼这一干高手倒是毫无阻碍，那弯刀甚至可将藤盾劈成两半。而鲜于修礼的一对飞爪，更是神出鬼没，难以抗拒。鲜于战胜的功力极为浑厚，一双铁脚，配合着手中的大刀，在敌群中横冲直撞，只杀得全身浴血。

杜洛周虽然听到身后惨叫不断传来，可是却不能回头营救，心中极为痛苦和矛盾。但他知道舍不得孩儿，套不住狼。他必须以大局为重，是以一马当先，向营地飞奔而去。突然似有所感，身子一低，滑向马腹。

就在杜洛周滑向马腹的当儿，荒林中射出数排劲箭，有若飞蝗一般，飙射而出。

奔驰在前的战马一阵嘶叫，然后怒吼着颓然倒下，杜洛周的战马也不例外。

杜洛周极为利落，就在战马前蹄一软之际，他有若一团肉球，自马腹之下飞速滚落于地，在身后战马踏来之前，移向一旁。

"哗——"一张大网迅速罩下，跟着便见满天灰白。

所有人都大惊，谁也没有想到敌人竟有如此卑鄙的埋伏，不可否认，这种埋伏的杀伤力是巨大无比的。只是网的面积毕竟有限，前面数十匹战马和骑士立刻遭殃，在他们根本睁不开眼的时候，就成了乱箭的活靶。

后面跟来的骑兵不由得肝胆欲裂，如发疯般放箭还击，并刹住马势。

"嗖嗖嗖……"一根根飞索自一株株老树上飞出，片刻之间，竟似在树林之间连起了一张古怪的大网，使得众骑兵阵脚大乱，再次飞出的不是劲箭，却是强弩。

三百多名骑兵，几乎死去五分之一，但对方究竟在哪个方位，有多少人，全都一片空白，似乎杀机处处皆是。

杜洛周险险逃出那石灰洒落的地面，心头却骇异莫名，这里距他的营地只不过数里之遥，而敌人却在此从容布阵，这的确是太可怕了。但他根本顾不了这么多，就在他立起身来的时候，数道劲风自他的身后袭到，劲道十足，可见攻击者并不是普通之人，但这对于杜洛周来说，却并不算什么。杜洛周武功绝对可以列入江湖一流高手，这些二三流敌手，怎会放在他的眼中？但他却不想被对方缠住，尤其是此刻。而他更怕的是敌势极强，若是内忧外患之下，说不定结局会很难预料。当然他知道潜伏在此地的人绝对不会太多，否则，以他的暗哨应该不会发现不了。但是，就只这么多的伏兵未曾被发现，就足以让人心惊胆寒的了，可杜洛周却根本就没有细想的时间！

旋身、挥刀、劈敌，一气呵成，有若行云流水。

"当……"那攻至的几件兵器犹如碎豆腐一般，断成数截，鲜血激射。

杜洛周的刀，的确是柄绝世好刀，此刻沾上血腥，竟幻上了一层蒙蒙的气雾，像是毒沼之中的氲气，凄惨而怪异。

那几名攻击者似乎没有想到杜洛周的刀锋利如斯，一出手就断去了他们的刀，并伤了他们的人，这的确太可怕了。就在对方一愣之间，杜洛周那柄笼罩着血雾的刀竟拖起了一抹凄艳的晚霞，横过天空，再横过众人的心中，于是，生命已不再属于那几人，几具尸体颓然倒下。

“嗞……嗞……”一阵极为细微的声音自杜洛周身后飞袭而至。

杜洛周想也不想，血刀向后一挥。

“叮叮……”那飞射而至的细小毒针全都自动吸附于血刀之上，对杜洛周根本就起不了丝毫的作用，反而激起了他无限的杀机。

杜洛周一声长啸，身形如风一般扑入荒林之中，血刀拖起一条长长的尾巴，带着一团血雾向伏兵们罩去。

杀气在林间不断扩散，刀风激得地面之上的沙石暴射。

刀未至，那强大无匹的霸气早已刺入了每个人的心里。

这是什么刀？这是怎样的刀法？杜洛周心中焦灼的火焰夹杂着无穷的愤怒和杀机，全都在刀上具体地表现了出来。

没有人不知道这一刀的可怕，刀招也许并不可怕，刀势也许并非绝对的杀机，但这是一柄无可匹敌的刀，一柄噬血的魔刀！没有谁能轻迎其锋，说穿了，就是任何兵刃都是不堪一击的。那么，谁想挡住这样一刀，自然是必死无疑了！谁都不是傻瓜，谁都知道生命的可贵，因此，所有的伏兵都选择了避！

伏于林间的人也绝对不是普通的伏兵，单从他们那若灵鸟般的身法可以看得出来。

杜洛周的刀势落空，这似乎并没有出乎他的意料，这一刀早已先声夺人，使得这些人心惊胆寒，自然会趋避其锋。杜洛周要的，就是这些人害怕、这些人避开，因为他实在不想将时间浪费在荒林之中，营中告急，却不知道究竟战况如何，他心有所挂，自然不能全力出刀，使得他战意大减。

“驾——”

“唏津津——”战马长嘶，那二百多骑从石灰弥漫的林间绕行过来，自两头杀至，每个人的心中都充满着无尽的愤怒，心头闷压的一肚子鬼火，在这一刻完全释放。不过，他们并未能称心如意，因为这些伏兵虽然人数不多，可每个人绝对都不好惹，身法极为灵活，与那些人骑在马背上相比起来，一个是游鱼，一个是螃蟹。而且，这些伏兵身上似乎不仅仅只有大弓、劲箭，更有许多小巧暗器，这样一来，骑兵吃的亏也就大了。

杜洛周正待去追杀那极为凶悍的几人，突感背后撞来一股狂野无伦的劲风，他根本感觉不出这是怎样的一件兵刃，可也不像是肉掌的掌风。他无暇细想，也不敢以刀锋相迎，因为袭击而来的绝对是一件大而重的兵刃，很容易破伤宝刀的刃口，若损失了宝刀似乎得不偿失。

"轰——"一株大腿粗的树干竟拦腰折断，杜洛周的身形却逃开了这一击，扭头一看，一道黑糊糊的巨影迎面再次撞来。

血刀化成一道幻影重劈而下，"剁——"一股强大无匹的巨力涌入杜洛周的身体，刀身一下子陷于黑影之中，黑影依然迎面撞来，却分成了两半。

"轰——"杜洛周骇然击出一掌，正抵于黑影之上。

黑影四分五裂，竟是一株极粗的树干！

杜洛周忍不住倒退数步，被震得气血浮涌。

"呀——"杜洛周一声惨叫，肩头被人乘机划了一刀，虽然伤口并不深，却是极长！

"嗞——"杜洛周挥刀反攻，对方却是一攻即退，因此这一刀便落空了！

杜洛周心头暗骇，那刚才合力抱树的六人，此刻全都小弩上矢，对准他的胸膛。

"嗖嗖嗖……"一排劲箭破空而至，自杜洛周的肩头擦过，向那六人飙射而至。六人因心系杜洛周，闪避不及，竟被钉得满身是箭，手中的小弩一松，六矢漫无目的地飞出。

杜洛周松了一口气，这么近的距离之中，小弩的杀伤力极强，虽然他的宝刀锋利无比，但也难保不伤。

"风紧，扯乎！"一声吆喝在林间回荡，那些伏兵若一只只林间夜鸟般，借助树木的掩护四散而撤，只见蓝衣飘闪，片刻即逝，那些射向他们的劲箭不是落空，就是被挡下。这一群人似乎每一个都是武林高手。

杜洛周气恼地连射出几箭，他的箭劲狂厉无比，对方却未能挡住，但也无法伤了他们的性命，只是让他们增加了几名伤员而已。

众骑兵跃马欲追，却被杜洛周喝止。到了此时，杜洛周的确已经全无恋战之心。他一心所想的只是营地之中到底发生了什么事！

……

游四与众人一路狠杀，终于将那队步兵杀得四散而逃，但己方伤亡也不小。那些步兵实属杜洛周的亲随兵卫，绝不是好对付的，以游四之力也得付出极重的代价。

“我们不必穷追，立刻前去与庄主会合！”游四沉声吩咐道。

“游兄弟，咱们就此别过了，请代我向你家庄主问好。”鲜于修礼静静地应道。

“鲜于先生不想与我一起去看看吗？”游四悠然问道。

“不用。虽然我们此刻是朋友，但是我想到将来总有一天会成为敌人，就什么心情都没有了，只是我仍要提醒你们，杜洛周不是一个易与之辈，还望你们小心为妙！”鲜于修礼毫不作伪地道。

“多谢提醒，我们会知道如何做的，咱们就此别过！”游四也并不想有过多的言语。

“后会有期！”鲜于修礼一抱拳道。

“但愿我们后悔无期！”游四苦涩一笑，策马就向杜洛周的营地行去。

狼烟依然高高升起，与天上的白云相接。

杜洛周心底稍安，情况似乎并不如他想象中的那般糟糕，至少他所面对的一方并没有失守，旌旗依然在风中鼓荡摇晃，战马嘶叫如昔，只是气氛极为紧张。

这背山而建的寨子，虽不是很高大，但所筑的土墙以木柱相夹，每寸泥土之中都埋有木柱，这样建筑起来，显得极为牢固，也极难攻克。寨头之上的箭手严阵以待，似乎随时准备攻击。

杜洛周的确心头稍定，因为寨头之上所插的旌旗仍是以一条巨龙写成的一个“杜”字，且寨头的守兵亦是他的人，因此，杜洛周绷紧的心弦终于放松了下来。

狼烟仍在升起，却是在后山之上。

“是大王！快开寨门！”寨头之上一位身着铁甲的汉子高声呼道。

“何将军，究竟发生了什么事？”杜洛周一面策马向寨内驰去，一面高声问道。

“禀大王，有敌人自寨后来扰，点燃狼烟，已有人去处理了！”那身披铁甲的汉子高声答道。

# 第八十八章　局中藏局

杜洛周此时更是松了一口气，心道："原来自己中了敌人的围魏救赵之计，这狼烟乃是对方故意点起！"不由得暗骂出这点子的狗贼，害得他心有所虑、无心恋战之下，损失了几百名好兄弟。

其实，这也不能全怪他，此寨所在之地，向东四十里就是朝廷守军，而西南方向五十里便是葛荣的势力，他这次出军其实也有个难处，那就是他想占住通向山西的要塞。而葛荣也同样不想放弃通往山西的要塞，更想一举攻下新乐，举兵灵寿，这样，整个北太行就完完全全在他的势力范围之内，靠山而战，尽显地利优势。而葛荣更是自太行起家，太行山延绵数千里，内有取之不尽的资源，他怎能让杜洛周断掉他与北太行的往来？而更有通往山西的要道，乃是双方必争之地。因此，两人的冲突就难以缓解。在这两方忧患之中，杜洛周自然担心有大军来犯，而此刻得知并无大军来犯，自是心头放松。

"严加防范，不得有丝毫的松懈！"杜洛周沉声吩咐道。

"是！"身披铁甲的汉子恭敬地应道。

杜洛周感到一丝异样，突然有所悟地望了望地上未干的斑点，那竟是血迹，不仅如此，更有许多践踏过凌乱的蹄印。更让他感到不对的，却是守在城门两旁的士卒竟不高声向大王请安。刚才杜洛周心有所思，一时未曾注意，这一刻静下心来，才发现那天大的变化，不由得骇出了一身冷汗。

"大家小心，杀出去！"杜洛周敏感地觉察到这一切已经不再是他想象的那么简单了，不由得调转马头，就向寨门之外杀去。

但很快，杜洛周就呆住了，他那牵住马缰的手变得僵硬，脸上的肌肉也变得极为僵硬，战马十分躁动不安地停住蹄子。

不仅仅是杜洛周呆住了，他身后的两百多名骑士也呆住了，几乎不敢相信这是事实。

“何礼生，你这是什么意思?”杜洛周发现自己的舌根有些发硬。

“对不起，杜洛周，命运是由天定，上苍早已安排了这一切，只等我依照它的计划去一步步施行。你不能怪我，要怪也只能怪你自己选错了路！你不该背叛庄主。”那身披铁甲的汉子声音变得充满怜惜和怜悯，完全没有刚才那一刻的恭敬之态，称呼杜洛周也只是直呼其名，而不叫大王。

杜洛周心凉到了脚跟，望着那近千支一齐对着他的劲箭，那一张张充满杀机的脸，竟使他体验到了鲜于修礼刚才那种无奈的表情。

“难道你不要命了吗?”杜洛周犹抱最后一丝希望，威吓道。

何礼生傲然一笑，道：“若在一个时辰之前你说出这句话，没有谁会不害怕。只是这一刻，你已经没有权力如此说了，别人只会当你是开玩笑!”

“你真的要做叛徒?”杜洛周犹如置身冰窖般，冷冷地问道，在这一刻，他竟显得无比冷静。

“不，叛徒只是你。一直以来，我都没有半丝叛逆之心，也一直都在做我应该做的事情。”何礼生的声音极为冷硬，像是自阴森的祠堂中飘出的寒气。

“我待你不薄，而今日你却用箭指着我，若不是叛逆，那是什么?只要你弃箭认错，我可当今日之事没有发生过，否则，定以叛逆之罪处置你!”杜洛周平静地冷喝道。

“笑话，我何礼生从来都不是为你做事，我只是为庄主做事，以前助你攻城掠地，为你出谋划策，全是庄主吩咐我如此做的。那时候因为你是杜大，而非如今的杜洛周，所以，我从来都不能算是你的人，根本就不会有叛逆与不叛逆的问题！你落到今日的下场，只是自找的！”何礼生冷冷地道。

杜洛周心中这一下真的凉透了底，骇然问道：“你到底是什么人？”

何礼生悠然一笑，仰天吸了口气，道：“葛家十杰中排名第五的何五！”

“你就是何五？”杜洛周身形一颤，险些摔下，事实的确太出乎他的意料之外了，这个一直追随他东征西战的好兄弟竟是葛家十杰的何五。这么多年来，他一直都不曾怀疑和发现对方的真正身份，现在想想，真让他感到心头发麻。杜洛周从来都没有想到这个世间竟会有如此深沉的人，数年之中，竟找不到对方一丝破绽。因此，这也从另一方面可见葛荣是如何的可怕，用人是如何的厉害！

杜洛周想笑，想仰天长笑，但他却笑不出来，因为太苦涩了，苦涩得连他的喉头也有些发硬。

“是不是感到很意外？其实也没什么，这些年来，庄主只对我吩咐了几件事，其一是我的真实身份除了庄主之外，不能让任何人知道我是葛家十杰的老五；再就是绝对忠心和服从你的安排。只是在十天之前，庄主又给了我这几年来的第三个吩咐，那便是：小心安排，取叛徒杜大之命。因此，你只好认命了！”何礼生淡漠地道。

杜洛周已经不知道再说些什么好，他的大军也许再过几个时辰就可以赶到，但是，他已经没有时间了，连一丝机会都没有，只有在这个时候，他才深深地体会到葛荣的可怕，才真正地知道，无论是在哪个方面，他都不是葛荣的对手。葛荣就像是这个时代的猎人，最可怕最可怕的猎人，深沉、狠辣，更有着常人所没有的耐心。杜洛周知道自己看错了葛荣，真正的看错了葛荣！可是已经迟了，似乎是太迟了，他一直都以为自己将葛荣看得很透彻，如今看来，这是多么一件可笑而又可悲的事情。

“那他们也全都如你一般归降了葛荣？”杜洛周声音有些发硬地问道。

“并不是所有的人都这般，但很快就会是这样。大概这一刻，不服从命令的、不屈从大势的已经去了西方极乐净土，参见佛祖了。”何礼生自信地笑道。

“杜大，我现在给你一个圆满的答复，这座寨中，仍有一队不趋向大势的人，那就是你们!”一个苍雄而浑重的声音，似天空中滚过的轻雷，自有一种惊心动魄的魔力。

杜洛周缓缓扭过几近僵硬的脖子，看到了一条高大的身影自天空之中冉冉而降，优雅得像是一片温柔的雪花，不沾半点尘土，不带半丝烟火，清奇之中透出一种逼人的霸气，浑身散发着一种让人心颤的气机，荡漾在风里，形成了一个独特的格局。

杜洛周的眼中射出了异样的神采，复杂得也许连他自己也无法明白其中的真义，但他仍忍不住低低呼出了两个字：“庄主!”

来人正是葛荣，浓眉斜入鬓角，目朗若天星，一脸沧桑却泛着异样而独特的笑容，包含了无尽的自信和智慧。

葛荣很随便地站在那里，是那么自然，却成了一道独特而充满活力与生机的风景。

“你还记得我是庄主吗?”葛荣的声音极为柔和，倒像是很引人入梦。

杜洛周已失去了刚才的那份冷静，再说他也不可能再冷静下来，额角和鼻尖之上都渗出了汗水。他身后的两百多骑士根本就帮不上忙，因为谁也不敢动一个指头，虽然他们对杜洛周很忠心，可是毕竟知道任何无谓的牺牲都是无济于事的。更何况葛荣的气势的确足以震慑场中的所有人!

马蹄声轻响，两队坐骑和两队步兵极为整齐而有序地在葛荣身后拉开阵势，更增添了场中的那种压抑氛围。

寨中很安静，马嘶之声也都小了很多，更没有人语，一切都在静静地酝酿着，也不知是酝酿着风暴，抑或是在酝酿和平。

“还是你赢了!”杜洛周的笑容无比苦涩地道，神情中包含着一种绝望的落寞。

“我早就说过，你永远都不可能斗得过我!你的确是个难得的人才，但有些时候最怕的却是聪明反被聪明误，这就是命!”葛荣微微有些惋惜地道，眼中竟有一丝淡淡的无奈。

“我一直都小看了你，真可笑，还当真的已经看透了你!”杜洛周苦涩地道。

“你一直都没有小看我，只是你把自己看得太高了。天外有天，人外有人，有些事情不能只观表面，这也是时间和准备的问题，更关系到一个人的眼光和定位!”葛荣平静地道。

“也许你说得很有道理，只可惜这一切都迟了！一切都已经再非我所能改变!”杜洛周长长地吁了口气，无奈地道。

“对，你很聪明，也很明白事理。这些事情的确是你无法改变的，这就是二十年的准备和两年的准备之间的差距。任何事情都不可能一步登天，一口想吃成一个胖子的人，注定只会饿死，这是千古不变的哲理。若想真正的成功，就得一点点地积累，一步步精心计算好，否则，永远只会注定是失败!”葛荣毫不作伪地淡然道，顾盼生威的神情之中多了几分自豪得意之色。

“若是你早些说这些或许有用，只可惜此刻太迟了。”杜洛周黯然伤神地道。

“的确是太迟了，念在你多年跟着我的分上，我给你一个公平的机会!前两次你都是败在我的手中，但我知道在你得了饮血宝刀之后，武功大进，或许在你死亡之前不与我比试一场，你肯定死也不会瞑目的。”葛荣淡然道。

杜洛周几乎不敢相信自己的耳朵，神色间露出了疑惑之色。

“你不用怀疑我的诚意，只要你胜了我，你就可以不死！但事已成定局，正如你所说，你根本无法扭转大局，即使你活着，也不可能有东山再起的机会!”葛荣淡淡地道。

“要是我杀了你呢?”杜洛周又充满了一丝希望地问道。

葛荣悠然一笑，豪气冲天地道：“如果你有这个本事的话，也许会有东山再起的机会，那你今日也同样可以安然离开这个山寨，保证没有任何人会出手阻拦!”

“到时候你死了，其保证又有何用?”杜洛周并无欣喜之色地道。

葛荣向身后的众人喝道：“今日我与杜洛周公平一战，若是我有什么损伤或失去性命，你们不得为难他，否则按军法处置！一切军刑就由何礼生执行！”

众人不由得全都大愕，唯有何礼生心头大为感慨，葛荣这样做，的确已做到了仁至义尽。他更明白葛荣的心意，遂高声回应道：“礼生接命！”

“现在你可以放手一搏了，只要你胜了我，今日就可以平平安安地走出这个寨门，日后何去何从是另外一回事。”葛荣淡淡面对杜洛周道。

“好，既然你如此说，我也不用怎么客气，在此先行谢过你所给的机会。小心了！”杜洛周飞身跃下马背，向葛荣行去。

葛荣的神情无比安详，静静地立着，任由风轻缓地吹来吹去，让人感受到的，只有一片宁静而祥和的气机，与刚才那种超霸的气息完全成了两种极端。

杜洛周的每一步都那么小心翼翼，似乎是怕踩死了地上的蚂蚁一般，但他的眼神中只有一个人，那就是葛荣！他的心中也只有一个人，仍是葛荣！

天地之间的一切都似乎不再重要，一切全都成了身外之物，战事、战败、杀戮和权势皆成了一片空无的虚幻。天地之间只有一个葛荣，这就是此刻杜洛周的精神所在。

葛荣仍然幽静若水，无喜无怒，无嗔无忧，脸色平和得就像那空洞而静谧的天空，谁也不知道他此刻在想些什么，谁也猜不透他究竟有什么感受，或许，葛荣自己也不知道，因为，他根本没有想过任何没有必要的情绪，一切都变得空无虚幻。

杜洛周陡然停步，眼神显得空洞，神色间闪过一刹那的迷茫。他竟似乎感觉不到葛荣的存在，这几乎是不可能的事情，的确似是完全不可能！但事实上却是如此，他所感觉到的，只是一柄刀，一柄刚出土还带着古朴之气的刀！

葛荣呢？葛荣仍在，但所有的人所感觉到的，只是一柄刀，一柄散发着祥和气息的刀。葛荣似乎变得缥缈起来，抑或葛荣本身就是一柄刀，一柄富有生命和灵气的刀！

刀，在扩散，那是一种意念，就像是风，很抽象。究竟是什么风？究竟风是怎样的一种形式和生命？没有谁真正地知道。为什么空气流动所形成的气流带给人的感觉要用风来定义呢？没人知道。就像没人知道为什么有人要给刀下一个定义一般。但有时候，定义根本无法约束一件事物的本质，就像是刀，没有人真正可以辨别什么是刀，什么才算刀。因此，现场所有人的意念之中，只觉刀在扩散，那是一种自葛荣躯壳之上散发出来的气机！

杜洛周闭上了眼睛，他缓缓地闭上了眼睛，他知道这一刻，眼睛再也不会起到很大的作用。甚至眼睛只会是累赘，最有效的，只有一种东西，那便是感觉，一种自心底渗出的感觉，根本无从琢磨，根本无可形容。一个高手的感觉来自他灵魂深处千百次的体验，有时比眼睛更灵活而有效，或许，这也可以叫作灵觉。

杜洛周深深地体会到这一战的艰难，也深深感觉到了葛荣的可怕，那简直是一个不可高攀的对手。江湖中传说葛荣已经达到了“哑剑”黄海的那种级别。因为葛荣乃是“怒沧海”的继承人之一。挑战葛荣，就等于是挑战怒沧海、挑战蔡伤！无论是谁都可以想象到这一战的艰苦。

曾两战两败的杜洛周，这第三次挑战是否能胜呢？的确，杜洛周的武功已是今非昔比，自获得宝刀“饮血”之后，本身武功几乎比以前增长了五倍，若是倚仗宝刀之利仍无法胜过葛荣，那么他这一生永远都没有希望胜过葛荣。即使他不死，也不可能有胜葛荣的机会。

杜洛周深深地感觉到葛荣已经与以前不同，如今的葛荣已非昔日的葛荣。十几年了，杜洛周在进步，葛荣也没有闲着。而在最初两战之中，葛荣根本就未曾用尽全力，皆因葛荣没有杀他之意，但这一次却不同了，葛荣再也不会有所顾忌，再也不会留情！

杜洛周心头自不免有些气馁，有些焦虑，本来空明的灵台这一刻竟不自觉地颤抖、浑浊起来，他根本无法让自己不去想对方。

“如果你不能够安下心神，就注定只有一个结果——死亡！也根本不配与我交手！”葛荣的话似乎是响在天边，又似是响在杜洛周的心底。

杜洛周的心神为之颤了一颤，他知道自己的心中每一个细微的变化，都已经在葛荣的心中印了出来，一丝不漏，这简直比葛荣的刀更可怕！

葛荣可以完全清楚他的心理，而他根本无法揣测出对方的心思，看来这一战的胜算的确甚微。

杜洛周咬了咬牙，努力地使心头平复，尽量让自己心中所有的杂念全都排出脑外，他知道自己绝不能有丝毫的杂念！

刀，杜洛周再一次感觉到刀，天地之间只有刀，没有敌人，没有自己！

正在无限扩展、无限延伸的刀，那是葛荣的！

葛荣并没有出刀，也没有人知道他的刀藏在哪里，也许压根儿葛荣就没有刀，抑或葛荣的刀就是他自己！

杜洛周的手心渗出了汗水，他已经没有任何退路，那柄刀似乎是张极为真实的大网，将他紧紧地罩住，把他的心神牵引着，那是一种无法解释和摆脱的危机。

葛荣其实已经出手了，一种意念，这是绝世高手的可怕之处。

杜洛周再也不能等，他知道，自己根本达不到葛荣那种境界，根本就无法与葛荣比较心力，无论在气势和气机上，他始终是被动的。

天空在刹那间变得血红，其实，所有人的眼睛并没有看向天空，他们关注的只是杜洛周和葛荣这惊世骇俗的一战。

血红，是杜洛周的刀，杜洛周终于抗不住那种来自心底的压力，出刀了！

“饮血”的确是一柄好刀，空气全都被它撕裂，若搅动的沸水，犹如千军万马的杀意，使这郁闷的天空变得异常冷厉。此际是深冬，将近腊月的深冬。

天气本就很冷，但在杜洛周出刀的一刹那，每个人都禁不住打了个寒战，这是一柄饱饮鲜血的魔刀，它本身就是一种杀戮的象征。此刻在充满杀意的杜洛周手中，它更是杀气四溢！

沙石横飞、乱撞，杜洛周的身影首先被这血红的雾气所吞没，然后雾气膨胀、扩散，以快得难以形容的速度向葛荣击去。

这是杜洛周的刀，惊天动地、可怕得让人心寒的一刀！

葛荣似乎仍是那个样子，但他的眼睛缓缓合上了，是在那团血雾奔至他身前五尺之时，然后，便见天空亮起了一道耀眼的电芒。

这是葛荣的刀，不知从何而来，也不知向何处去。没有起始，没有结束。天地苍穹，只此一刀！

葛荣消失了，杜洛周消失了，消失在那狂野、暴烈的强芒之中！

血雾在飞散，电芒竟似是自晨曦中露首的旭日，扩散、四射！

“哧哧……”一种电火的摩擦，却并没有众人想象之中激暴狂野的震响。但空气，再也没有那种畅快的韵味，有着流动的液体，使每一位旁观者的胸口气息难畅。

一切都变得诡异，两团异彩在闪烁流动，在最牵动人心魂的一刹那，异彩都爆散成一簇美丽的烟花，在低空中撒落、成形。

赏心悦目之中，一阵惊天动地的裂响，似乎撕裂了所有人的耳膜，刺入每个人的心间。

战马一阵骚乱、嘶鸣，骇然倒退。场面却并不混乱，很清楚地显示出，这些骑士都是训练有素的优秀战士，但每人的脸上都绽出难以置信的神色。

地面上的泥土有若龙卷风卷过，沙石杂草，在空中幻成一条条张牙舞爪的狂龙。

杜洛周依然是杜洛周，葛荣依然是葛荣，立在一个凹下去的土坑两侧，有若两尊雕像。

尘土依然未曾淡去，在两人之间形成了一层淡淡的尘雾，但却没有一丝尘土可以逼近两人的身躯。

杜洛周的刀在手，遥遥指向葛荣的眉心，那血雾轻绕的“饮血”宝刀若隐若现。但杜洛周的衣衫却有些凌乱，脸上的神情镇定而冷漠得像冰雕，没有掺杂任何感情，喜怒哀乐根本就不形之于色。

葛荣意态依然是那么轻闲自若，自然恬静之中自有一种莫名的潇洒，衣衫轻飘。

刀，不知在何方，没有半点踪影，也很难将之与刚才的狂野狠厉相比较。若单看葛荣的表情，众人的确会怀疑刚才只是做了一场梦。

血芒吞吐不定，像是在表明杜洛周心中的波动潮涌。

的确，杜洛周此刻竟陷入了苦局，葛荣的武功之可怕，完全超过了他的估计，在这一刻之前，他十分自信，自信自己的武功绝对不会比蔡伤和尔朱荣之辈差多少，加上他手中的饮血宝刀，更使他的攻击力大增。但刚才与葛荣交手，却根本就没有占到丝毫的便宜，甚至他还输了一手。因为他根本就不知道对方刀从何出，且刀归何处。无论是在气势上，还是功力上，都输了一筹。

葛荣根本就无需借助任何东西来助长自己的气势，他自己本身就是一种难以抗衡、充满爆炸气息的来源，但却又给人一种温和纯正、自然而恬静的感觉，似乎天地之间那浩然的清纯之气全都凝于他一身，那种博大纯正而又无比凛冽的感觉，实是一种压迫。

杜洛周身在这种气机之间，感触比旁人更清晰百倍，迫使他根本不能收刀。他必须以刀势和刀气加以抗衡，但他却在葛荣身上找不到一丝一毫的破绽。

葛荣只是随便一站，就自然与天地同为一体，像是融入了天地万物之间，浑然一体，毫无分隔。

杜洛周没有进攻，他的确是找不到任何出手的机会，也不敢出手，似乎他任何的一个动作，都可能牵动对方最无情、也最可怕的攻击。

葛荣没有出刀，但他的刀似乎无处不在、无处不存，甚至每一寸空间之中都弥漫着他浓烈如酒的战意，那自然深邃而清亮的眸子之中，荡漾着难以叙述和解说的玄机，莫测高深得有若辽阔的天空。

葛荣最厉害的是刀，其实，葛荣自身就是一件可怕得让任何人心寒的兵刃。

江湖中人，很少见过葛荣出手，也很少听说过葛荣有什么极为轰动武林的壮举。但，他就在这种无声无息之中壮大起来，无声无息之中，成了一方霸主，没有任何人会小看葛荣，但却没有多少人相信葛荣也会有如此可怕的武功。

杜洛周早就知道葛荣是一个很可怕的对手，因为他曾两战两败，可是那两次，葛荣似乎并不比他厉害很多。此刻他才明白，葛荣一直都没有尽全力，一直都在隐藏实力，也只有这样的对手，才算真正的可怕！

“你的刀果然很锋利！差点削坏我的指甲。”葛荣淡淡地笑了笑道。

杜洛周心头大怒，但却知道葛荣就是想激怒他，使他心神生出破绽。

葛荣如此一说，倒让杜洛周心头稍安了一些。葛荣之所以想激怒他，便是因为想破去他心头的警惕，松动他的心神。也就是说，葛荣也不能找出他的破绽，也并不是完全有把握能够击败他，否则，对方完全不需要心理攻势。

杜洛周立刻信心大增，战意狂升，刀芒再进一尺，神情肃穆至极。他必须战，因为他并不想死，当一个人被逼上绝路之时，往往会发挥出常人难以想象的力量，正所谓一夫拼命，万夫莫敌。但高手相争，往往就只是那么点滴之间的事，哪怕一个小得只能插入针尖的机会，也足以使人丧命。

风自杜洛周的刀锋之下涌起，渐渐变得疯狂。土坑之中的泥土旋动，一切，似乎应该从这里开始了。

葛荣慢条斯理地掸了一下衣角的灰尘，所有的细微动作都做得那么细腻圆润，就像是绣花的女子在穿针引线，又像是多情的郎君为爱人插上一朵娇花。

一切都完全顺乎天理自然，一切都赏心悦目、潇洒自如，但一切也全因为这弹指之间，变得不再宁静。

杜洛周的刀斜划而出，发出“嗡”的一声震响，红芒一射再射，身形缓拔而起。

葛荣随手一拂，竟送出了六道汹涌无伦的真气，无形无色，但杜洛周却深深感觉到真气的存在。甚至，他手中的刀芒也随着那六道劲气的相逼，敛了下去。

杜洛周刚刚升起身形，便见他立身的地方爆开了，证实了葛荣真气的存在。

杜洛周的宝刀在空中虚虚斩下，血芒一闪，划过一道残虹，向葛荣的头顶落去。

“败军之将何足言勇？今日若是不让你见识一下葛某人真正的武学，相信你死也不会瞑目！”说话之间，葛荣身形有若鬼魅一般横移而出，当众人肉眼难辨之时，双掌在虚空之中合拢，立刻就见一道白芒电闪而起。

葛荣身形随之飞升，若旋舞的苍龙，掩起海啸般的气机，激撞向杜洛周。

杜洛周这次并没有闭上眼睛，但他却情愿闭上眼睛，他所看到的，却是几乎冲散了他所有信心和斗志的异象。

葛荣的刀，并不是刀，那如闪电一般的厉芒并不是刀，而是气！以气凝形成为一柄气刀！在场的人之中，只有少数一两位能够辨认出那刀乃是由气所凝聚而成，这几乎是根本令人想象不到的事实。

气刀，只是传说中才存在的，即使蔡伤也依然需要用刀，并没有谁传说蔡伤能达到这种以气凝刀的境界。若真是气刀，那杜洛周的宝刀又有何用处？气刀本是虚幻却无坚不摧之物，又怎是刀剑所能匹敌的？

杜洛周心神猛震，斗志大减，甚至连刚才凝聚的信心也全都消失殆尽，如此一来，血芒大减。

葛荣的眼中闪过一丝难得的笑意，身形竟越过杜洛周的头顶，继续上升近丈，这才以君临天下之势，疾扑而下。

葛荣再非葛荣，所有人的眼中只有一柄刀，一柄宽厚、黑沉的大刀。无锋、无刃，但却有一种无坚不摧的气势。

空中的电芒，一切让人眼花缭乱的幻象全部消失，有的只是一柄真实却又虚幻的刀！

杜洛周最后一点斗志也完全消失，葛荣人刀合一，天地一体，又有谁能胜之？又有谁能与之匹敌？

“叮——”一声清脆但却能震断人心弦的轻响，击碎了世间所有的虚幻。

天地再一次静止下来，黑刀、厉芒全都似是昨夜梦中的记忆。

杜洛周脸如死灰，饮血宝刀不在他的手中，却架在他的脖子之上，冰凉的寒气几乎冻僵了他全身的经脉，刀柄，握在葛荣手中！

葛荣的眼中闪过一丝淡淡的笑意，只有胜利者才有的笑意。

杜洛周败了，在别人的眼中，这似乎是顺理成章、理所当然之事，谁能够是那可怕的刀人合一的绝世之刀的对手？但结果却有些出乎人的意料之外。

在所有人的想象中，杜洛周只会被劈成十段八块，难存全尸。谁也想象不到，这样可怕的一刀下来，还能留下点什么，甚至有些人在叹息那柄饮血宝刀，如此好刀也要在这一招之下毁掉，那太可惜了。

可事情往往会出乎人的意料之外，饮血宝刀握在葛荣手中，架在杜洛周脖子之上。

杜洛周苦苦一笑，道："你赢了！"

"我早就说过，你永远都不可能斗得过我。"葛荣自信而傲然地笑道。

杜洛周心中暗叹，虽然今次败得冤枉，可是的确是人家智高一筹，兵不厌诈，谁又能怪谁呢？他只有认输一途。

"一个人争夺天下，所凭借的不是武力，更要靠智慧。你的确是一个人才，我也没想到你的武功会增进如斯。不过，你教给了我一件很重要的事，那就是不能轻视任何敌人，即使昔日的手下败将也不例外！"葛荣认真地道。

"你也教给了我一件很重要的事——眼见为虚，心感才实。只可惜我已经没有机会再好好地运用这个教训的经验了。"杜洛周竟变得十分平静地道。

"哈哈，的确有些可惜，你死在这柄锋利无匹的宝刀之下，也不算吃亏了。何况能死在我的手下，应该可以名扬天下！"说到这里，葛荣忍不住赞道，"这的确是一柄宝刀，我原以为我的'天意'也是柄一流宝刀，可是却经不起'饮血'一斩，真是绝世宝物。"

"可你还是赢了，正如你所说，比武也并不是全靠兵刃取胜，还要靠智慧!”杜洛周涩然道，神情极为落寞而空洞。

葛荣开怀地笑了笑，从袖中抖出已经断成了数截却仍呈刀形的铁块。

旁观之人无不大惊，却弄不明白这究竟是怎么回事，何以葛荣的袖中竟藏有断成数截的一柄刀？只有杜洛周心知肚明，可惜悔之晚矣。

原来，葛荣在与杜洛周交手第一招的时候，手中的刀就已经被饮血宝刀斩成了两截，但因为当时杜洛周闭着眼睛，根本就不知道葛荣用的是什么刀？刀出何方？刀入何处？在那种狂狠猛烈的气劲之中，杜洛周竟感觉不到葛荣的刀被斩断。葛荣却在这一刀之下险险逃过一劫。由于葛荣的动作太快，那厉芒的光线太强，使得众人根本不知道他用的是什么刀，只知道一道闪电般的厉芒，更不知道葛荣已将断刀藏入袖中。当天空中的厉芒消失之后，葛荣表现得气定神闲、意态潇洒，而杜洛周却显得极不自然，优劣立判。

众人都以为葛荣占了上风，即使杜洛周本人也被葛荣的神情和自若弄得莫测高深，同时由于上两次败阵的经验，先入为主的念头和阴影使他更觉葛荣的武功深不可测。众人却不知事实上全不是这么一回事，相反，杜洛周因倚仗宝刀之利，还占着上风，葛荣却是处于劣势，只是他有苦说不出，也不能说出。假如单论武功，葛荣比杜洛周至少要高出两筹，但苦于兵器被斩断，使得优势尽失。葛荣的确是智慧过人，很能抓住对方的心理，他之所以要将断刀收藏起来，就为顺利施行他的对敌方针——务必从精神上打败对手！因此，在第二次出手之时，先以气刀，再以人刀合一这两招绝世刀法，使得杜洛周斗志尽消，这种境界的刀法的确能产生无比强烈的震撼作用，以杜洛周之狠厉，也被震住了。而“葛荣的武功深不可测”这一念头，在他的心中早被种下了惨败的阴影，才让他相信葛荣的刀法真正达到了“以气凝刀”那种意境。

事实上，葛荣这两种神奇无比的表演只不过是虚有其表，根本就无法起到任何攻击效果的，只能做掩人耳目之用，纯粹是以此来给对方一个巨大震慑!

杜洛周果然中计，心神有了松动，自然刀法之中就出现了极大的破绽，而且其斗志尽消，因此葛荣才得以十分顺利地夺刀，再以刀架于杜洛周的脖子上。而在这夺刀的过程中，葛荣那断成两截的断刀再断一截，却全被他收入衣袖之中，造成了他能以气凝刀和天人合一的神功绝学战胜了杜洛周的假象。这每一个细节之中，无不包含了葛荣个人的武学和智慧。

杜洛周知道，他比起葛荣来，在智计方面，绝不止差一个级别，因此，败在葛荣的手中并不算冤。但他犹有些不明白地问道："你怎会算得如此之准？我会在这个时候出寨？"

葛荣悠然一笑，道："你自以为聪明，自以为很了解我，将我看得很透，这就是你最大的一个败因，任何对手都绝不能自以为很了解对方，这只会让你败得很惨。对于你的脾性，我倒是的确知道得很清楚，就是你请鲜于修礼去杀老四，然后再派人暗中盯着老四，这一举一动，无不在我的眼下一览无遗，亏你还自鸣得意。我之所以不阻止老四进入你的军营见高欢，就是早已算好了你一切的计划和行动，再将计就计。其实我的大军早在你到此寨之前，就已驻扎这附近，只可笑你懵然不觉。因此，你今日之败局是早已注定的！"葛荣淡淡地道。

杜洛周绝望地仰天长笑，他还有什么好说的呢？听到葛荣这番话，才知道自己与之相比起来，是多么幼稚，多么可笑。

"现在你应该死而无怨了吧？"葛荣冷然问道。

"你杀了我吧！我的确不应该怨什么，能死在你手中，我的确应该值得骄傲！"杜洛周的神情没有一丝悲切，没有一丝怨恨。

"好，你明白就好！"葛荣微微一笑，杀机在眼角一闪，饮血宝刀散发出一抹凄艳的残虹！

杜洛周没有发出半声惨叫，脑袋已在鲜血中滚落尘埃，一方豪雄就这样瞑目而逝！

葛荣深深地吸了口气，解下杜洛周身上的刀鞘，还刀入鞘，一齐负在自己的身上。

"大王！"那两百多骑兵全都惊呼出声，不顾死活地向葛荣扑到。

葛荣根本就不将这些人放在眼里，因为他知道，任何人只要动一个小指头，就会变成刺猬！

这一点在他悠然转身之时，就马上得到了证实，惨叫之声和怒吼之声此起彼伏，战马的嘶叫，使得充满血腥的寨内更显凄惨。

“庄主万岁，庄主神威无敌……”四周观看的士卒突然齐声高呼，声震田野。

葛荣心头涌起了一种极大的满足之感，一种君临天下的豪气直冲脑门，禁不住仰天一阵长啸。

在万千的呼声之中，那啸声依然清晰可闻，直冲云霄，破雾透云而上，回转于九霄之间，如龙吟，如风鸣，激昂千万匹战马发足齐奔，使得众将士如疯如狂，狂呼更野更烈！

# 第八十九章　刀临魔门

蔡伤与铁异游自积金而返，他们的确是不想让魔门中人有好日子过，不仅仅只是因为使蔡伤重伤这么一回事，更可恶的却是对方竟胆敢将蔡风炼制成毒人！

在蔡伤的心目中，罪该万死的自然是金蛊神魔田新球，蔡风变成毒人，他乃是罪魁祸首，更有长生与付彪的仇始终搁在蔡伤的心头。

以蔡伤十八年前的性格，就是天涯海角，也会追到金蛊神魔杀之泄恨，但这十几年佛学的修养，使得他性情大变，杀意锐减，修身养性之下，不想再过杀戮的生活。特别是蔡风生死下落不明之时，更是令他心灰意懒，只想找一无人之处，静静地度过后半生。可却因情深意重的太后胡秀玲，使他不得不再沾红尘之事。但是，在得知蔡风犹未死的真相，且变成毒人，而大儿子和二儿子及几位忠心耿耿的家将仍活在世上的消息，竟使他再一次振作，激起了昔日的雄风，虽然隐居之心仍在，但斗志却是异常强烈。

这次南行，蔡伤除打算到陶弘景所住之处走一遭外，却也有意会一会各魔宗的宗主，因此他们直接来到昌义之的府上。

“什么人？可有拜帖？”守门的护卫见蔡伤与铁异游行上大门的台阶，仍然不肯下马，不由得出口相询。

“拜帖就在这里！”铁异游冷冷一笑，铁袖轻拂，两名护卫还没来得及反应，就已飞跌而出，撞在大门的两椽上，晕了过去，连惨叫声都未来得及发出。

蔡伤淡淡一笑，并不以为意，他今日前来，的确是没有打算好好地与之谈判，他也不想让自己的敌人过得很愉快！

蔡伤和铁异游并没有下马，而是策马缓入侯府，这一举措，似乎立刻吸引了府院内众家将的目光。

这些人全都是江湖老手，察颜观色的本领绝不差，一看蔡伤和铁异游的架势，就知来者不善，纷纷向两人包抄过来！

铁异游根本就不曾将这些人放在心上。

"来者请下马！"一名领头的家将拦在马首之前沉声道，语意中稍稍有些不客气。

"去把昌义之叫出来！"铁异游更为不客气地喝道。目中无人之态，只将这些家将气得心火乱冒，但看这两人气势不凡，也不知究竟是什么人，竟不敢得罪。若是得罪了大人物，侯爷怪罪下来，只怕也吃不了兜着走。

那人不由得耐着性子问道："不知二位找我们侯爷有何贵干？可有拜帖？"

铁异游望了望那十数名家将，冷冷地道："我们是要他交出一个人，也不需要什么拜帖。"

"朋友，这里可不是酒楼茶馆，不是随便什么人都可以撒野的地方。"那家将首领冷哼道，眼中充满了敌意。

"的确，这里不是酒楼茶馆，不是什么人都可以撒野的，但像我这种人却是可以——"

"以"字方落，铁异游已比那家将首领抢先一步出手，那人也是个硬手，他知道来者不善，善者不来，话说到这个份儿上了，他自然知道该怎么办，是以想先下手为强，但他快，铁异游比他更快！

那人的剑刚刚刺出去三尺，想划断铁异游的马首，但却发现剑已经动不了，竟是铁异游的两根指头，犹如铁钳一般紧紧夹住剑身，而铁异游的眸子中射出无比冷厉的精芒！

那人骇然之中犹未回过神来，就觉得双目一痛，眼前一暗，禁不住发出一声撕心裂肺的惨叫。

铁异游的两指已经插在他的眼中，口中冷哼道："有眼不识泰山，要之何用?"

"呀……"众家将想不到铁异游竟如此凶残，一出手就废掉了老大的眼睛，顿时全都如发疯的野兽一般扑了过来。

铁异游一声冷哼，那家将老大手中的剑竟极为灵活地到了他的手中，有若灵蛇般闪过一道青芒，荡向攻来的兵刃，而脚下不断地踢出，快若疾风，在众家将还来不及后撤之时，竟被踢翻了五人，而他们手中的兵刃也不知什么时候掉在了地上。

铁异游并没有存心要这些人的性命，是以出脚并不是很重，但却足以使他们毫无再战之力，只能倒在地上痛苦地呻吟着。

铁异游这一举措震住了剩下的几名家将，他们似乎没有想到对手竟是如此可怕，举手投足之间就重创六人，他们哪还敢再战?自知再战只会落得同伴的下场，倒不如不战。

"你到……到底是什么人?"那几名家将声音有些颤抖，怯怯地问道，一脸戒备和惊惧之色。

"你们还不配问，快去叫昌义之出来答话，否则就烧掉他这狗屁侯府!"铁异游狠厉地喝道。

若不是在侯府，这些人定会四散而逃，而眼下是人家找上门来的，不可能有逃走的机会，再说也不能逃。众将家只得硬着头皮回应道："我们侯爷有事仍未回来。"

"那你们府上谁还可以代替昌义之说话?"铁异游冷声问道。

"有贵客光临，真是我府之幸，只是我们侯爷有事未归，不知二位有何要事，就由我代办也是一样!"一个苍迈而雄浑的声音自府内小院传来。

铁异游眼中闪过一丝冷芒，向那小院门口望去，却见一红光满面的老者大步行出，似乎极有气势，身后跟着一队充满杀气的家将，显然是得到消息匆匆赶来。

那老者刚一走出小院之门，立刻斜眼向铁异游与蔡伤瞅来，但只行几步，他脸上的神色瞬即变得惨白，禁不住骇然呼道："蔡伤!"

这两个字一呼出，犹如惊雷在众家将耳中炸开来一般，那本与铁异游只相隔丈远的几名家将，骇然再次倒退数步，像是遇到瘟神一般，惊异地望着铁异游与蔡伤。

“你这老儿倒是还有眼力，想来也不会是没有身份之人，你就将金蛊贼魔田新球交出来吧。”铁异游冷冷地瞟了那老者一眼，无情地道。

那老者在四丈外停住脚步，却不靠近铁异游，声音有些惧意地道：“什么金蛊贼魔，我根本就不认识。”

“你少跟我装蒜，今日若是不交出金蛊贼魔田新球，就烧掉这狗屁侯府，杀个鸡犬不留！”铁异游充满杀机地道。

老者抬眼望了望蔡伤，吸口气定了定神，道：“堂堂天下第一刀，岂是不讲理之辈？我们根本不知道金蛊贼魔是谁，如何交人？若是知道，一切自然好说。”

“那好，你就把祝仙梅交出来也是一样！”铁异游沉声道。

那老者的神色微微一变，掩饰不住内心之惊骇，却故作平静地道：“真是好笑，我们侯府倒像是专为你养一些莫名其妙的人了，向我们要一些连我们根本不认识的人，岂不让天下同道耻笑吗？”

“明人眼里揉不进沙子，你到底交不交？”铁异游大步向那老者逼去，冷酷而充满杀机地道。

那些家将刚才吃了铁异游的苦头，这一下竟不敢轻迎其锋，骇然倒退。

“哼，我们侯府可不是任人撒野的地方！我尊重蔡伤是个人物，若是你欺人太甚，就是明知斗不过，也不能任人凌辱！”老者声色俱厉地道，一副不愿屈服的架势。

铁异游对这种表现刚强之人不知见过多少，怎会在意？冷冷地道：“对于一个没有诚意的人，我不想说得太多，那似乎只是在浪费口舌！”说话之间，他的脚步并没有停下。

老者知道冲突已是不可能避免的，不由得一声低喝道：“你欺人太甚，我也不用给你面子了，上！”

那些家将虽然知道铁异游很厉害，但碍于老者的威仪，也不得不飞扑而上，众多兵刃自四面八方一齐攻到。

铁异游脚步一挫，身子一旋之际，长剑绕身而划，洒下一片如伞般的芒影。

“叮叮……”一串脆响过后，铁异游竟像滑溜的游鱼一般自兵器的缝隙之间穿了过去。

那些家将一阵惊愕，铁异游已经再次出剑，却并非攻向那一群家将，而是攻向那老者。

那老者也心下骇然，铁异游动作之利落，运劲之巧妙的确出乎他的意料之外，他始终都以为最可怕的敌人只是蔡伤，却没想到铁异游也会这么难缠，武功高得可怕。老者身后的几名家将一直都是冷眼旁观，对铁异游刚才穿过第一批家将的身法并没有太大的惊讶，但铁异游的这一剑，却让他们心神大震。

铁异游知道，最厉害的对手就是那老者，至于众家将，他根本就未曾放在眼里。是以，在他击出这一剑之时，绝对与对付那些家将的手法不一样。

老者依然没有出手的意思，因为他知道，根本用不着他出手，自然会有人对付铁异游的攻势，虽然铁异游的剑法极为独特，也极为可怕，却并不怎么放在他的眼中，这是他对自己的信心，也是出于心底潜在的一种傲气。

“哧……”出手的是四名剑手，四位家将。老者身后的十大家将只动用了四位，在他们认为，这似乎足已成了铁异游的荣耀，能迫使四人同时出手，的确是很难得的。但铁异游的心中却感到有些不屑！

这些人的武功的确是有极为独到之处，甚至算是异常厉害，但他们仍是小看了铁异游。

四柄自四个方向攻来的长剑，织成四张剑网，跳跃闪动之间，大有削骨靡肉之气势。

剑气之声，犹如滴入热锅中的冷水，发出蒸腾细响。

空气被扰得浑浊一片，铁异游竟如云雀般冲天而起，然后再倒射直下，手中的长剑，洒下一幕光雨。劲风激射中，传来一阵清脆的金铁交鸣之声。

铁异游的身形再次被弹起，四剑合击之力的确不同凡响，这几名家将的身手确实是先前那些家将所不能比拟的。

铁异游的下击之力，也大得骇人，竟使四名剑手踉跄倒退，只差点没一屁股跌坐于地。

那老者的眼中显出一丝惊骇，但他身后的另外四名家将也在此同时飞了起来，各人手中兵刃挽起无数绽放的剑花，倒像现在是一个充满生机的春天。

蔡伤依然安坐于马上，根本就不在意眼前的一切打斗，也似乎对铁异游的生死并不关心，满含笑意的眼神，却让人感到一阵心悸。

铁异游一声长啸，手中的长剑竟裂成无数碎片，然后喷射而出，拖起一阵铁啸，刺入那一片剑花之中。

“叮叮……”碎片之下，那千万点剑花闪没、淡去，露出四张惊骇的面孔。

一缕缕若有若无的剑气割破所有碍手碍脚的空气，在四人的面前幻出一朵奇花。

这才是铁异游的剑，一直藏于他身上而不为人知的剑，但这一刻却以无与伦比的形式，爆射而出。

空中的四名家将骇然疾坠，他们不想死，所以只能以最快的速度闪避。但铁异游的剑早在他们心中深深地烙上了死亡的阴影。那种似乎无坚不摧、无孔不入的气劲，已经自他们的肌肤蹿入他们的体内。冰寒的杀意，冻僵了他们的每一根神经。

“铁异游！”那老者忍不住惊呼出声，虽然他并不认识铁异游本人，但却认识铁异游那独一无二的武功！他再也不能袖手旁观，他并没想到这不显眼的中年人，竟是曾在南朝红极一时的铁异游！他知道，若对方是铁异游，他若还不出手，那么这四条人命，只会有一个结局，那就是死亡！绝不会有第二条路好走，因此，他不能不动。

老者出手，只有一个字可以形容——“快”，包括他的身体，都化作一道碧芒，插入了铁异游的剑式之中。然后，只有一声沉闷得让人耳鼓发麻的爆响，划破天际，直冲云霄。

铁异游的身子如陨石一般坠落地上，那老者却飞出数丈之遥才飘落于地，白须飘飘，脸上泛起了一阵异样的红潮。

“总管，你怎么了?”那几名家将骇然惊问道。

老者缓缓抬起一只手，示意众人不要担心，也不要说什么，自己却并不开口，定定地望着铁异游。

铁异游心中也有些骇然地打量着眼前这能够硬挡他一击的老者，语气有些凝重地道：“你是碧箫书生昌凤府!”

“你是铁异游!”那老者再次肯定地道，显然已平复了心头翻涌的气息。

“既然你知道我的身份，就知道任何谎言都是无济于事的，金蛊贼魔与祝仙梅究竟去了哪里?”铁异游又逼近了数步，冷冷地问道。

“我说过不知道，就是不知道！我昌凤府还从来都没有怕过谁，更不受别人威胁！人死也不过是一个必须的过程，别说是你铁异游的问话，任何人来问都一样!”那老者极为硬气地道，神情极为坚决，眉目生威。

铁异游冷酷地一笑，寒声道：“既然你坚决要与这两个贼魔同流合污，我也不用客气，你接招吧!”说完，大步紧逼而上。

那八名家将知道厉害，也知道今日之局只有惨败一途。单单眼前这被称作铁异游的人就如此可怕，还有那安坐于马上的天下第一刀客蔡伤根本没有出手，岂会有胜算之理?不由得呼道：“总管，你先走，这里交给我们好了!”

昌凤府也知道今日若是苦战下去，只要蔡伤一出刀，自己只会有阵亡的结局。蝼蚁尚且偷生，他岂会想白死在这里?不由得向蔡伤瞟了一眼，身形突然暴退，射向小院的大门。

铁异游见昌凤府瞟向蔡伤，就知道他有溜走的打算，不由得剑式一紧，使出他成名的绝招——铁异游！

气机突然变得猛烈，充满了毁灭的能量，犹如飓风绕行着铁异游成锥子一般钉入八名家将的剑阵之中。

那八人禁不住心中颤抖起来，那纯粹是一种心理的压力，不过，这种压力却不是来自铁异游，而是自他们头顶滑翔而过的一条雄伟身影。

那是蔡伤，蔡伤的动作竟比铁异游快得多，他带着异样的霸气，以那种特殊气势完全击溃了那八名剑手的心神。

蔡伤并没有出手攻击那八名家将，也轮不到他出手，更不配他出手，他要找的只是昌凤府，逃入小院中的昌凤府！

蔡伤若疾风一般拂过小院的高墙，昌凤府的身影只不过离他三丈远。

昌凤府自然感觉到蔡伤的存在，因为蔡伤那强大的气机一直紧紧扰惑着他的心神，他甚至感到蔡伤的杀机自每一个毛孔透入他的心底。冰凉凉的感觉，几乎使他精神完全崩溃。但他却知道，他绝对不可以停下，绝对不可以崩溃，否则，只会是死路一条！

蔡伤眼角闪过一点黑影，却是几块巨大的假山石飞射而至，拖起一阵锐啸，气势极为惊人。

蔡伤并不感到奇怪，若是这院中没有机关陷阱，那才真正让人觉得奇怪。不过，他却没有想到飞过来的竟是几块大石头。

当然，若是箭矢之类的，蔡伤根本就不会将之放在心上，那根本不可能穿透他的护身真气，但这巨大的假山石却是无知重物，虽不锋利，却有着极强的震伤力，这用来对付蔡伤这类级别的高手，绝对比用箭矢更有效。

蔡伤也不敢毫无顾忌地任由巨石撞来，他的身子疾沉而下，向地上落去。

“哗——”地面竟在刹那之间裂开，一簇簇长枪向外弹出，更有箭雨纷飞而出。

这下倒的确出乎蔡伤的意料之外，他虽然知道这小院之中定是机关满布，但仍想不到会如此精巧而狠辣。但眼下已没有机会容他细想，大袖一拂，由底下攻来的劲箭四散而开。同时脚底灌注如螺旋般的劲气，竟硬生生地踏上那铁枪之上。

“呼……呼……”几块大石自头顶呼啸而过。

蔡伤毫无损伤地立在枪尖之上，借力如利箭一般向昌凤府疾追而去。

昌凤府早知道，这点机关绝对不可能难住蔡伤，否则，也不会几十年来，无人能压下他的声名。能得天下武林公认的人物，绝不会是浪得虚名。其实昌凤府根本就不用回头，也知道蔡伤逃过了机关，因为他再一次感受到了蔡伤那充满压迫性的气机与浓于烈酒的杀机，他知道，机关激怒了蔡伤！

“刷——”一张长满倒钩的大网，铺天盖地向蔡伤兜头盖来。

蔡伤根本就不会在意，因为他的速度，绝对会在大网落下之时穿过网区，这网对他来说，却像是毫无威胁！

“嘶——”却是另一张大网自地面上疾升而起，挡住蔡伤前行的通道。一支支雪亮的利钩因大网疾升而拖起“哧哧”厉啸，气势十分惊人！

蔡伤一声冷哼，斜掌如刀，疾斩而出，一道柔和红艳的气劲凝成刀形，在虚空中划过一道美丽的弧线。

“裂——”一声脆响，上升的大网犹如风化了的破布一般，裂成两半，而蔡伤的身子毫无阻碍地穿了过去。

“哗——”一座假山竟裂开一道石门，昌凤府一头蹿了进去，石门在蔡伤刚到的前一刻紧紧合上。

“轰——”蔡伤一掌按上石门，竟将石门击成碎块，一阵轻烟袅袅而出，带着一阵甜香扑鼻而来。

蔡伤微惊，第一时刻屏住呼吸，望了黑暗阴沉的石洞一眼，听到昌凤府的脚步声遥遥传来，知道已经错过了抓住对方的机会。

“主人，那老贼跑了？”铁异游的身形飞掠而至，问道。

蔡伤苦笑道：“还是被这只老狐狸算计了，让他溜了！”

“外面那八个家伙相信也应该知道金蛊贼魔的下落，我们就去问问他们。”铁异游狠声道。

蔡伤望了那仍在外涌的轻烟一眼，道："好！"

两人又迅速转回大院，但眼见之处，却呆住了，只见大院之中空荡荡的，除了血腥之气和一片狼藉之外，竟连一个人影也没有。刚才受伤倒地的尸体竟全都似从这个世界蒸发了一般，不见了踪影，断剑仍在，甚至连他们的两匹战马也瘫死在地上。显然在铁异游进入小院之时，有人带走了这些人，并杀死了他们的坐骑。

院中四处都是机关，何况仍有一些未曾受伤的家将，要带走这些人，杀死两匹马，的确不是一件难事。

"他娘的！我真是糊涂！"铁异游气恼地一拍脑袋，骂道。

"这不能怪你！"蔡伤淡然道。

"让我放一把火烧掉这个鸟府，看他们还能不能一直龟缩在地底！"铁异游怒道。

"不要伤了女眷！"蔡伤微微有些不忍地道。

"是！"铁异游说完纵身向内院掠去。

"庄主，是游四！"立于寨头之上的何礼生沉声禀告道。

"哦，是老四来了吗？很好，开寨门。"葛荣一喜，吩咐道，同时大步跨上寨头。

寨头的士卒立刻换上葛家军的大旗，插于寨墙上空，杏黄色的大旗迎风猎猎作响。

寨外不远的山坡之上，游四的眼中射出欣喜而欢畅之色。

"那是庄主！"有人忍不住欢叫道。

"嗯，果然是庄主，太好了，杜洛周完了！"游四喜道。

"报告四爷，有两路大军向这里进发！"一名身着蓝衫的飞鹰组弟子急急忙忙向这边跑来呼道，神色间显得有些急虑。

"两路兵马？"游四骇然问道。

"不错，一路好像是杜洛周的援军，一路应该是朝廷的兵马！"那人道。

"他们离此有多远？"游四冷静地问道。

“大概还有二十余里，观看扬起的尘土，应该各自在万人左右。”那人禀道。

游四这才松了口气，自信地道：“走，我们先入寨，由庄主定夺！”

那蓝衫汉子这才发现寨墙之上插着的旗帜。

游四策马欢呼着冲入寨门，却看到满地似钉成了刺猬的尸体，幸存的战马早已经被拴系好了。游四心头不由得一阵激动，迅速飞身跃下马来，跪伏在葛荣的身前恭敬地道：“游四参见庄主，恭喜庄主大事顺成！”

葛荣淡淡一笑，快慰地道：“你的话总是如此让人开怀，又如此实在，起来吧，让你受惊了。”

“如此一点小事，若算是受惊的话，游四也真是对不住庄主的栽培了。”游四丝毫不在意地道。

葛荣欣赏地望了他一眼，赞许地点点头，向何礼生指了指道：“他就是老五！”

游四一惊，扭头望了望这位身披铁甲的年轻人，但见他深沉的面容散发出狂热的朝气，更有一股来自骨子深处的傲气和气势。

“礼生见过四哥！”何礼生恭敬地道，神情显得异常诚恳。

游四忙还礼道：“五弟何用客气，咱们都是自家人，不必如此见外，只是五弟比我想象之中更为英武。”

“四哥过奖了！”何礼生微微有些不好意思地道。

葛荣眼中闪过一丝欣慰的笑意，道：“你们两人一见投缘，真是我军之福，今后大家齐心协力，共创明日之天下！”

“齐心协力，共创大业！庄主神威，定得天下！”游四呼出前两句，何礼生竟毫不思考地呼出后两句。

两人呼声一起，四下的士卒，全都举臂高呼：“齐心协力，共创大业，庄主神威，定得天下……”

游四和何礼生不约而同地相视一笑，一种心神意会的感觉却成了一股暖流，流遍他们全身。

葛荣伸出一只大手，游四和何礼生立刻会意，也全都伸出手来，压在葛荣的手心，三颗心竟有种说不出的默契。

游四和何礼生心头一阵激动，葛荣如此亲切地对待他们，他们觉得为此即使粉身碎骨也在所不惜。

葛荣却知道，自这一刻起，他让这两人任何一个去死，对方绝对不会皱一下眉头，是以心头升起了一种得意。

“庄主，探子来报，似乎有两路兵马向这边奔来！”游四像想起了什么道。

葛荣与何礼生同时一惊，变得无比冷静，葛荣淡然问道：“他们离此还有多远？”

“大概二十里左右！”游四道。

“知不知道他们究竟有多少人马？”葛荣又问道。

“据探子来报，对方的人马可能各在一两万左右，确切的数字还不知道，我已经派探子再探了。”游四认真地道。

“可能是他们看到那升上天空的狼烟，才会如此匆匆赶来，其中肯定有一路是杜洛周的人马！”葛荣迅速判断道。

“这次支援的兵马乃是由石离军系的燕铁心带领，若只有一两万人，可能他们只是在发现狼烟后匆忙赶至，应该是准备不充足！”何礼生分析道。

“若是这一部分大军，我并不放在眼中，但是我们却不能损失自家的兵力，而杜洛周的人马，我也不想他们有太大的损伤，‘不战而屈人之兵’方为上策！”葛荣毫不掩饰心中的想法道。

游四和何礼生极为明白葛荣的心思，不由得同时笑道：“这有何难？”

葛荣眉头微微一松，悠然问道：“你们有什么好主意，不妨说来我听听？”

游四望了何礼生一眼，何礼生示意他先讲，他便不客气地首先道：“我看这里杜洛周的降军极多，只要差遣一部分人回到杜洛周的本营，加上我们早已安排的人手，相信夺权只是一件轻而易举的事，而石离、斛盐的军系将领燕铁心，其本身是一个极傲之人，这种人有勇而无谋，只知道眼前的利益，目光短浅，像此等人要不要都无所谓。我们只要将大军向西南方向撤出这座山寨，剩下的就是他这路义军与朝廷军队狗咬狗的时候了，我们即可坐收渔利，更可在夺权之时，少了这碍手碍脚的家伙。”

葛荣微微颔首，扭头向何礼生望了望，淡然问道：“老五有什么看法呢?”

“四哥已经说得差不多了，我只想就夺下新乐城方面说一说。朝廷军队若能在这么快的情况下赶来，定只有新乐的驻军可以做到，他们看到狼烟升起，自知道是我们与杜洛周交战了，因此就赶来坐收渔人之利。若是如他们推算的话，我们两路义军这次的确要吃大亏，但事实上，他们却算错了。那就是一个时间差，他们绝对想不到我们会在一炷香的时间内完完全全解决此局。在行军打仗之中，最重要的即是时间，谁快，谁就有更大的胜算；谁快，谁就能出奇制胜。因此，今日我们是已经胜券在握!”何礼生兴奋地道。

“你是说，我们利用这段时间差，给对方以重击?”游四也禁不住激动地问道。

葛荣眼角的笑意不断扩大，最后满脸都是笑意了。

“不错!”何礼生肯定地道，顿了顿，又接道，“我们完完全全可以打下一场十分漂亮而完美的仗!”

葛荣淡淡地点了点头，道：“继续说!”

“朝廷竟一下子调集了一万多兵马赶来，那么新乐定已驻兵大减，守城的力量削弱。若是我们能在这个时候以迅雷不及掩耳之势去攻城，那么新乐城自然是不堪一击。虽然他们仍有不可忽视的力量在守城，可由于城内早有我们的内应，只要兵力充足，相信不会很难攻破。而这赶来的官兵当然会遇上燕铁心的兵马，燕铁心定是看到狼烟才匆匆赶来。狼烟主要是告急，他心中自是十分火急，在不明就理之中，也不知是我军还是官兵来攻，当他们遇到官兵之后，必会一阵强攻。而我们却完全可以退出这山寨，在一旁坐观虎斗。而官兵得知新乐被攻后，肯定会军心动摇，要回兵援救。而此时，他们在军心涣散、疲于奔命之下，斗志大减，我们就可顺道出击。而我更可乘机混入燕铁心的军中，若是在此时燕铁心突然死去，主帅之权自然落入我手，那时，庄主让我军再两头合击，官兵焉有不败之理？而这一股官兵的大队人马被灭，我们再全力进攻新乐，何愁坚城不破?”何礼生意兴无尽地道。

“好，果然妙策。但是，我们如何攻击新乐呢?”葛荣淡淡地问道。

“我们攻击新乐，只不过是一种形式，并不是真想或真能一举夺下。我们可以营造出一种攻击新乐的声势，而我们眼下的大军可分为两部，一部做出攻击新乐的气势，却是截断官兵的退路，不给官兵有任何会合之机；而另一路则是伺机夺取燕铁心的兵力。攻城之兵，则可立刻飞鸽传书，大概只需一两万人马足矣。当然，也可由庄主亲自去指挥。但飞鸽传书，主要是缩短时间，以最短的时间作出最有效的准备和攻击。”何礼生肯定地道。

“好，好一个以最短的时间作出最有效的准备和攻击，老五果然是个用兵奇才，就依你的计划行事，立刻撤离山寨。这里的一切便全都交给你来处理!”葛荣畅快无比地道。

“那我立刻给李将军传书。”游四也不由得喜道。

“好，琐事就由你准备了。”葛荣吩咐道。

“四爷，高欢诸人身上的穴道被制，我们无法为之解开，还请四爷出手。”土鼠组的组长迅速行了过来，禀道。

“哦。”游四这才想起满身血污的高欢和尉景，沉声问道，“他们在哪里？带路!”

那汉子迅速领着游四来到一座营帐之中，只见高欢、尉景诸人平躺在地上，脸上的血污已被土鼠组的兄弟擦洗干净，血衣也已脱下，在伤口之上撒下了金疮药和止血膏。

游四心头微微松了口气，知道几人并没有生命危险。只是那破损的衣衫之上的道道鞭痕，确实让人触目惊心。

营帐之中已经生起了几个大火炉，倒没有外面冷，将近腊月的天气，的确很冷。也幸亏今年竟出奇地没有下雪，而且今日的天气极为晴朗，但气温依然十分低，再说北方的风也是不同凡响。不过，幸亏葛荣及早地为士卒们准备好了棉衣，到目前为止犹未曾发生过冻伤之事，的确是值得欣慰之事。

游四伸手把了把高欢的脉门，输入一道真气，立刻察觉被封的穴道，运劲疾拍，但是却没有一点反应。这下子却把游四给愣住了，他有些不服气，一连试了几种解穴的手法，却仍是一点反应也没有，反倒他额上微显汗迹。

土鼠组众兄弟的神色间也显出焦灼之意。

游四抬头吁了口气道："我也无法解开他们的穴道，只好请庄主亲自来一趟了。"

昌义之的侯府火头四起，但却不见有人自火海之中蹿出。

铁异游知道，府里的诸人很可能自地下的暗道中潜走了，昌义之必定在府下建了许多秘道，以备逃生之用。在这战乱纷繁的年代，若是谁没有为自己预留后路，几乎是不可能的。越是有权有势的人，就越知道珍惜生命。

大火很快惊动了守城的兵将，这还得了？侯府被焚，可是一件大事！是以官兵迅速赶来，城守也为眼前的情景惊呆了，坐在马上，神情极为慌乱地指挥着众人救火，而更多的百姓则是在看热闹。

蔡伤并不想耽误太久，因为他已经听闻刘家送亲的队伍已到河南境内，若是再不赶去的话，只怕情况会再生变故，而寻找金蛊神魔等魔头之事，自可待日后再说。因此，在官兵赶到之时，两人已悄然而去。

# 第九十章　乱世之道

葛荣望着悠悠醒来的高欢和尉景诸人，温和地道：“你们辛苦了，感觉可好些?”

高欢没想到一恢复知觉，就能看到葛荣，而且话语竟如此亲切，不由得大为感动，也暗赞葛荣为人仁义。但身上的痛楚并没有怎么减轻，声音有些苦涩地道：“多谢庄主关心，高欢并没有什么大碍。”

尉景和其他几人伤势较重，只是目中露出激动之色，并没有开口说话。

“你们几人伤势较重，就不必开口说话了，好好休息，我们待会儿送你们去一个安全地方养伤，你们就安心休息吧。”葛荣善解人意地道。

“庄主，这是什么地方?”高欢奇怪地问道。

“望乐寨!”葛荣淡淡地答道。

“望乐寨？那杜洛周他……”高欢和尉景诸人大骇，惊问道。

“杜洛周已经死了，这望乐寨现在完全掌握于我们的手中，你放心好了。”葛荣自信地道。

高欢和尉景诸人几乎不敢相信自己的耳朵，但眼前的一切的确不是在梦中。

“庄主，将士们已整装待发，请庄主传令!”何礼生大步行了进来道。

“何礼生?”高欢目中射出几缕迷幻的色彩，惊呼道。

“高大哥，你醒了就好!”何礼生平静地打了个招呼道，并没有丝毫意外的表情。

“好，老四，你就护送高欢回正定吧。”葛荣向一边的游四吩咐道。

“是，庄主！”游四恭敬地应了声。

葛荣的兵马很快就撤出了望乐寨，这些人全都是轻装而行，辎车及一些重物全都没有派上用场，是以，撤退速度极快。

对于葛荣的行军路线，众士卒早已十分熟悉，因此途中并没有扬起多少尘土，行军极为隐秘，根本不需要担心有人会在十几里开外发现其行踪。

葛荣早就派人去拖住燕铁心的队伍，他必须让朝廷官兵首先赶到现场，这样燕铁心才会与朝廷官兵发生火拼。更派出飞鹰组的弟子去挑起两路兵马的争端，务必要使这一切按照计划去发展。而在这种极寒的天气之中，想要攻城的确不是一件容易的事。只因为天气太冷，城墙极易结冰，一些攻城的工具全都失去了作用，增加了攻城的难度。最好的攻城队伍，自然是土鼠组，但虽如此，攻城所花的代价绝对不会小。但他很相信，一将功成万骨枯。对于将杜洛周手下的实力并为己有，他极有信心，也是志在必得！这个世上将没有任何东西可以阻止他野心的膨胀。也许刚开始，葛荣心中还夹杂着一些烦难大师的遗命成分，而这一刻，却全然是为自己的一切作打算。

葛荣很少会算错任何一步棋，他更知道如何去运用这些人，怎样去让这些人心甘情愿地为他效命！

百兽之中最可怕的不是虎，而是狼！没有任何动物比狼的生存能力更强，比狼更有忍耐力。狼的可怕，并不是它的凶残，而是它会抓住时机。最可怕的狼，应该是沙漠中的狼！

若将世道看作天地，则乱世就是沙漠，而葛荣不仅仅具有乱世中沙漠之狼的可怕，更具有狐的聪慧与机智，最可怕的人，就是这种人！

也难怪，葛荣自白手起家，苦心经营了二十多年，终于达成今日之局面，那的确不是普通人所能够想象的成就。

刘家送亲的队伍每天的行程极缓，但此刻仍然行至了河南境内，自山西沿着太行南行，绕过洛阳不久，一路上有四大家族的势力暗中照应，倒也极为平安。

由于河北的战乱纷起，大队人马行走起来极为不便，也不安全，所以刘家起道山西，行踪故作隐秘，其实只不过是一个幌子而已，明眼人自然心知肚明。

刘家的送亲队伍并不与朝中各官府联系，而是驻足于野外，或住店打尖，做出一种怕被朝廷知晓的模样，在南朝特使面前做做戏。

翌日，刘府众人休歇在新乡城的一家最大客栈“聚云客栈”，以刘家的势力，自然是整个客栈尽数包下。

入夜，聚云客栈的灯火依然很亮，这些人似乎并未感觉到旅途的劳累，的确，这样一天只不过行上几十里路，又如何会觉得累呢？若非此际天气异常寒冷，倒的确有旅游观光的雅兴，本以为这是一份苦差，可事实上却成了美差。只是他们并没有感受到前途的凶险。

其实，也不只聚云客栈的灯火未灭，便是对面的青楼也是灯火通明，只要你有钱，就有倚红偎翠的享受。当然，酗酒闹事之辈也不乏其人。

乱世自有乱世的生意，浪子、孑旅他乡之人自是不少，醉生梦死的人却更多。对于有些人来说，金钱又算得了什么？也许在一夕之间，万贯家财全都化为乌有，连生命都不过若草芥一般，假如不好好享受，也许明日就再也没有机会，这便是乱世中的悲哀。

聚云客栈以其酒菜而闻名，更是一流的客栈。而青楼却以其红粉美人出名，其生意绝不会比聚云客栈差上多少。

今日，光顾青楼的人，并不全都是关照美人的，也有的只是为了喝酒而已。聚云客栈为刘家所包，自然没有多少人敢轻捋虎须，与之相争。不说别的，单只论那队官兵，就是没人敢惹的主儿。因此，今儿无法到聚云客栈去喝酒吃菜的人，就扭头进入这青楼了。

青楼外的一个角落里却蜷缩着一个小女孩，清闲下来的龟奴立刻发现了这意外的猎物，迅速向花枝招展的老鸨耳语一阵，老鸨眼睛一亮，四处瞅了瞅，并没有发现什么可疑的人物，这才扭动着水蛇般的腰肢，挥动着喷香的手绢向那小女孩行去。

小女孩似乎极为冷静，很警惕地望着扭行而至的老鸨，眼睛中尽是戒备之色。

“小妹妹，你怎么独自一个人跑出来呢?”老鸨一改嗲声嗲气的语调，极尽温柔地道。

小女孩丝毫没有放松戒备地望着老鸨，并不答话，却没有半丝畏怯之色，沉稳的意态之中流露出一股不灭的英气。

老鸨看清这小女孩的面貌之后，心下更喜，却也有些心虚。她毕竟阅人无数，眼前这小女孩，很自然地流露出一种高雅而威仪的气质，绝对不是伪装出来的。那这小女孩一定不是普通百姓家中的孩子，应该是在一种极有氛围的环境中才能够培养出这般独特的气质。让老鸨心喜的却是她的直觉告诉自己，这小女孩应不属北方之人，无论是皮肤还是对这寒冷的表现，根本不具备北方人的特性。水汪汪的大眼睛，配着冰雕玉琢般的小脸，是个标准的美人坯子。

“小妹妹，你的家人呢?这么冷的天，一个人在外面怎么行呢?不如跟我进去烤烤火暖暖身子吧?”老鸨体贴得像是在呵护自己的孩子一般，温柔地道。

“不，我要等人!”小女孩摇了摇头，回答道，神情中自有一股凛然不可侵犯的气势。

“什么人这么狠心，让你在如此冷的天气中等他?你等的是什么人，跟婶婶说一声，你进去烤烤火，待他来了，我再叫他去里面找你不就行了?省得你在这里受冻，看，你的脸都冻得有些紫了，这样很容易生病的。”老鸨善解人意地道。

“我不跟你进去，他说里面不是好地方，叫我不要进去。”小女孩固执地道。

老鸨一愣，却不知道这小女孩所等的人是谁，又去干什么了，居然还告诉小女孩里面不是好地方，但老鸨人老成精，很快就笑了起来，道:“耳听为虚，眼见为实。里面可是这个世上最好玩的地方，你的那个朋友，肯定是怕到时候难以找到你，才会骗你说里面不是好地方，如果他知道，有我帮你联系，就定不会这么说的。小妹妹，不信你可以去看看，里面有很多姐姐，她们不都是开开心心的吗?”

小女孩四下张望了一眼，并没有见到所要等的人，不由得将信将疑地问道：“真的吗?”

老鸨立刻喜上眉梢，幽暗的灯光下，强压着欢喜的表情，装出一副肃穆的样子道：“婶婶从来不骗人，何况你这么小，怎么能骗小孩呢?”

“我不小，已经有十三岁了。”小女孩认真地道，神情中多少有一些天真和娇憨，在灯光下，愈显娇人可爱。

老鸨禁不住多打量了小女孩一眼，那一身朴素的皮袄，竟是虎皮所制，甚至连下身也是。心头不由得一惊，暗呼道：“我的天哪，这可真是虎皮呀，能穿这一身行装的人，必定大有身份，若是弄个不好，麻烦就大了!”

“婶婶你怎么了?”小女孩有些不解地问道。

老鸨的神色间有些尴尬，干笑一声，强压着心头的惧意。说实在的，她有些不甘心就此放过眼前这棵摇钱树，若是面前女孩再过几年，定是美得不得了，那时来逛青楼的人不踏破门槛才怪。想着不由得出言试探道：“小妹妹，你等的是些什么人？跟婶婶说说，到时也好相认，免得你错失了。”

小女孩想了想道：“他比我高一个头，大概十四五岁的模样，穿着虎头袄，长得很帅气。”

“就只一个人吗?”老鸨有些吃惊地问道。

“是啊，就只他一个人。”小女孩放松了警惕，认真地道。

老鸨欣喜若狂，暗呼道：“真是上天送我摇钱树!”但仍不得不装作关心地问道：“他是你哥哥吗?”

“不是，他是我的朋友!”小女孩天真地道。

“是你的朋友哇，他是不是先回家去了?”老鸨眼珠子一转，绕个弯子问道。心中暗想：“既然也是个小孩，而且能够穿着虎皮袄，千万别是城中哪位大人的公子，那可就不能动这小女娃娃了。”

“不会的，他家离此很远!”小女孩道。

“你们都不是本地人吗?”老鸨奇问道。

小女孩似乎觉察到了什么，再一次警惕地望了老鸨一眼，不再答话。

老鸨乃是人精，小女孩的表情自然瞒不过她的眼睛，一眼就看出了自己所猜无误，心中暗叫：“天助我也，只要骗走了这小女孩，到时再将那小子一刀两断，这摇钱树可是落地生根了。”

“小妹妹，我定为你传达，只要你朋友一来，我就立刻让他到屋中去找你，看你都冻成这副模样了，先去烤烤火吧。”老鸨装作很怜惜地道。

小女孩极为敏感地瞅着老鸨的眼睛，似乎是想看穿对方的心意，却没有丝毫挪动身体的意思。

老鸨心神微微一颤，不明白自己为什么竟会在这么一个小女孩的面前心虚起来，但还算见过大世面，遂温和一笑，问道：“小妹妹，你不相信婶婶吗?”

“我不进去，还是在这里等好了。”小女孩敏感地回绝道。

“难道你不怕冷吗?”那老鸨也不知道是自己哪里露出了破绽，不由得急问道。

“怕不怕冷是我自己的事，不要你管。”小女孩似乎感觉到对方别有用心，十分不客气地道。

“大爷，你可想死奴家了!”一个娇滴滴的声音传入老鸨的耳朵，老鸨心下一阵恍然，这下子可真是搬石头砸自己的脚，回头狠狠地向门口几名浓装粉脂的女人瞪了一眼。

龟奴立刻明白是这几个女人坏了事，气不打一处出，但眼珠一转，并没有发作，反而向老鸨打了个招呼道：“老姐，算了吧，既然这小妹子不愿意进去，就由她去吧，我们把火炉搬出来让她烤烤也是一样。”

老鸨一听，立刻明白他的意思，装作怜惜道：“既然你不喜欢进去，就在外面等会儿吧，这么冷的天，一个人在外边，也怪可怜的!”

小女孩似乎有些感动，但却没有作声，望着扭臀远去的老鸨，心中一阵茫然。

很快，老鸨命人送来了一个不大的火炉，看着那直冒热气的火炉，小女孩脸上绽出一丝欣慰的喜色。

“小妹妹，来烤烤火吧，一个人怪可怜的。”老鸨眼中闪过一丝狡黠，装作怜惜而温柔地道。

小女孩再没犹豫，的确是太冷了，虽然身着虎皮袄，可那凛冽的寒风却像刀子一般锋利，一个生长于南朝的十三岁孩子又怎能受得了？但见小女孩自皮袄中伸出一双晶莹而冰凉的小手。

“灵儿，不要烤！”一个微带稚气却又极为冷峻的声音传了过来。

那小女孩一愣，不期然地缩回手，扭头向声音传来的方向望去，不由得欢声呼道：“通哥哥！”

老鸨神色微微一变，眼中闪过一丝恶毒之色，向身后的那两名汉子望了一眼。

小女孩正是与凌通一起的萧灵，凌通答应要送萧灵返回南朝，本来想找飞龙寨的兄弟帮忙，可是飞龙寨却应葛荣之邀，寨中兄弟尽数加入军中，让凌通扑了个空。无奈之下，两人只好一路向南朝流浪，幸而有马代步，两个小孩一路玩耍倒也不累，只是北方的天气越来越冷，好在凌叔早为他们准备了皮袄，却是当初蔡风所猎的虎皮缝制的，抗寒效果极好。

机缘巧合之下，凌通竟看到了万俟丑奴搏杀尔朱追命的全部过程，竟对蔡风留下那些特殊的剑招有所感悟，痴迷地练习起来，并将与那群流匪马贼作战时的经验融入，竟似大有进展。但乐极生悲，凌通在自顾练剑的时候，被赶来相救的尔朱家族之人看见，由于他的剑法路子与万俟丑奴同出一辙，虽然凌通只学了些皮毛，但在与万俟丑奴交手不知凡几的尔朱家族高手眼里，自不难发现两者剑法的神似之处，竟说凌通是万俟丑奴的弟子，莫名其妙地对凌通施以杀手。

凌通自然不是尔朱家族高手的对手，但却机智异常，依靠满脑子的诡计，屡次逃过尔朱家族众高手的追杀，却骇得他们两人提心吊胆，躲躲藏藏。行至卫辉，却又被尔朱家族的人发现，这次更惨，险死还生之下，两匹马也给夺了去，身上的盘缠和几件换洗的衣服全在马背之上，值得庆幸的却是凌通自己制作的一些小巧玩意儿和工具并未失落，再次摆脱敌人后，二人走到哪里，就到客栈的厨房偷些东西吃。此刻凌通虽然与那些高手根本无法相比，就是一个二流角色都不如，但那蒙面人所授的一些腾挪轻巧功夫却极为厉害，加之其苦练的硬功，竟不期然走上了内外兼修的路子，去那些小客栈偷些东西吃还不轻而易举？

萧灵和凌通两人徒步逃离卫辉，终于花了三天时间赶到了新乡，此刻正是晚间，凌通便让萧灵在外等一等，他却潜到青楼中去偷点心和食物。因为他知道聚云客栈中全是刘家家将，一个不好，只有待宰的份儿，所以只好舍聚云客栈而去偷青楼了。此刻见老鸨送来个火炉，意图对萧灵不轨，忙加以喝止。

萧灵见凌通安然而返，自是极为高兴，但此刻却嗅到了一阵甜香，不由得神志一片模糊，就在听到凌通的那声怒喝时，就不省人事了。

“哗——”火炉飞射而出，向老鸨和那两名大汉飞去。

“他娘的，你们是不想活了，竟敢对本公子的朋友施放迷烟！老子就拆了你这鸟楼！”火炉正是凌通踢飞的。小凌通表情无比凶狠，十足一个恶少的形象。

老鸨一声惊呼，那两个大汉也骇然飞退，火星四溅，竟让三人狼狈不堪，头发也被烧焦了不少。三人没想到凌通的动作如此迅捷，如此凶猛，而凌通的口气更大得让他们吃惊不已。

“你奶奶个儿子，以为我们刘家是好惹的吗？这点迷烟老子早就看出来了，还不给老子拿解药来？不然老子把兄弟们唤来拆了你这鸟楼！”凌通凶巴巴地喝道。同时，一手搂住软瘫的萧灵，向老鸨逼去。

老鸨和那两名大汉本来大为震怒，可是一听凌通居然说是刘家的人，这一惊可就非同小可，刘家目前落脚于对面的聚云客栈，又有官兵相护，家将近百人，谁敢与这大家族过不去呀？那可真是自寻死路！老鸨心中不由得暗骂自己糊涂，怎么就没想到对方是刘家的人呢？明明知道小姑娘不是普通人家的子女，凭借那一身虎皮袄，以及不同寻常的气质，就应该想到对方大有来头，而这小女孩又说她的朋友家在远方，那肯定就是广灵了，自然是随刘家送亲的队伍过来的，不然，哪会有两个小孩到处乱跑的？

忖到此处，老鸨不由得全身冷汗直冒，吓得“扑通”一声跪倒于地，那两名大汉也一齐跪下，想必也已思及此事非同小可。三人装作一副可怜兮兮的样子磕头道：“公子就饶了我们这一次吧，是我们鬼迷心窍，一时糊涂，不知公子是刘家之人，真是有眼不识泰山……”

凌通心中暗自得意，差点没笑破肚皮，他自然知道，这建立青楼的人定然很有背景，自己独自一人，如何能够惹得起他们？方才急中生智，想到刘家就在对面，就胡扯一番。经过这一段时日在江湖上行走，凌通见识也长了很多，知道世间的行凶者大多为欺善怕恶，因此，一开始他就表现出一副凶样，却没想到正成了一个活脱脱的恶少样子，反而把老鸨和两名大汉给镇住了，还吓成这个样子。其实，老鸨只要细心一想就会发现其中破绽，哪有一个世家公子，一开口就是“奶奶个儿子”“老子”一大堆满口粗话之理？只是刘家的名声太响，而又有这么多人留宿于对面客栈，使得老鸨连想都不敢想，也骇然糊涂了。

凌通自也不知道自己的破绽其实很大，他这些粗话只是从那群流匪和飞龙寨兄弟们的口中学来的，还以为凶人就一定要说粗话，是以就呼了出来。当然，收到了出奇制胜的效果，他还以为是粗话奏效了，因此得意不已。但仍粗声粗气地喝道：“奶奶个儿子，还磨蹭什么？快给老子拿解药来，其他的账，待会儿再跟你们算，若不想死就乖乖听老子的话。”

“是！是！我们听话，听话！”老鸨颤颤磕磕地道，忙从怀中掏出一个小瓷瓶递了过来。

凌通伸手接过，狠声道：“靠一边站去，若敢使坏，就将你们一个个都送去当军妓！”

老鸨不由得打了个寒战，想到要去做军妓，真不如死了好。暗忖道：“今日遇到这小魔王真是前世作孽太多。”她如果知道凌通只是一个刚刚在他们厨房偷吃的小偷，肯定会气个半死。只不过，老鸨怎么也不会想到这些。

凌通接过瓷瓶在鼻前嗅了嗅，点头道："嗯，算你们识相，念在你们还没有酿成大错及你们老板与我们刘家稍稍有些交情的分上，就饶过你们几条狗命！"

凌通将瓷瓶在萧灵鼻端晃了晃，动作极为熟练，以凌通对药物的认识，自不是这些人所能想象的。可以说，凌通自小就和药物打在一起了，在凌伯的调教下，他人虽小，却也是一个用药好手。

凌通将瓷瓶放到自己的怀中，冷冷地道："不过，你们别高兴得太早，死罪可免，但活罪难逃，若是你们不作点表示，岂不是让天下人笑我刘家这么容易被欺负吗？因此，你们自己说应该怎样表示？"

老鸨和那两名大汉不由得面面相觑，不知所以，却在此时听到一阵急促的脚步声传来。原来龟奴见势不好，就去叫了一帮人来。

"他娘的，有什么事，让我们来摆平！"一个凶狠的声音传了过来。

老鸨的脸色一变，暗自叫苦不迭，眼见凌通的脸上升起了一团怒意，忙道："还不快见过刘公子，这位公子乃是刘府之人，你们这帮浑蛋快快行礼！"

老鸨虽然急得有些语无伦次，却很清楚地表明了意思，这些人岂有不懂之理？顿时全都骇然惊愕，更不敢再有任何造次的念头，众人全都纷纷行礼。

"哼，你们想用人多来杀我灭口吗？"凌通冷哼道。

老鸨冷汗一冒，忙解释道："不，不，公子误会了，他们只是路过，路过！"说着向那些赶来的大汉叱道，"还不快滚开！在这里碍手碍脚干什么？"

那些汉子哪敢再留？若是刘家人马不是就住在对面的客栈，他们还不怎么怕，可此刻，还真是害怕了。刘家若走出几个厉害人物，那真可把他们杀个甲片不留，岂不白死？什么人都好惹，四大家族，却是没一个好惹的主儿。

凌通暗自好笑，刚才见这么多人来，倒还有些心慌，眼见众大汉全都走了，胆气一壮，冷笑道："我可以不追究你们，但我若跟阿叔说了，不知他有没有这么好的脾气，也不追究。到时候，他要是想拆你这鸟楼，也是你们自己倒霉了。”

老鸨一惊，暗忖道：“大家族最爱面子，善于护己之短，若是这小子对他阿叔说了，那日后自己岂会好过？”不由得可怜兮兮地哀求道：“还请公子在大人面前美言几句，就看在潘大人的面子上，放过奴家一次吧，奴家定会感激不尽。”

“心里感激有个屁用，让老子美言几句，不是不可能，甚至老子还可当这事没有发生过，只是老子咽不下心头这口冤气！”凌通故作恼怒地道。

老鸨哪还不明白凌通的意思，暗想：“这小子定是平日乱花银子，看样子也不会是刘家的亲缘血脉，定是其管家或是有权有势的家将之子，不然的话，怎会说出这种话来？如果真是这样，那就好办多了。”想到这里，不由得赔笑道：“都怪奴家不好，这样吧，公子若是不介意的话，就随奴家进去坐坐，让奴家为公子设个赔礼酒席，如何？”

萧灵已悠悠醒来，听到这句话，不由得急道：“通哥哥，我们不要进入这种坏地方。”

老鸨尴尬一笑，向凌通道：“请公子在这里稍等片刻。”说着向那两个大汉耳语了一阵子，两个大汉忙匆匆返身而去。

凌通耳力甚好，将老鸨之语听得清楚明白，不由得心下大喜，却并不表现于脸上。更何况灯光之下，人的表情很难捉摸。

“通哥哥，我刚才怎么会什么都不知道呢？”萧灵有些疑惑地问道。

凌通冷冷地望了望脸色有些难堪的老鸨，拍了拍萧灵的香肩，温和地笑道：“灵儿现在什么也别说，什么也别问，乖乖地待在我身边，待会儿我再慢慢跟你讲，好吗？”

萧灵早就视凌通为唯一可以信任的人，这段时间又经历了如此多变故，那刁蛮任性的个性在凌通面前几乎全都收敛，变得无比乖巧而温顺，对凌通可谓言听计从。因此，闻言只是温顺地点点头，轻拉着凌通的手臂。这对患难中的少年，竟产生了无比依恋的情结，两颗心贴得格外紧密。

老鸨见凌通如此知趣，懂得处世之道，心中更加认为他出自大家之族，同时对自己的“明智选择”感到非常满意，当然对面前这位小公子也就更多了几分感激之情。虽然很后悔今晚冒昧之举，但既然已经出了事，也是无可挽救。不过，发展成眼前这个局面已是万幸！

片刻过后，那两个大汉已返了回来，却带着两只大木匣和一只小木匣，其雕饰极为华丽，定非凡品。

凌通禁不住心头跳得厉害起来。

老鸨脸上绽出一丝假笑，道：“这是奴家的一点心意，就当是向公子及小姐赔礼了。奴家无知，冒犯之处还请公子多多包涵！”说着把三个木匣递到凌通面前。

凌通故作不知地道：“里面放的可是毒药？”

老鸨脸一红，忙道：“不，不，奴家怎敢再做蠢事？”说着打开一个大木匣，里面竟是一大卷银票和大块大块的金叶子，灯光之下，只让人耀眼生花。

“这里是五千两银票，和二百两金叶子，当是给公子散散心用的。”老鸨微微有些得意地道。

凌通一时傻眼了，虽然他刚才听到老鸨吩咐两名大汉的话语，可当这一切全都摆在他面前时，他竟有些不知所措。的确，对于一个从来都没曾见过如此多金子和银子的山村少年来说，就是做梦也梦不到有一天会拥有这么多金子、银子。倒是萧灵见得多了，她生在王府，像这些银票与金叶子，只是一点小数目而已，此刻毫不在意地问道：“这些银票是哪个钱庄所出？看此金叶子的色泽，我断定只有九成五的真金。”

此语一出，老鸨真是呆住了，萧灵只一眼就看出这金叶子中的真金含量，可见她对金银这一道的确是司空见惯，哪还会怀疑对方不是刘家之人？若是一个平常人，怎会有如此眼力？忙收敛得意之色道：“这银票乃是‘通来’银庄的银票，无论南北两地都可通用。”

“‘通来’？嗯，还算可以，虽然不如‘庄记’，但也的确可通行南北两朝。”萧灵轻松地道。

老鸨不由得对萧灵刮目相看，今日可真是遇到行家了，不由得干笑道："那就请小姐收下吧。"

萧灵不由得望了望凌通，凌通这才醒悟过来，掩饰不住欢喜地点点头，萧灵也就老实不客气地接过，合上木匣。数斤重的木匣在她手中若纸片般轻巧，更让老鸨不敢小觑。

"这里是一串珍珠项链和一对玉马，请公子收下。"老鸨说完打开第二个小匣。

对于这个，凌通倒没什么兴趣，因为他并不在行。不过倒可以看出那对玉马的手工极为精致，而萧灵却眼睛一亮，拿起玉马，赞道："好，这是蓝田之玉，晶莹而剔透，似有灵雾轻绕，好！"说着又拿起那串珍珠项链，望着那一百多颗小指头般大小匀称且晶莹的珍珠，淡淡地道，"这珍珠只是一般，虽然不坏，却非极品。"

"小姐法眼如山，看来真是此道行家，还望小姐收下，算是奴家的一份敬意。"老鸨毕恭毕敬地道。

萧灵早得凌通暗示，又岂会客气？

凌通对萧灵的见识也不由得大为佩服，但目光却落在第三个竟有四尺长的小木匣上。

老鸨识趣地打开小木匣，露出一柄连鞘长剑，乌沉沉的剑鞘，散发着一种古朴而深沉的气息。

凌通凭着直觉，知道这绝对是一柄非凡之剑。

"此剑在我楼中已经存放了许多年，奴家只知道它锋利无比，应该是件宝物。当年是一位嫖客没钱，就把剑押下，这几年来，也一直未取走，定是已经不要了。宝剑赠英雄，这柄剑就当是奴家对公子的一片敬意好了。"老鸨强装着笑脸道。

凌通一直都没有顺手之剑，上次捡到的那柄流匪之佩剑，已被尔朱家族的人击断了，这一刻竟有人主动送剑上门，自是喜不自胜。凌通伸手握住黑鞘，只觉一股森寒的剑意自剑身传至手心，让他深深地感觉到了剑的存在。

"锵——"一声龙吟，凌通已将长剑拔出一截，一股逼人的寒意，自剑身流溢而出。剑身却也是黑黝之色，有若精炭所铸，泛起一股幽光。

“好剑!”凌通赞道，还剑入鞘，接过木匣，淡然道，“既然是你无心之过，又对本公子如此有诚意，本公子就当今日什么事也没有发生过，他日若有机会，定当拜访！同时也感激你今日之大礼。好了，你们现在都回去吧，下次眼睛放亮些。”

“是，是，谢谢公子，谢谢公子!”老鸨感激地道，心中虽然有些心痛这些宝物金银，可都怪自己鲁莽，能破财消灾也还算大幸，若是惹上了四大家族，那只有死路一条，即使当今的皇上或太后也救不了。如今能将大祸消于无形，自是最理想不过了，但也暗自出了一身冷汗。

凌通却是暗中笑破肚皮，而萧灵则弄得莫名其妙。

“对了，去给我弄点烈性迷药和半斤五毒粉来，快一点，知道吗?”凌通又吩咐道。

老鸨一惊，但也不敢细问，立刻吩咐一名汉子去取。青楼本是三教九流会聚之地，而且为了对付一些不愿卖身的女子，就会用到迷药与春药之类的，毒药自然也不会少有，凌通的这些吩咐，对方自然不会有什么难处。

那汉子很快送来了三包药物，阿谀巴结地介绍道：“这是一斤烈性迷药，只要用小指甲挑一点，足可迷到四五个大汉，甚至连大牯牛也能够迷倒。而这是半斤五毒粉，另有一点鹤顶红。”

凌通心中暗喜，但却装作极为平静地道：“很好，你们的情我领了，下次待我前来拜访潘大人时，定会再来答谢。”

“公子客气了，若有什么吩咐，就直说好了，我们能办到的，定当尽力。”老鸨一脸媚笑道。

凌通包好迷药和五毒粉及鹤顶红，道：“没事了，下次小心一些，你们都回去吧!”说着拉了拉萧灵，准备上路。

“小子，天地真是好小呀!”一声冷哼自不远处飘来。

凌通激灵灵地打了个寒战，一拉萧灵，头也不回，低喝道：“快跑!”

出声之人正是阴魂不散的尔朱送赞，凌通没想到如此冤家路窄，竟在这要命的时刻遇到阎王爷，真是一下子乐极生悲。

尔朱送赞本是领着一干人，暗中护送刘家之人，却不想竟在青楼之下发现凌通。本来在黑暗中认得不太真切，尔朱送赞只是想出言试探一下，没想到一出声，凌通就已经听出了他的声音。或许是凌通被尔朱送赞追怕了，一路上处处遭到尔朱送赞的打击，每次都是险险逃脱性命，他对尔朱送赞的确已打心眼里生有畏怯之意，是以一听到尔朱送赞的声音，凌通就牵着萧灵没命地逃跑。这样一来，尔朱送赞自然知道对方就是自己要追踪的两个小鬼。因此，立刻自青楼之上飞跃而下。

老鸨和那两名大汉一阵惊愕，犹自没有弄明白是怎么回事，凌通和萧灵已如一阵风般逃出他们的视线之外。而尔朱送赞的身形更如大鹰一般，掠过他们的视线向凌通追去。隐约中，他们似乎感觉到哪儿有些不对头，但却没想到凌通和萧灵是与刘家半点瓜葛也没有的两个小子，他们也没有胆子去印证，但若是知道凌通骗了他们的话，不气得吐血才怪。

凌通心中暗自叫苦不迭，自己一人还好，但有萧灵在身边，使得他奔行的速度大减。前几次是利用马匹逃生，大家都坐在马上，速度不会相差多少，只能各凭机智。而这一刻，单靠脚力，萧灵的速度根本不能与凌通相比，而尔朱送赞虽然只是尔朱家族的一个小角色，可武功也不弱，他身边还跟来两人，速度亦不缓，这对凌通的威胁极大。不过，幸亏凌通先行起步，而且一开始双方就相差七八丈远，所以尔朱送赞等人一时也追不上。

“这些金银真是累赘!”萧灵怨道。

凌通一听深觉有理，这两个大匣虽然不是很重，但也甚是碍手碍脚，忙一手打开装有银票的木匣，伸手就将银票揣入怀中，金叶子本是扎在一起，拿起来也算方便。萧灵也将另一个木匣中的玉马和珍珠项链揣入怀中。

“看我的暗器!”凌通一声大喝，将两个大匣飞抛而出。

尔朱送赞和另外两人见两只黑糊糊的家伙迎面飞来，不由得吃了一惊，那么大的家伙，拖起一阵疾啸，却不敢小觑，忙飞速跃开，横里却再飞来一个长木匣。

尔朱送赞冷哼一声，长剑疾劈而出。

“啪——”装剑的长木剑裂成无数碎片，尔朱送赞立刻嗅到一阵甜香，心中暗叫不妙。

“哈哈，中了本公子的摧肠断命香，妄动真气只有死路一条。”凌通一边拉着萧灵飞奔，一边呼道。

那两人倒没事，尔朱送赞却感到一阵晕眩，骇然止步。

“怎么了，大哥?”那两人骇然问道。

“他娘的，中了臭小子的毒!”尔朱送赞气恼地道。

“摧肠断命香?”那两人乃是尔朱送赞的两个弟弟尔朱送礼与尔朱送福，刚才听到凌通那么一呼，还真以为就是什么“摧肠断命香”，也忍不住叫了出来。

“吁——”尔朱送赞长长地吁了一口气，气恼地骂道，“他娘的，只是普通迷香!”

尔朱送礼和尔朱送福这才松了口气，原来凌通将银票纳入怀中之时，也将怀中的迷药取出一些，三个木匣之中，都装入一点，手法快捷至极，本也没抱什么希望，却没想到取到了一丝意外的收获。

“追——”三人毫不舍弃地向凌通消失的方向追去。

黑夜之中，青楼和聚云客栈虽然灯火通明，但长街之上却是一片昏暗，像处死域。或许是因为天气太冷的缘故，老百姓早早地便睡了，不像武林中人，因此，想要在这黑糊糊的街上找两个小娃娃，也不是易事，虽然天上有些昏暗的月色，但仍只能看到一些黑糊糊的暗影。

尔朱送赞很不死心，想到数次被凌通所耍，不禁恨得牙直痒痒，如何肯放过这小鬼?几次被他自手中逃了，自然也有些不服气。

几声猫头鹰的尖叫使得夜晚更显凄凉和恐怖，夜幕就像是一张巨大的魔鬼之嘴，有吞噬万物的气势。

“吱——”一堆杂草中蹿出一只饥饿的老鼠，吓了尔朱送赞三人一大跳，每个人的神经都绷得极紧，他们也想不出为什么会对这两个小娃娃如此紧张。

尔朱送赞深深地吸了口气，紧张已极地四处打量着，凌通这小子的武功虽然不足为惧，以他们三人的力量，对付两个娃娃自是绰绰有余，但凌通确是诡计多端。

“哗——”一声喧响划破夜空，尔朱送赞、尔朱送礼及尔朱送福三人立刻飞身扑上，三人自三个角度进袭，几乎是配合得天衣无缝。

“轰——”却是一辆废旧的辎车，被三人这么一击，暴成数块木板，四散而飞。

月影之下，哪有人影？三人一愣，没见人影，正要大骂被耍的时候，尔朱送福却发出一声惨叫，仰面跌倒。

尔朱送礼和尔朱送赞心下骇然，黑暗之中，也不知道尔朱送福究竟发生了什么事，但他们却意外地发现，在靠近破旧辎车的墙下，有一个狗洞，一颗脑袋正向狗洞中疾缩，赫然正是凌通。

“呀——”尔朱送福再次发出凄惨而绝望的惨叫，双腿撑了一下，不再动弹。

尔朱送赞暴怒地向那狗洞扑去，尔朱送礼却扑向尔朱送福，骇然问道：“二哥，你怎么了？”但他眼中看到的却是一截露在尔朱送福胸口的矢尾和一截自背部露出的刀尖。

尔朱送福倒下去的位置竟竖着一柄尖利的短刀，就这样稀里糊涂地死于非命。尔朱送礼更发现尔朱送福的脚上套着一个活绳套，显然是中了凌通设下的陷阱。

原来凌通早知这里有一个狗洞，就将辎车搬到此地，再设下这个陷阱。那短刀刀柄本埋于地底，是以极稳地倒立着，又隐于辎车之下，尔朱送赞自然发现不了，而他们在劈碎辎车之后，刀尖自然就露了出来。而这时，尔朱送福刚好踏上凌通所设的绳套之中，凌通立刻张弩一射，如此短的距离，又在黑暗之中，尔朱送福如何能避？

凌通算得极准极准，在对方身中箭矢之时，尔朱送福自然把注意力和劲道全用于上身，而下盘自然就松懈下来。凌通一收绳，就轻而易举地拉倒了尔朱送福，正中了他的算计。一代高手尔朱送福便如此稀里糊涂地做了凌通手下的冤死鬼。

尔朱送礼立身大喝道："小鬼，拿命来！"

尔朱送赞自尔朱送礼的语气中听出尔朱送福已无生存可能，不由得杀机大炽，愤怒得犹如发狂的野狮。

凌通迅速缩身于狗洞之中，他绝不会讲什么面子身份，性命要紧，其他的都是狗屁。何况他本是江湖中的无名小卒，根本就不会在意这些。

"轰——"尔朱送赞和尔朱送礼一怒之下，竟击倒这不算很高的砖墙。

这本是一般院墙，只是稍稍用黄土与土砖所建成的，与那种纯以黏土筑成的院墙相比，也坚实不了多少，是以尔朱送赞和尔朱送礼二人合力，竟能够将之震塌。

碎砖、土块，以及盖在墙头的茅草，顿时四处乱飞。

尔朱送礼突然感到一道极为锋锐的劲风透背而入，等他反应过来，一切都已经太迟了，唯一留下的只有一声长长的惨叫。

原来，尔朱送礼与尔朱送赞的注意力只集中在凌通身上，却忽视了萧灵。与凌通相比，萧灵的杀伤力绝不会逊色，更可怕的却是，萧灵那张小弩上的短矢是以剧毒所浸炼而成的。

萧灵并不在狗洞之中，而是与凌通对面，凌通故意将尔朱送赞三人的注意力完全吸引过来，而萧灵则趁尔朱送礼与尔朱送赞心神激怒，注意力集中在凌通身上之时，再加上塌墙的爆响掩护下，射出了那一箭。她守候了许久许久的一击，自然不可能有差错，更何况萧灵并不是旨在要射中对方的要害，只要能射中对方的重要部位，就可让对方无法活命，即使擦破一点皮，也够他受的了。

尔朱送礼的惨叫使得尔朱送赞的心神大震，而在此时，黑暗中一道劲风袭来，正是趁火打劫的凌通。

尔朱送赞一声怒吼，一交手就中了这小子的暗算，连连损失了两名兄弟，也不知他们是死是活，怎叫他不怒？不气？不急？不恨？是以这一击，竟全力而发。手中的长剑向凌通攻来的兵刃之上重击而下。

# 第九十一章　双毒并施

尔朱送赞虽然只是尔朱家族的一个小角色，但在江湖中至少也能算是个入流的高手，出招自是不同凡响。

“锵——”一声脆响，凌通的身体被倒震翻出，虽然凌通这一年多来非常用功练武，但在内力之上仍与尔朱送赞有一个差距，且这一下并未能用上全力，自然吃亏就大了。

尔朱送赞却大惊失色，他虽然一举震退凌通，可是手中的长剑竟被削为两截。更让他愤怒的是，黑暗之中，一把粉状的东西撒到他的脸上，立刻便嗅到那股甜香，头脑也随之一阵模糊。

原来凌通趁乱打劫，明以长剑进攻，实是暗中偷洒上一把烈性迷药。也幸亏凌通没有戴上鹿皮手套，否则，要是将一把五毒粉撒在尔朱送赞的脸上，那时“满天星光”可就有看头了。

尔朱送赞重重地如同碎砖头坠了下来，头脑一片昏沉，他刚才急怒攻心，失去理智地大喝一声，一下子又吸入了不少迷药。这种在与敌人对决时大把地撒迷药，大概也只有凌通才会做这种事，可是却极为有效。

尔朱送赞重重地摇了摇头，却依然无法使自己头脑清醒。朦胧中，只感到凌通的长剑又已攻到，带起一股锐啸。

虽然满腔的怒火与杀机，可是却有力难使，但尔朱送赞也的确凶悍，仍然能够挥动手中的剑格挡，力道却只能使出三成。

“哧——”凌通的剑再次将尔朱送赞的长剑斩断一截，更顺势轻而易举地劈下了尔朱送赞的右臂。

一阵剧痛，竟使尔朱送赞陡地清醒过来，但凌通却是得势不饶人，重重地一脚，印在尔朱送赞的胸口之上。

尔朱送赞不能自制地发出一声长长的惨叫，倒跌而出，鲜血却淋湿了凌通的虎皮袄。

萧灵对这几个恶汉可真是深恶痛绝，从对面那黑暗的角落飞扑而上，拿起凌通给她的短剑狠刺而下。

尔朱送赞越是痛不欲生，就越是清醒，在这要命的时刻，竟能够再次爆发出出人意料的力量，回头一脚踢在萧灵的胸口，但脚上也被短剑划出一道长长的伤口。

萧灵一声痛呼，一屁股跌在地上，胸闷得难受，天幸却没有受伤。重伤之下的尔朱送赞，顶多只能发出两成功力，而这仓促之间，发出的功力两成都不到，如何能够伤人？萧灵只不过是冲力太猛，撞痛了而已。

“灵儿，你怎么样了？”凌通关心地跃上前来，扶起萧灵，急切地问道。

萧灵一时大意，竟被对方踢了一脚，见凌通如此关心她，也不由得恨意大消，却有些气息不平地道：“我没事，先杀了这恶贼再说！”

凌通心中一宽，见尔朱送赞挣扎着爬起身来想逃，不由得飞身再上，怒叱道：“狗贼，你去死吧，跟小爷斗，没日子好过！”

尔朱送赞哪里还有还手之力？刚一爬起就觉心口一凉，凌通的剑已从他的后背透胸而过，毫不留情地送他上了西天。

“呀——”尔朱送赞的最后一声惨叫送出好远、好远。

“不好，是送赞的声音！”远处传来一声惊呼。

凌通一惊，暗忖相隔如此之远，而对方的声音却十分清晰，显见来人的功内之高，便急呼道：“快走！”说着拾起尔朱送赞的长剑，拖着萧灵向黑暗中狂奔。

一阵风声响起，吓了凌通一跳，暗叫一声：“倒霉！”迅速拉着萧灵向黑暗的角落中钻去。

“刷——”两人刚蹿入黑暗之中，便见数道人影飞掠而下，有若幽灵，速度快得骇人，瞬即便自小巷中掠开。

凌通暗自松了口气，知道这些人并不是为他而来。若是依这些人的身手，随便挑半个出来，都可以打得他满地找牙，何况有六七人之多？

“哇，这些人好厉害呀！”萧灵也有些惊骇地低声道。

“还好，这些人不是来找我们麻烦的，若是这些人与尔朱家族的那些狗爪子打一架才有趣！”顿了一顿，凌通又嘿嘿道，“我们先去找家客栈住下，现在我们有银子了，再不用住山洞，嘿嘿……”刚说到这里，突然又缩回立起的身子，向角落里一歪。

萧灵正要说话，却被凌通按住了小口，也便在这时，自胡同的尽头，冒出两条幽灵般的身影，无声无息，竟似乎比刚才那掠过的六道身影还要突然和快捷。

“不知这六个人想干什么？”一个微显苍迈的声音自高瘦的黑影口中传出。

“我看八成是魔门中人派来踩探路线的。这几个人的身手不弱，应该是一群高手，看来今次魔门是志在必得！”矮胖的黑影低声道。

“不知道公子是不是就在附近，老爷子也不知道什么时候能够赶来，若是公子突然出现，以我们二人之力，恐怕不是其对手！”那高瘦的黑影吸了口气道。

“但我们管不了这么多，葛庄主很快就会派人来相助的，我们先去看看这些人到底要干些什么再说。”矮胖之人沉声道。

“刘家守卫森严，凭他们六人应该难有什么大的作用，我们去吧。”高瘦之人道，说着，两人电射向聚云客栈。

“老爷子？公子？”凌通低念道，心中却不期然地想起了蔡风，他曾听付彪说过老爷子，而称蔡风为公子，他心中一直都在记挂着蔡风，是以一听到这两个名词，他就自然而然地想到了蔡风。而对方又说什么葛庄主，凌通心中暗自盘算着：“难道葛庄主就是葛荣葛庄主？可是这些人既然称老爷子，又称公子，怎么又会对付公子呢？又怎么会扯到魔头门上呢？而魔门又是个什么门派？”不由得让凌通摸不着头脑。

“通哥哥，你在想什么?”萧灵推了凌通一把，娇声问道。

凌通从沉思中醒过神来，道：“这些人神神秘秘的，不知要干些什么，我想跟他们一起去看看。”

萧灵一呆，骇然道：“他们那么厉害，我们跟着去，不是很容易被发现吗？那样他们会杀了我们的。”

凌通想想也是，可是却掩饰不住内心的好奇，伸手将萧灵的手抓紧了一些，柔和地问道：“你怕不怕?”

萧灵想了想，道：“跟你在一起，我什么都不怕!”

“灵儿真乖，那我们就回去，在远处看看这些人到底想干什么，说不定他们是偷东西什么的，晚上天黑，我们也许可以来个黑吃黑，再发上一笔大财也说不定呢!”凌通自我安慰道。

“可是他们的武功那么好，我们怎是对手?”萧灵惊疑不定地道。

“嘿嘿，尔朱送赞他们武功也不差嘛，三个高手，还不是死在我们两个娃娃手上？咱们只智取，不硬拼。别忘了，还有我制成的宝弩呢！给他一点鹤顶红吃吃，保证让他们死得一干二净，两腿一伸，什么武功都没用。”凌通自信地道。

萧灵心想：“通哥哥所说的倒也没错，自己在暗，对方在明，万一打不过，放暗箭总行吧？这沾有剧毒的箭矢，一中便死，还怕谁呢?”但犹有些不放心地道：“我们还是要小心一点为好。”

“这个自然，你将这些毒箭放好，鹿皮手套也戴上，就他娘的来一场大毒战，大不了，把这半斤五毒粉全撒出去!”凌通打趣地道。

萧灵忍不住“扑哧”一声笑了出来。

“嘿嘿，明天，我们再去买些大爆竹来，相信更热闹，现在有钱了，多去制点东西也方便多了。”凌通唯恐天下不乱地道。

萧灵每天跟着凌通，见他总有新招，两人一边赶路一边玩耍，倒也其乐无穷。再说少年心性，只要有玩的，有乐子和热闹自然会凑合了。此刻见凌通如此一说，立刻出言赞同。若是在王府之中，萧灵绝对没有机会跟凌通在一起快活，刺激而好玩。

“那我们今晚在哪里歇息呢？”萧灵不禁有些担心地问道。

凌通想了想，这么晚了，天气又十分寒冷，若再不去找家客栈住下的话，恐怕到时候还真的叫不开门了。自己倒没什么，萧灵却是从小养尊处优，已经在山野中熬过了两夜，再要是不好好休息的话，可能会受不了。且萧灵生在南方，又不习惯寒冷，对北方的天气不适应。若不是这一身虎皮袄、鹿皮靴和手套，倒真会把她的小手和小脚冻烂。想到这里，凌通不由得关心地问道：“你的脚还痛不痛？”

萧灵摇了摇头，道：“刚才跑了一阵子，发热起来倒有些痒。”

“待会儿，我为你煎些草药，然后泡泡脚，明天定会好起来的！”原来，这两天的步行，虽然萧灵穿着鹿皮靴，但脚上仍长起了冻疮，也幸亏这两天没有下雪，否则，只怕情况会更加不堪设想。

“我们去看看吧。”萧灵提醒道。

“不，他们定然不会这么快就走，前面不是有家客栈吗？我们先到那里订好房间再说吧，免得夜深了，敲不开他们的门。”凌通果断地道，说着拉起萧灵，向黑暗中行去。

萧灵紧握小弩，在这黑暗中，倒真怕再一次遇上尔朱家族的追兵。

凌通的记忆果然没错，两人行不多久，就看到两盏红灯笼斜挑于大街之上，刚好照亮那在寒风中飘扬的酒旗。依稀中，仍可见酒旗之上写着“通雅客栈”四个大字。

凌通和萧灵来到门外之时，客栈的大门虚掩着，可能是因为北风的确很大的原因，但门内犹有灯光外透。

“嗵嗵嗵……”凌通抬手向门上一阵重敲。

“谁呀？这么晚了，还来敲门！”显然是掌柜的那似睡还醒的声音传来。

一阵“窸窸窣窣”的声音传至，掌柜的嘟嘟囔囔地拉开了大门，不由得感到微微愕然。

“掌柜，可还有上房？”凌通大大咧咧地道，人虽小，倒极有一番气魄。

“你们要住店吗？”掌柜的有些愕然地问道，见眼前只不过是两个小孩，不由得有些怀疑。

“废话，不住店，这么大半夜了，还来敲门干吗？给我预备两间上房！”说着，凌通一拉萧灵的手，一把推开掌柜那撑在门上的大手，挤进了客栈。

掌柜的吃了一惊，竟无法抗拒凌通那一推之力，歪倒于一边。一阵寒风涌进，让掌柜的禁不住打了个寒战。忙把门关上，拿条木棍紧撑了起来。这才向柜台前走去，没好气地道：“上房人家全给租去了，若是你早来两个时辰也许还有，现在这么晚了，哪还有上房可租？后院只有一间厢房，我去打理一下，就将就着住上一晚吧。”

凌通心中暗怒，这掌柜的如此傲慢，肯定是欺他们人小。不由得淡淡一笑，道：“今晚本公子就是要住得舒服，要服务周到的房子！”说着从怀中掏出一片金叶子，向桌上一放，竟若刀子一般，插入桌子之中。

掌柜的吓了一跳，以为自己看错了，费了九牛二虎之力，才将金叶子从桌上拔了出来。以他的眼光，焉有不认识金子之理？在这个时代，北魏多流通五铢钱，能用金银的，只有达官显贵及过往的商旅，但仍很少人使用。平日里，用银子住店的人都很少，更别说用金子住店了。这一片金叶子少说也有一两半，金换银，银换钱，这一片金叶子至少可换得一匹良马。而这小孩，一出手就是一片金叶子，怎不叫掌柜的大吃一惊？当下说话的语气也变得无比恭敬，一副为难的样子道：“公子爷，实在是对不起，今日由于聚云客栈全给刘家人包了，所以其他客人全都住进小店，因此，上房早就客满……”

凌通不耐烦地打断掌柜的话，冷冷地道：“我出五倍的房钱，只要今晚住得舒服，大不了，你住的房间让我们住一晚，你们自己在那厢房中挤一晚也是一样，如何？”

掌柜的心头一喜，想不到眼前这小孩如此豪阔，竟出五倍的房钱。心头暗想：“这嫩仔，可要好好地敲一笔。”但是一细看，面前两个小孩身上竟穿着虎皮袄，这可不是假的，灯光之下，掌柜的脸色微变，他阅人极多，以貂皮为袄的也见过，但以虎皮为袄的却是头一遭遇到。要知虽然貂皮名贵，但只要有钱便可以买到，而虎皮却不一定。因为，没有多少人敢去猎虎，也没有多少人能够猎虎。能穿虎皮袄的人，一般不仅仅需要有钱，而且更需功夫。看这两个小孩的派头，以及刚才凌通露出的那一手，竟让掌柜的不敢再起坏念头。

“怎么样？你还嫌不够吗？好，如果今晚你能够把本公子伺候得周周到到，舒舒服服，那这片金叶子就是你的。”凌通豪阔地道。

掌柜的大喜，有些不敢相信地问道：“哪……哪用得了这么多？”

“本公子说是多少，就是多少，还不快去张罗？顺便用些嫩草与生姜熬一些热水来，我们要泡脚。最好，再准备一些兰汤，到时洗澡用！”凌通吩咐道。

“好，好，我立刻去办，立刻去办！”掌柜的欢快地应道，并抬头唤醒睡眼蒙眬的店小二，吩咐他去烧水熬汤，另外更有一名小二送来茶点，端来火盆、火炉，而掌柜的自己则亲自去收拾房间，服务倒是十分周到。

凌通向萧灵关切地望了一眼，含笑道：“灵儿，觉得这里怎么样？”

萧灵也四顾了一眼，甜声道：“还不错！比外面暖和多了。”

凌通嘿嘿一笑，道：“这叫有钱能使鬼推磨，幸亏那臭婆娘糊涂，经不住一吓。嘿嘿，今天真是时运特好，不仅发了财，还让那几个臭贼见了阎王，省了不少麻烦，咱们看来还是逞运行事，待会儿再去凑凑热闹！”

“我看还是不去算了吧，这深更半夜的，天气又冷，早些休息，明天好赶路。”萧灵有些害怕地道。

凌通热情不由得一冷，但萧灵所说的也有道理，这么冷的天，又有什么比在暖炕上好好地睡上一觉更舒服呢？更何况萧灵这生在南朝的娇小姐，从来都没受过北方这种苦头，担惊受怕，露宿山林。若非凌通自小随凌伯学字辨药，小小年纪，对医理却极有见地。这一年多来，更是把蔡风抄写的医书药典熟读了不知多少遍。一路上，不住地为萧灵开些驱寒抗寒之药，也天幸，这个娇小姐没病倒在途中，否则，那可真是不好玩了。

萧灵不像凌通自小生在猎村，整天同野兽打交道，穿梭栖息于山林之中，前两夜宿于野外山洞内，萧灵根本无法成眠，那野狼的嚎叫，寒风的呼啸，倒像是千万只魔鬼在呼号，更因为太冷，何谈舒服睡觉？是以，今日精神不振。若是再这样下去的话，她可能会真的受不了而病倒。而凌通却根本无需睡什么觉，每晚打坐练功犹如睡觉一般，且使精神恢复更快。

望着萧灵那一副疲惫而又期待的样子，凌通不由得大为怜惜，拉着她的手笑道："好吧，你是要好好休息休息了，这几天让你吃了不少苦头，把活泼可爱的灵儿给整惨了，看你都瘦了一圈，待会儿叫他们去炖一锅乌鸡参汤来，怎么样？"

萧灵心头一暖，鼻子却一酸，眼泪就涌了出来。

"看，看你，不准哭，别人还以为我欺负你了呢？笑一笑嘛。"凌通打趣道。

萧灵眼圈微红，凌通的体贴更使她无法抑制自己感激的情绪，忍不住低声道："你对我真好！"

"傻瓜，你这么可爱，我怎舍得不对你好呢？来，吃块糕点！"凌通诚恳地道，同时夹了一块甜糕放在萧灵面前的小碟中。

"你也吃一块吧。"萧灵却把一块甜糕送到凌通的嘴中。

凌通大口一嚼，笑道："好吃，灵儿真乖，要不要尝尝我费尽力气也不知道是否被压扁了的糕点呢？"说着，竟自怀中掏出一个小包，正是凌通自青楼之中偷出来的糕点。

"当然要了，不然怎么对得起你花费的工夫呢？"萧灵欢声道。

凌通拆开外面那层包巾，里面的糕点竟变了形状，但依然未弄至一塌糊涂。

"还好，尔朱送赞那老鬼的一招还没弄坏我的点心，否则，定成了一场麻烦一场空。来，尝尝，看看哪种好吃些？"凌通笑道。

"不用尝也知道是你带回来的糕点要好吃啰。"萧灵笑道。

"你的嘴巴真甜！"凌通笑道。

"公子爷，热水和兰汤已经准备好了。"店小二早知道这两个小孩是有钱的主儿，禁不住讨好道。

"好，给我端到你们掌柜的房中去。"凌通悠然地吩咐道。

“掌柜的房中?”店小二微感愕然，反问道。

“啰唆什么，公子爷叫你端去就端去。对了，调好热度。”掌柜的不耐烦地喝道，再改向凌通的脸上却是堆满笑容，客气地道，“公子爷，房间已经收拾好了，火炉和炕下也添加了柴火。”

“嗯，还不错!”凌通故作沉稳地道。

掌柜的心头一喜，就等凌通这么一句话，却仍道：“公子要是有何需要，直接吩咐就是!”

“这个我知道。”凌通一副傲慢之态，应道。

萧灵可能是的确太累了，有些困顿地揉揉眼睛，道：“我先去沐浴了。”

“好吧。”凌通应道，又向掌柜的吩咐道，“去炖一锅乌鸡燕窝汤，等小姐沐浴后端进去。”

“好，好，我这就去。”掌柜的忙不迭地应道。

凌通不由得心头暗叹：“有钱可真是好!”

聚云客栈的灯火微微暗了些，显然大部分人已经休息。不肯休息的，只是几个夜行人。在黑暗的角落中，若闪过的魅影。

刘府的家将和护卫虽然很多，但与这数名高手相比，似乎相差太远，竟根本就无法发现这六人的行踪。

六人似乎并不想对付刘家大小姐，他们似乎对聚云客栈极为熟悉，一入客栈，就直奔停放车辆的后院。

后院的守卫极严，因为谁都知道刘家这一趟似是大生意，既然是大生意，那钱财抑或是其他之类的东西自然不少。虽然刘家在北魏势力大得足以吓破小贼的胆，但是想打刘家主意的人并不是没有，而敢打刘家主意的人，也绝对不会是跳梁小丑，是以守护着这后院的人极多，自也不乏好手。

刘家人很自信，很自信自己的实力。也的确，刘家能立足于江湖和朝廷，声震黑白两道，自然是有其过人之处，不说别的，至少在武功之上，刘家的高手并不比尔朱家族的差，只是刘家的人很少在江湖之中出手，而刘家的敌人，见过刘家高手出手的人，早已埋骨黄土。极个别之人未死，可天下有谁会将自己的丑事外露？是以，天下间知道刘家人可怕之处的不会很多，可刘家之人却绝对不是庸手！

守候在车旁的是一个老者和两个中年汉子，还有些兵丁家将之类的紧守在四周黑暗的角落中，像是猎豹一般警惕地望着四周黑洞洞的天空，也有一部分人在院子各方四处搜寻。

六人全都停在院外，有些心惊地扫视着后院，他们深深地感觉到那潜在的杀机和危险。他们都是高手，凭着高手的直觉，就知道这个后院绝不会像别处一般松散。

六人相对望了一眼，虽然黑不见物，但谁都可以感觉得出对方心头微显的隐忧。

“啪——”一声清脆的细响打破了黑夜的静寂，是一只掉落在院中的老鼠。

“吱——”老鼠居然被钉在地上。

无声无息的箭，不知从何处发出，准确得让所有人都觉得心寒。

那是一只可悲的老鼠，不大，但却逃不过刘家的防守，那么人呢？人是否能够逃出这可怕的暗箭呢？

院子黑沉沉的，倒像是一个充满死气的坟地。有树、有花、有草，还有一口枯井。可就是没看到人，因为没有灯火。但那摆放在一起的车厢仍是分辨得清，那只是一种死亡的诱惑！

“朋友，回头是岸！”一声低沉的声音自黑沉沉的院子之中飘荡出来，倒似是来自那口枯井的井底，但谁都知道，那绝不是来自井底。

潜伏的六人吓了一跳，不知道这低沉而微显苍老的声音是在说谁，难道对方已经发现了自己？这，这几乎是有些不可能，他们禁不住相视望了一眼。

“朋友，不要再犹豫，你们一靠近院墙，我们就已知道你们六位是来染指车内之物的，今日老夫并不想杀人……”声音到此戛然而止，但那种威仪依然悠悠地飘荡在夜空之中。对方既已说出了自己的人数，那自然就不会只是胡乱吓唬人了。这人是谁？竟有着如此可怕的功力！

六人打了个手势，心中自然明白，想打刘家的主意，那根本就是不可能。单只这一个神秘莫测的高手，就足以让人胆寒，何况仍有潜伏在暗处的敌人？六人暗自一声叹息，翩然而去，实在是没有任何必要留下。

黑暗的后院立刻又恢复了死寂一般的平静，两道黑影若幽灵一般追着六个神秘人而来，又匆匆随离去的黑影远去。

飘出聚云客栈，街道上一片黑暗，唯有呼啸而过的北风，和青楼的几盏气死风灯，那暗红的光润，倒像给夜色涂上了一层鬼气。

两条幽灵般的暗影，再飘出几丈远，就立住了足。他们不得不立足，黑暗中，他们看到了几道森寒的幽光。那是眼睛，黑暗中的眼睛。

小街，弥漫着杀气，那闪亮的眼睛是人的，十人！静静地立着，犹如木头一般。但每个人身上所散发出来的杀气又是那么真实。

两条黑影很想回头，但他们却感觉到，这已经完全没有必要了，他们清楚地感应到，身后传来的杀机更强烈，竟是那本在他们之前走出聚云客栈的六人，可是此刻却出现在这两人的身后。

两人明白，自己是中伏了，可却不明白，自己哪里露出了行藏。

“朋友，是不是很感意外？”一道森冷的声音飘出，在黑暗的夜中，伴随着呼啸的北风，竟微有些沙哑。

“你们是什么人？”那两人的声音毫无慌张之感。

“哼，我们是什么人，你们无须知道，但你们是什么人，我却知道，要不要我给两张画像你们看看？”立在前方十人中的一人跨前一步，不屑地道。

“你知道我们是什么人？”那两人一愣。

“呼——”一束火光亮起，跨出的蒙面人双手轻轻一抖，两张略显淡黑，但轮廓分明的画像立刻亮在那两人——也许说两位蒙面人面前更确切些，因为在场的所有人都是蒙着脸的。

两蒙面人骇然惊呼，即使看到了鬼，他们也绝对不会如此惊骇。但他们看到的不是鬼，而是他们自己，虽然笔法极为简单，却轮廓分明地勾勒出了两人的大致模样，这几乎完全不可思议。

“杨擎天、颜礼敬，你们还要蒙上面具吗？华阴双虎在江湖中，也曾是响当当的人物，又何必藏头露尾呢？”那人微显淡漠地笑道。

两蒙面人的身形再颤，心中的震骇更是难以言表，这才知道，对方是有备而来，所有的这一切，明明就是针对他们两人而来，这是毫无疑问的。他们正是华阴双虎，杨擎天与颜礼敬。可是却怎么也猜不出，对方是什么门路。

“既然你们早就已经算好了，又何必再啰唆？又故作神秘呢？”杨擎天冷冷地道。

“哈哈……你说得对，我们的确是没有必要再啰唆！”

杨擎天和颜礼敬立刻知道对方就要出手了，他们岂会坐以待毙？先下手为强！是以，他们抢先出手，绝不留情！但他们知道，以两人之力想要对付对方十六人，那的确是有些痴心妄想。因此，他们所能做的，就是借机逸走！

杨擎天与颜礼敬一出手，那十六人就相继出手了。

街道并不甚宽，挤着十八人，似乎窄了些，但杀气却比夜色更浓。

杨擎天的对象是那展开两幅图画的人，一直都是那人在发话，这些人当中，定是以那人为首。要是一举能擒下贼首，对方定会投鼠忌器。

“呼——”杨擎天眼前一黑，竟是两张画像，兜头罩来。虽是两张薄纸，竟隐含风雷之声，对方的功力之高大大出乎他的想象之外。

“嗖——嗖——”两支劲箭若从黑暗中标射而出，擦着杨擎天的耳边钉在两幅画像上。

“轰——轰——”两幅画像一声爆响，竟燃起一团青焰。

杨擎天骇然倒退，不仅仅是因为那不知从何而至的暗箭，更是因为那两幅画像是以药物绘成，一经撞击，就会爆出毒烟。所以，杨擎天不得不退。

一进一退，若行云流水，没有丝毫的阻滞，但杨擎天并没有忘记，此刻乃是两面受敌。不过，他还得感激那两支暗中射来的劲箭。

“轰——”杨擎天退身出脚，半刻也未停留，准确无误地截击由身后攻来的一脚，身子再奇迹般地翻转，上身后扑，两支判官笔幻成两点暗影，在两柄长剑上斜划而过。两声脆响之中，身子若夜鸟般翩然升上天空。

“嗖……”劲箭自黑暗之中，没头没脑地射至，目标却不是升上天空的杨擎天，而是地上的十六名蒙面人。

箭箭要命，准确得让人心惊。

十六名神秘的蒙面人骇然闪避，谁又想到螳螂捕蝉，黄雀在后？很明显，这神秘的箭手乃是杨擎天与颜礼敬一伙的。

颜礼敬的身子就像是一团幻影，快得让人眼花缭乱，更可怕的却是他手中的那几寸长的短针，让人防不胜防。但一人之力毕竟有限，若非这阵乱箭相助，只怕此刻也应该挂彩。

“呀——”杨擎天一声暴喝，上升的身子若苍鹰扑兔一般，向颜礼敬的身边扑到。

颜礼敬与杨擎天似乎是心有灵犀，放下所有目标，合力向一名有些手忙脚乱的蒙面人攻去。

“呲——”一道长绳破空而至，正是杨擎天和颜礼敬将这手忙脚乱的汉子手到擒来之时，一切就像是演练了千万遍的表演。

杨擎天和颜礼敬踢开攻来的三人，拔空而起，双双抓住横在空中的绳子，自众蒙面人的头顶呼啸而过。

“啪——”绳索被一柄飞刀截成两截。杨擎天和颜礼敬两人的身子一沉，却又有两根绳索破空而至，更夹着一阵乱箭。

剩下十五名蒙面人的确有些自顾不暇，哪有机会追赶杨擎天与颜礼敬？只得眼睁睁地看着两人挟着那被擒的汉子融入黑暗之中，然后，黑街陷入一片寂静，箭停风止。

“追！”剩下十五名蒙面人这才知道呼喝，心中的恼恨使得杀机如潮，但却无可奈何，他们根本就不知道这潜在黑暗中接应杨擎天和颜礼敬的人是谁？但却知道颜礼敬与杨擎天擒去了人质。事出突然，众人还未反应过来，一切都已经成为定局。

凌通美美地泡在水汽缭绕的浴桶中，这还是他有生以来，第一次用兰汤沐浴，以前只是在萧灵的口中听说过，没想到今日发财之后的第一件事，就是兰汤浴，四周几个大火炉，使得室内暖和如春。

连日来，凌通带着萧灵只顾着逃命，虽然并非十分疲惫，但心中却因压力过重，使得整个人都有欠舒服。风尘仆仆，也有好一段日子没洗澡了。此刻嗅着阵阵兰香，享受着那烫心的热力，整个人就像完完全全地放松于浴桶中一样，似乎每一根神经都变得顺畅无比。脑中却在想着这连日来，那些人的武功招数，总结着每一次动手的心得！这正是近一个多月来，凌通作战经验丰富起来的根本原因。他之所以能得剑痴和梦醒两大高手看重，不仅仅是因为他有一股狠劲和拼劲及他有猎人般的聪明老练，更是因为凌通并不是一个死学死用的人。而他向剑痴学武，本就是全在挨打之中领悟个中奥妙，总结挨打的经验，才会有一日千里的进展。因此在不知不觉中，他已习惯于总结经验了，虽然每一次多用诡计对付敌人，却也从中学到了不少东西。

正在恍惚之间，突然觉得有一股淡淡的寒意自丹田升起，极为温和而缓慢。凌通骇然回过神来，迅速运功抵抗，但那股寒意似乎是无孔不入一般，依然控制不住地上升。骇异之中，凌通想到了梦醒给他的那颗阳丹。此时也顾不了赤身裸体，再迅速跃出浴桶，自衣服的口袋中掏出盛装“回天补气丹”的盒子，取出丹药纳入口中，迅速跃入浴桶，盘膝静气。

阳丹入口即化成数道火热的气流，通向四肢百骸。

凌通心下骇然，没想到药力运行得如此之快。那种有若火蛇在经脉中疾窜的滋味的确不太好受，但他坚信梦醒绝对不会害他，那是完全没有必要的。凭借梦醒的武功，想要杀他，犹如捏死一只蚂蚁般容易，又岂用得着浪费这两颗药丸？更何况，以梦醒的身份，根本就没有必要说谎。是以，凌通极为心平气和地对待体内流窜的热流，以及渐渐自心底升起的寒意。这一年多来，他什么苦什么痛没尝过，早已使其意志和毅力异于常人。那是因为他心中有所信仰，更坚定的以蔡风为目标。所以，他拥有完全超乎他这个年龄的毅力和恒心。

两股异流终于汇合，凌通忍不住一阵颤抖，相会之时，“轰——”地一震后，融合于一起，气流仍是一寒一热，却更加狂野，在他体内的经脉之中激涌澎湃，几欲使之崩裂。

凌通按照蔡风所授的心法，缓缓地催动着丹田中的真气，但却似乎对这两股狂流毫无办法，幸亏这两股气流并非是毫无章法地乱冲乱闯，而是不断地游走，犹如两条活泼的小蛇。

凌通额角渗出了汗珠，也许是水汽凝聚而成。他知道若是这样运行下去，那对自己恐怕是没有多大好处。咬咬牙，调节真气，向那两团气流兜头迎去。

“轰——”一阵无形的巨震，轰得凌通脑子中一片空白，就像是地底的火山刹那间在他的心底爆发……

# 第九十二章　奇兵突现

暗中相救之人，竟是薛三。原来，葛荣终究还是不放心，毕竟刘家并不是弱者，更何况杨擎天与颜礼敬所面对的不仅仅是刘家，更有魔门中人。相较而言，己方力量的确显得过于单薄。葛荣更是擅用兵法之人，所考虑的问题极为周详细密，加之，深知广灵刘家的可怕，因此，他派出薛三领着十数名高手前来相助。由于考虑到杨擎天与颜礼敬两人乃是江湖成名极早之人，若是公然相助，定会引起两人反感，是以一直隐迹行事，暗中相助两人，使之免于遇难。

“报告三爷，经查证，这人乃是刘府的家将！”一名汉子行入房中，恭敬地道。

巨烛的光焰中，杨擎天和颜礼敬两人神色微变，杨擎天有些不敢相信地道：“他居然是刘府家将？”

“禀杨爷，他们的确是刘府中人，属下已经查实，且他招供出来说那十五人也同样是刘府家将。因为他们早就发现杨爷和颜爷跟踪他们的队伍，而杨爷与颜爷都绝对不是好惹的，所以，他们就定下这个引蛇出洞的计划，准备暗中对付你们，却没想到被我们破坏。”那汉子极为客气地道。

杨擎天和颜礼敬相视望了一眼，都看出了对方眼中的骇异之色，他们的确是低估了刘家之人。也难怪刚才聚云客栈的后院中，刘府之人会对六人的行踪了如指掌，而又格外开恩地放过六人。原来，这只是合演的一出戏而已，而对方又能清楚地画出自己的肖像来，且动手的地方只是离聚云客栈数丈远之处，难道就不怕惊动刘府中人？其实早就应该想到这些人和刘府有关系，他们压根儿就不怕惊动刘府之人。

杨擎天苦笑道："我的确是太小看刘家了。"

"我们早该想到，能够列入四大家族之一，那他们绝对不会是易与之辈。今次，若非薛老弟，只怕这个跟斗我们栽大了。"颜礼敬诚恳地道。

"我们都是为了三公子的事，根本没有必要分彼此。庄主他是一军之主帅，否则只怕亲来的是他！"薛三正颜道。

"不知道是否有魔门与三公子的消息？"杨擎天问道。

"以三公子的武功，想发现他的行踪只怕很难，而魔门行事诡秘，要找到他们也不是一件易事。不过幸亏老爷子过几日就会赶来，庄主更会派高手前来相助，只要我们再多忍几日，形势定会改变！"薛三认真地道。

"现在，我们的行动，使得刘家有了准备，再下手只怕不易行事。"颜礼敬微微担心道。

"以我看，我们这么一闹不仅不是坏事，更是一件好事。我们的目标并不是要抢夺刘家的嫁妆，也不是要与刘家过意不去，刘家加强戒备，对于我们来说，那是无关痛痒之事。但对于魔门的行动却大有阻碍，这样，魔门势必要吃亏，对于我们来说只会是好事而非坏事。三公子若想劫走刘家大小姐，只怕也要花费更多的心思。而我们更可暗观虎斗，根据情况思虑对策，自然会更有把握。"薛三分析道。

"薛老弟所说也的确有理，那只要我们密切地注意刘家的动静，就一定会有所收获！"杨擎天赞同道。

"嘘——有人来了！"颜礼敬挥袖灭去房中的烛火，低声道。

沙沙！果然有夜行人踏瓦而至。

薛三的眸子中闪过一丝杀机，正要破窗而出之时，却被杨擎天拉住。

屋内众人迅速选好最佳的方位，心神全都绷得极紧极紧，但每个人皆明白，一出手就是绝不留情的。只是没有想到，刘家的人竟会这么快便赶来了。

"沙沙……"竟是大批夜行人踏过瓦面，且似乎并无停留之意，这是为什么？颜礼敬诸人有些糊涂了。

“哼!”一声轻哼自头顶传入房子之中，接着就是一声极冷的声音响起，道:“你以为你们可以逃得了吗？胆子也真大，居然敢偷我刘府的东西!”竟是聚云客栈后院说话的老者。

“哼，你们刘府什么东西都有，何不分上一点给天下的百姓？所谓有财大家发嘛。”一声不紧不慢的话语在不远处的屋顶之上传来。

“看来老夫是要开开多年未破的杀戒了，否则会让你们这些无名鼠辈当我们刘家无人!”老者语意中充满杀机地道。

杨擎天与薛三诸人相视望了一眼，全都松了口气，知道刘家所追之人并不是他们，那对方所追的人到底是谁呢？又有谁有这个胆子和本领自聚云客栈之中偷出刘家的东西呢？几人心中充满了疑惑，但既知道事情与自己无关，也就懒得去管。自窗口的缝隙中，犹能够发现对面的屋顶之上立着四五人，其余的并未看见，而自己头顶的屋脊上，自然不会没有人。

“是吗？你有很多年未开杀戒，就为了我，却要大开杀戒了，看来，我应该感到骄傲才对。”那人不愠不火地道。夜色中，那人隐约地蒙着脸，怀中还抱着一个小箱子。

“只要你交还所盗之物，我可以给你一条生路。否则，就别怪我们不客气!”说话之人却是围截杨擎天和颜礼敬的十六人中掏出两幅画像的人。

“这人是刘家老总管刘承东的儿子刘文卿。”刚才向薛三回报的汉子低声道。

“刘文卿!”薛三不由得微微一呆，低念道。顿了顿又道，“此人乃是刘家三大年轻高手之首，这些年在江湖之中极有名气!”

杨擎天回到中原时间并不长，是以对这些新近崛起的年轻高手并不知道。而颜礼敬对这些无关痛痒的人也不十分在意，虽然听说过刘文卿的名字，但却并不知对方是刘府三大年轻高手之首。而薛三却是时刻密切地注视着江湖，对江湖中的一举一动、每个新起的高手都会留意，甚至还要去了解掌握对方的习性、优点和缺点，这就是他能成为葛荣手下最为得力的刺杀机构首领的原因和本钱。

葛荣手下的刺杀机构完全由裴二和薛三两人掌握，处理江湖中的事务也归属于两人的管理范围，是以一说到对方是谁，薛三就立刻说出了对方的优缺点和江湖称号。

夜色之中，那神秘抱箱之人缓缓地放下手中的箱子，踩在脚下，神态极为悠闲，而他身后紧立着三名蒙面人，似乎对置身于重围之中并不感到慌张和担忧。

刘府之人竟再次出动了十人之多，刘文卿带着剩下的九人，与一名微显苍老的老者。而诱惑杨擎天与颜礼敬现身的六人却并未现身。

老者微步向那四人逼去，浑身散发出一阵浓烈的杀机。四大家族名闻天下，还从未有人敢如此藐视他们广灵刘家，看来今夜之事真的激怒了他。老者的身后两人，也执剑在手，夜色之中，突然在这一瞬间充满了浓烈的杀机。

“哗——”一声轰响，木箱破开瓦面，向屋下疾沉，而那蒙面人的身形犹如猎鹰一般飞掠而起，向老者扑去。

身法之快，攻势之凌厉，令屋内众人都吃了一惊。

“好！”那老者忍不住叫了一声。随即感到沉重的压力若山洪一般流泻而下，正是那如猎鹰般神秘蒙面人的杰作。

老者出手，是一柄窄窄的剑，却拖出一阵尖锐的呼啸，像是凄厉北风之下的冬鸟悲鸣。

“啪……”“沙沙……”老者竟忍不住倒退了几步，踩破数块厚瓦。那是一股几乎不可抗拒的力量，对方所用的竟是一柄短杵。

神秘蒙面人的身子倒射而回，翻上夜空，一击之下，双方谁也没有占到便宜，只是那神秘蒙面人因为居高而下击，以重兵器之利，竟使老者立足不稳，骇然倒退。

老者脚下的屋内传来几声惊呼，似乎是因为那碎瓦下跌，惊醒了已经入眠的客人。

刘文卿的动作也不慢，就在神秘蒙面人掠飞而起的当儿，他也化作一道鸿影飙射至蒙面人所在的屋面。

老者身后的两人绝不想给对方任何喘息的机会，当神秘蒙面人在空中疾翻后退之时，亦迅速疾扑而上，自两个不同的方位攻至。

神秘蒙面人心头暗骇，刚才那老者剑上传来的劲力只让他微有些气血翻涌，而这一刻，又有三人相继攻到。

没有任何考虑的余地，神秘蒙面人在半空之中，突地一阵狂扭，暴跌而下，向刘文卿扑去。

刘文卿冷冷一笑，长剑幻成一抹暗影，丝丝缕缕地向神秘蒙面人罩至。

立于神秘蒙面人之后的三人也迅速掠起，截住攻向蒙面人的两位刘家高手。

刘文卿却算错了神秘蒙面人的意向，那蒙面人并没有攻击的意图，而是撞入与刘文卿同来的那六名高手堆中。

此刻那老者才回过气来，骇然低呼道："天龙刘高峰！"

刘文卿也是一惊，但神秘蒙面人已经冲入了那六人的攻势之中，手中的短杵一分为二，有若万点奔雷，犹如暴风骤雨的气机牵动着瓦石乱飞，疯狂地撞向六人。

"啪啪……"一阵碎瓦的爆响，神秘蒙面人的身子扶摇直上，一阵爽朗的笑声撕破了夜空："哈哈哈……刘傲松果然好眼力！"

杨擎天和颜礼敬诸人大吃一惊，谁也没有想到，这不起眼的老者就是刘家老一辈名动江湖的岁寒三友之一刘傲松，更没想到那神秘蒙面人却是飞龙寨的大寨主天龙刘高峰。显然刚才是有意掩饰身法，而此刻才真正的是天龙刘高峰的招牌身法"潜龙升天"，天下独一无二的轻功身法。

"啪——"一声轻响，两条身影破屋飞掠而去，同时夹带着刘高峰刚才踩于脚下的木箱。

"追，别让他们带走！"刘傲松沉声喝道，同时身形向那自屋子中掠出的两道人影追去。他没想到在刘高峰脚下的屋子之中居然仍有人接应。

"我们还没有好好亲亲热热，又何必急在一时呢？"刘高峰说话间，已若蛟龙入海般向刘傲松攻到。

人未至，那让人窒息的压力已经让刘傲松不能不回手反应，刘高峰的气机早已将他完全笼住。

刘傲松一声怒吼，窄剑斜掠而出，简单至极的一剑，却包含着无与伦比的玄机。那种有若流星划过的轨迹，人根本无法想象那是怎样的一种洒脱和优雅，似乎深深融入了自然，融入了夜色，融入了天地。

“好!”刘高峰大喝一声，竟不敢轻迎其锋，身子微扭，有若游鱼一般向一旁滑去，竟奇迹般在完全不可能的情况之下改变方向。

刘傲松对刘高峰的身法已经够高估了，但是仍没有想到对方的身法厉害如斯，自己竟一剑切空。但，他这一剑根本就没有任何作势，其本身就是一道顺乎自然至理的弧线，一击不中，顺势又成另一招攻势。

刘高峰已经不可能再给刘傲松击出这可怕剑式的机会，就在刘傲松这一剑抵达尽头，在力的死角之时，击出了一杵。

没有人能想象刘高峰的机巧和灵动，那像是一种无可言喻的魔法。

“叮——”刘傲松的身形若御风滑行，卸去刘高峰这一击之力，反而形成一股拖扯之力，像是在虚空之中制造出一个旋涡。

刘高峰身形虽奇，但却没想到刘傲松的劲气运转会如此之快，虽然这一重击砸在刘傲松的剑上，但却像是击在云端，毫不着力。劲气一泄之中，竟不得不坠身而下。

刘傲松一声冷哼，身形疾攻而下。他的确是尝到了刘高峰身法的可怕，因此，他必须紧缠住这可怕的对手，不能给对方任何展开身法反击的机会。

刘文卿本想全力将刘高峰的另外三名同党拿下，但想到正自逸走的两人，不得不舍下刘高峰三名同党，向那两人追去。

这批刘府家将全都是训练有素之人，对形势之分析及相互间的配合都极为紧凑。

刘文卿的身形一动，立刻就有三人相偕而去。

这是客栈的大院，但却没有一个客人敢伸头外望，在这乱世当中，杀人不是什么稀奇之事，何况住宿之人早就已经听到这之中有广灵刘府之人，谁又敢与这四大家族之人过不去呢？是以，即使外面闹了个天翻地覆，也不会有人来管。就是掌柜的也只有哑巴吃黄连，自叹命苦了，他只能在被窝中乞求菩萨保佑而已。

刘文卿见那两人眼看就要掠过院墙，融入夜幕之中，不由得对天一阵尖啸，有若厉鬼哭号，惊人至极。尖细之声，裂云透雾，直冲九霄，虽然扰人清梦，却无人敢说。

杨擎天和颜礼敬诸人不由得暗赞，此子功力之深厚，果不愧为刘家三大年轻高手之首，但他们却没有任何动手的意思。

薛三心中却在暗自盘算，如何助刘高峰一臂之力。毕竟飞龙寨与葛庄主极有渊源，当初大柳塔之战中，飞龙寨出力不少，更损失了二寨主付彪。兼且刘高峰与蔡伤老爷子的关系极好，此刻他有麻烦自然要助。但想到几月前，葛荣邀请刘高峰入军并肩作战，却被刘高峰拒绝了，这使葛荣大为生气，却仍不能不尊重刘高峰的意见。因此，薛三在暗自揣测，刘高峰此次行事的意图。

“啪啪——”两声爆响，两位正准备掠出院墙的神秘人，竟被两道掌风逼了回来。

那两人一人抱着木箱倒翻数番，重重地立在地上，而另一人极为了得，虽然与对方交换了一掌，但身子却未坠，反而若游蛇一般，横踢向另一名攻向抱着箱子之人的汉子。

这两名突然出手的汉子，显然是早已经守候在院外的刘府高手，见这两名神秘的蒙面人想掠走，遂飞掠而出在半空中进行袭击，显然刚才刘文卿的一声尖啸是召唤他们的。

那抱着木箱的蒙面人吃亏在一手抱着木箱，只能以单掌应敌，这才会被逼退。

“你先走!”那身形犹在空中的蒙面人低喝道，竟是女子娇弱之声。

那名攻向抱着木箱蒙面人的刘府高手，显然想不到说话蒙面人的武功会如此强横，身法也如此利落，只在挥手间，便已踢至他的面门，使得他根本没有机会再去攻击那手抱着木箱的蒙面人。

“啪——”一道狂猛的气流在掌脚之间爆开。蒙面人的身形旋成一团旋风，稳稳地钉在地上，而那刘府高手却“噔噔噔……”倒退了四大步，显然在功力之上与这神秘蒙面人相差极远。

抱木箱之人再不答话，闪身向院墙之上掠去。

“想走？没这么容易！”那与女蒙面人对掌的汉子冷哼着闪身扑去。

“别慌，你的对手是我！”女蒙面人一声娇笑。

笑声刚尽之时，身形已经如鬼魅一般阻在那欲追的汉子面前。

那汉子一阵骇然，他想不到的是对方身法竟如此快捷，当他调整心理之时，只觉一股强烈的劲气已经撞击而至，无奈之下，只得出手相抗。

对方的掌指若万朵兰花竞相绽放，几乎是无孔不入，劲气之密，似是不透风的墙，怎么能不让他大吃一惊？那汉子只得骇然倒退。

女蒙面人一声冷笑，趁对方慌乱之时，踢出一脚。无声无息，在黑暗中，似是突然自地狱之中冒出来一般。

那被震退的汉子一声怒吼，飞扑而上，生死一线之时，竟为另一人挡开了这要命的一脚。

蒙面人身形并不停，却借劲一个倒翻，向院墙之外掠去。此时那抱着木箱的人已经消失在苍茫的夜色之中。

此时，一道尖锐无伦的劲风袭体而至，几欲洞穿天地。沉重的杀机紧裹着女蒙面人倒翻的身体。

那是刘文卿的剑，刘文卿的的确确动了杀机，而这女蒙面人也实在太可怕，刘家今晚所出动的人在江湖之中至少都可算得上二流高手，可是在对方的掌指之间根本没有丝毫翻身反击的机会。

女蒙面人一惊，身子疾沉，虚空之中，一扭小蛮腰，一道幽影在她双足点地的一刹那倒射而出。

“叮——”刘文卿身子一震，他这自以为必杀的一剑，竟然被对方轻而易举地破去。看对方动作之利落、流畅，竟有若行云流水，潇洒至极，哪是言语所能尽表的。

刘文卿倒退入那三名跟来的家将队伍之中，犹然感到神秘蒙面女人那突如其来的一剑之可怕。那浓烈的杀机就像凝于虚空之中，等待暴发一般。

“玉手罗刹曾丽!”刘文卿忍不住呼道。他实在想不出江湖之中还有哪一个女流之辈功力达到这种境界，刚才对方所展露出的手法，的确极为神似传说中的玉手罗刹。

蒙面女子一愣，却又感到身后两道劲风袭到，心知正是那两名刚才拦截之人，不由得脚步一错，手中幽芒一闪、一旋，竟若幽灵般滑至刘文卿的身前，剑气也在这一刹那间疯狂暴射。

刘文卿惊于对方那古怪而快捷的身法，但却并不畏惧，可他仍未出剑的当儿，其身边的三人已经出剑了。

三剑同出，剑气交织成密密的罗网，似要将对方完全铰碎一般。

蒙面女子一声轻笑，剑式一改，那三名刘家剑手只觉得所刺非物，更可怕的还是那剑式之中有一种难以摆脱的吸扯之力，使他们不由自主地顺着对方剑气的牵引而动。

蒙面女子不见了，有若幽魂一般消失在三名剑手的眼中，而他们的眼前，多了两柄剑，本是刺向蒙面女子的两柄剑，此刻却刺向了那三名刘家剑手。

刘文卿一声怒吼，蒙面女子的身形虽然快，可立在一旁静候的他却仍不会看走眼，是以他不顾一切地扑上。

“锵——”蒙面女子堪堪挡住刘文卿这一剑，却禁不住倒跌而出。

刚才因为对付那五名剑手，她虽然是使用的巧劲，但一口真气也用竭了，而刘文卿就是看准了这一点，一击之下，竟使对方受挫。

“咔嚓——”一棵小树被撞成两截，蒙面女子身体一震，忍不住吐出一小口鲜血。刘文卿不愧为刘府年轻高手之首，劲力之大、眼力之准的确让人心惊。

“哼，你去死吧!”刘文卿冷酷无比地喝道，身子若一只鸿雁，划过一道亮丽的弧线，手中剑也拖起一股幽风向蒙面女子的面门攻到。

蒙面女子虽然被刘文卿一击受伤，但并非全无还手之力，长剑斜挑而出，划过一道完美无伦的弧线，自刘文卿的肋下攻到，竟是同归于尽的打法。

刘文卿心头骇然，他看见对方眼神之中那深深的落寞和冷厉，更可从中感受到一种厌世的情绪，似乎没有任何东西可以化开对方那股冷漠。这种人正是不要命之人的最佳典型，若说任何人都会爱惜生命，那这种人却完全例外。

刘文卿正值大好年华，岂是不要命之人？是以，他只好换招撤势，他没有对方那种拼命的勇气和胆量。

“唏津津——”一声马嘶自院外响起，传来车轱辘滚动的声音，显然是有马车赶至，而在此深夜之中，又有谁在驾着马车呢？

刘文卿立刻明白不好，这定是对方派来接应的车子，若是对方坐入马车之中迅速逸去，从此任谁也无法找到对方的下落。

那五名剑手在发觉蒙面女子消失之时，已经相互切入了对方的剑势之中，一阵闷响，几人骇然倒退，模样极为狼狈。但仍被割下几块衣袖，冷汗不由自主地滑淌而下。

“快追！”刘文卿禁不住喝道。

那五人如梦初醒，迅速有人扑出墙外，刘文卿却绝对不想放过眼前的强敌，他明白眼前对手的厉害之处，若是不能在这一刻乘对方受伤的当儿制伏，只怕日后就不再有这样的机会了。

刘文卿更深知自己的功力与对方的功力相比，仍有一个差距，而对方的武功也不会比他弱，只是对方的实战经验似乎比自己稍逊一筹。若真是单打独斗，一般情况之下，自己并不是她的对手，可是此刻却又是另一回事。不过，想到玉手罗刹当年独破“神武镖局”，搏杀神武镖局总镖头赵学青，那么，拥有眼下的武功并不是很值得惊讶之事，只是刘文卿有些奇怪，玉手罗刹的实战经验怎会如此之差？但他根本无暇细想，他必须出击，而且是尽力出击！

蒙面女子眼中微闪过坚强之色，让人感到她那拼死的决心，这是一种很可怕的感觉，面对着攻至的三柄剑，蒙面女子冷静得骇人。

冷静，是一个剑手的基本要求，但冷静并不代表一定要硬拼硬接，蒙面女子深深明白这一点，自己以一人之力绝对无法抵抗对方三名高手的攻击，即使自己并未受伤，也会力不从心，更何况此刻内腑已经受到震伤。她虽然对生死并不在意，但对生命仍有着一丝眷恋，那是因为她活着，并不是为了自己。

蒙面女子在躲、在闪、在后退，她也唯有这样。她不想死，而刘文卿的剑又太可怕。

那边的刘高峰，其战况也并不是很好，以四对六，并不能占到什么先机，而刘傲松的武功与他相比较起来，虽然要差一些，但是仍不能不算是个劲敌。是以刘高峰根本就不可能照顾得了这边的蒙面女子。

“砰!”一声爆响传自蒙面女子身后的屋内。

刘文卿和两名剑手吓了一大跳，骇然倒退，竟舍蒙面女子不追。

蒙面女子也吓了一跳，但却知道绝不能停留，否则她将陷入与刘文卿苦战之局。

刘文卿一愣之间，蒙面女子已掠上了屋脊，那是一间独立的房舍，并未与客栈之中的其他客房相连，却与院墙只相隔了三丈之远。

蒙面女子与刘文卿相对而立，谁都不明白这房子中在弄什么鬼，似乎是水桶爆裂之声，更夹杂着泼水之声。但蒙面女子似乎知道，这声响并不是刘府之人弄出来的，否则刘文卿也不会骇得停下攻势，这的确是出乎人意料之外的一声爆响。

刘文卿见房中只有这声爆响，此后再无动静，不由得微微放下心来，却有些恼怒。

杨擎天向颜礼敬望了一眼，对窗外的一切都看在眼里，记在心上。薛三却正在盘算着应该怎样去助刘高峰一臂之力，但却并不想显身。

刘文卿和那两名剑手飞速掠扑而上，想到对方竟视刘家高手如无物，公然偷抢嫁妆，虽然只是偷去一部分财宝，却也价值不菲，是以杀机大盛。

蒙面女子暗吸了几口气，平复一下翻涌的气血，此刻她已经不想独自一人离去，必须与刘高峰同走。若是她不能够牵制刘文卿这几位高手，只怕刘高峰的情况会更加危险。

刘高峰眼见那抱箱子的蒙面人已经掠出了院墙，不由得心中暗定，但是却被刘傲松缠住，难以脱身。刘傲松知道刘高峰的“潜龙开天”身法独步武林，是以，他根本不让刘高峰有施展独门轻功的机会。

剑如绵绵细雨，一波一波，滔滔不绝，生生不息，似打定主意要死死缠住刘高峰。

刘傲松以这种近乎无赖的打法，也的确出乎刘高峰的意料之外，但刘高峰又只能徒呼奈何。两军交锋，本就是智计百出，兵不厌诈，两位高手相斗也同样是如此，这并不同于那光明正大的比武决斗。一开始，刘高峰就是以藏头露尾的方式对付刘府中人，也便不能怪别人不顾身份。而与他同来的三人，虽然全都是高手，但是要让三人对付五人，仍有些吃力。虽然，刘高峰偶尔对那五名刘府的家将攻上几招，却也无法改变整体的局面。

今晚之局，刘高峰不得不承认失算，他没想到刘家竟动用了这许多高手暗中保护，而像刘文卿这般高手却并不是与刘家的大队人马驻扎在一起，而是居住在附近，隐藏了自己的身份，暗中对送亲的队伍进行保护，只当有事的时候，才发挥出其潜在的力量。

刘高峰和杨擎天诸人一样，全都低估了刘家的实力，这才陷入了今日的苦局。但杨擎天喜在有薛三相助，才得以脱身，否则，也只怕会含恨受伤，甚至败亡！相对来说，刘高峰的准备应该还算是极为充足，但他之所以能够顺利劫得财宝，还全赖杨擎天与颜礼敬两人那么一闹，引开了刘文卿这一帮暗中的高手，否则只怕结局又是另外一个模式了。或许，压根儿刘高峰就不可能劫出这批财物。

那蒙面女子立于屋顶，长剑斜指，大有一副君临天下之气势。黑暗之中，倒像是地狱中的魔王，杀机自剑尖遥遥送出，面对着飞扑而至的刘文卿并不怎么在意，没有丝毫畏怯之感，反而涌起了强烈无比的斗志。

“嗤……嗤……嗤……”三片瓦电闪般射向刘文卿和他两名属下的面门，劲道极猛。

蒙面女子绝对不是傻子，自然知道好好地利用这有利的形势，脚上不断猛踢，瓦片便如道道劲箭般射出。

刘文卿和那两人身在空中，哪能避开这许多瓦片？骇然之下，只得猛然下坠。

蒙面女子一声娇喝，身形若鹞鹰一般向刘高峰那边掠去。这次争斗，他们若想大胜而归，那已经是全不可能，唯有迅速离开这是非之地，否则，只怕今晚的行动会得不偿失！因此，她要以迅雷不及掩耳之势解开刘高峰的苦局，这才可能达到逸走的目的。

蒙面女子身形一动，刘文卿便已经明白她的意图。但苦于刚才使出千斤坠，不得不落地换气，那两人也是一样，所以，就算他们能够及时换气，也定会比之蒙面女子慢上两步，有这两步的时间，对方足以解开刘高峰之围。

“嗖……”四支劲箭有若来自冥界地狱，射向身在空中的蒙面女子。

蒙面女子心中骇然，她没料到对方竟然还有这种埋伏，看来今晚的行动的确是糟糕到了极点，但她已经没有时间去细想，在空中的身子若飞蛇一般曲扭，竟再度升高五尺。

这一下的确是出乎所有人意料之外，谁也没有想到今晚蒙面女子的身法全都是这般玄奇。

杨擎天忍不住惊异地低呼道：“灵蛇身法！”

“幽灵蝙蝠！”颜礼敬一听“灵蛇身法”，也忍不住低呼道。

“不，她不是幽灵蝙蝠，幽灵蝙蝠的武功比她高得多，若她是幽灵蝙蝠，只怕刘文卿此刻早已经是一具尸体了。”杨擎天认真地道。

“那她是幽灵蝙蝠的传人啰，可是怎么会与飞龙寨的人走在一起呢?”颜礼敬微微有些不解地道。

“尔朱复古！尔朱流方！”薛三神色微变，低声惊呼道。

原来此刻自暗处跃出四人，正是刚才躲在暗处放箭之人，谁也没有想到，来者竟会是尔朱家族的年轻高手。

“还有黑白双奴！”颜礼敬也忍不住道。颜礼敬对尔朱家族的高手了解极多，虽然是在黑夜之中，但借着那微弱的月光，犹可依稀辨清对方的身份。要知道，这十多年来，颜礼敬的心思本就全都花在对付尔朱家族之上，是以对尔朱家族的每一个成员都了如指掌，无论是年轻高手，抑或是潜在的高手。

薛三却忍不住惊骇地问道："那两个胖子便是黑白双奴？"

"不错，我曾暗中观察了这二人一阵子，其武功的确很可怕！"颜礼敬神情极为肃穆地道。

"传说他们不是从来都未曾离开过尔朱天光的身边吗？"薛三有些不敢相信地道。

"但也会有例外，今日或许就是例外中的一例！"颜礼敬答道。

蒙面女子似乎也被四人的突然出现扰乱了计划，她深切地感觉到自四人身上散发出来的气势，虽然四人分立四方，但气机似乎已经连成了一个整体，将蒙面女子围于中间。

蒙面女子抚剑而立，冷冷地打量着这渐渐向她靠近的四人，手心开始渗出汗水，一种山雨欲来的压力使她呼吸都微微有些难以畅通。

刘文卿心头一喜，刘家与尔朱家族交情极深，而广灵与北秀容川更不远，他一眼就认出了四人的身份。

"呀……呀……"两声惨叫自刘文卿的身后传出，却是他同行的两名好手。一惊之时，脚下一紧，刘文卿陡觉身子竟不由自主地向后倒退着飞了起来。

"哗——"刘文卿只觉得一阵昏天暗地的撞击，他的身子已经撞开身后的木窗，飞入了屋内。在他根本来不及作出任何反应的当儿，只觉得手腕上多了一道铁箍，一股大力涌入他的体内，浑身使不出丝毫力气。

"乖乖听话，否则老子废了你！"说话者依稀可以听出是一名少年，语气虽然凶却微带稚气。

刘文卿差点没被气得双眼翻白，怎么也想不到今日会被一个小孩子算计。原来他刚才自屋顶落下，正好坠入这少年所设的绳套之中，由于他一心只注意着蒙面女子，又怎会想到这屋子之中还会有如此埋伏呢？何况据他所知，这房子本是掌柜所住的，使人对之的戒心更减小了不少。而尔朱复古与黑白双奴的到来，使得他微有些麻痹大意，竟一下子着了这少年的道儿。

这少年正是凌通，原来他体内的那两股寒热之气会合后，与体内真气相撞时，使得他脑子一片空白，整个人似乎浑浑噩噩，也幸亏他的意志早已练得无比坚强，虽然脑中一片空白，却仍然未曾停止运转体内的真气，这是因为他练功时是不分时间的，即使连平时睡觉之时也在练功，是以他没有下意识地停止功力的运行，体内的真气自然会一直运行下去。

也不知过了多久，凌通隐约之中听到了外面打斗的声音，接着，又听到了几句熟悉无比的声音，虽然只是那寥寥几句，却也深深烙入了凌通的心中，是以心神大震。他体内那两股寒热之气已经渐渐化成他本身的真气，使之功力猛增猛长，这么一急，使得真气狂涌四蹿，那两股寒热气流经此一冲，竟合二为一，完全融入他的真气之中，逼体而出。那浴桶根本无法经受得起这般冲击，一下子裂成无数的碎片，兰汤四射泼出，这正是屋外刘文卿和蒙面女子听到一声爆响的原因。

凌通也没想到会这样融合两股真气，只觉得身轻如燕，脚下犹如踩在云端，体内的真气充盈无伦，大有想仰天长啸的冲动。但他却知道这势必会惊动窗外之人，虽然梦醒曾告诉过他，这两颗“回天补气丹”至少可使练武者增强二三十年的功力，甚至在资质和根骨皆佳的人身上，可增四十年以上的功力。此刻，他虽然觉得自己的功力大有增长，却不知道究竟增长了多少？且外面之人的武功到底有多高，他也毫不知情。若是没有十足的把握，凌通绝对不想贸然出手，是以他以绳索设陷阱，把狩猎的那一套本领派上了用场。而对方有三人，他更没有把握，所以在对付刘文卿之前，凌通以毒箭射入另两人的体内，这才猛地用力一拉绳套。

也不知道是因为那两名刘家剑手的心神放在蒙面女子的身上，抑或真的是凌通功力大增，使得毒箭快得连对方根本没有机会反应，总之那两人应箭而倒。而出手拉刘文卿的那根绳套，也是使力太大，竟使刘文卿的身子若炮弹一般，飞撞进来，致使刘文卿撞得晕头转向，一举被擒。

“吱呀——”房门被推开。

“通哥哥，发生了什么事？”萧灵显然是自梦中惊醒，头发微乱，睡眼蒙眬地跑过来惊问道。黑暗之中踩着满地的水，倒吓了一大跳，却看不清屋内的情形。

凌通心中大喜，黑暗之中，他竟能清楚无比地看到萧灵脸上的表情，他的目光似乎根本就不受夜色的限制，这是他以前想都未曾想过的。

"通哥哥，你在哪里？你怎么样了？"萧灵有些惶急地摸索着。

"灵儿，我没事。"凌通轻轻一掠，便至萧灵的身边，身法之轻快，犹如失去重量。刚才他穿上衣服之时，就已经渐渐适应功力突增之后的变化，所以这一掠并没有多大偏差。

萧灵一把抓住凌通的手，似乎找到了靠山般，有些吃惊地问道："发生了什么事？是他们来抓我们了吗？"

"别担心，不是这样的，是别人在打架。你先回房，小心一些，我出去对付他们，我们可能待会儿就要离开这里！"凌通一拍萧灵的肩头，嘱咐道。

萧灵这时似乎也发现了凌通手上抓住的刘文卿，奇问道："他是谁？"

"别问这么多，快回房！小心一些，谁进去就给他一箭，我这就要出去对付坏人。你不要出来，知道吗？"凌通认真严肃地道。

萧灵对凌通的话一向是言听计从，是以，并没有任何抗议，便向自己的房中行去。

凌通一抓床头的宝剑，穿窗而出。

"你是束手就擒，还是需要本公子动手呢？"尔朱流方淡然而冷漠地道，此刻他尚没有发现刘文卿与那两名剑手已经被人制伏。虽然刘文卿撞破窗子之声不小，但场中所有人的注意力全都在蒙面女子的身上，兼且刘文卿所立的位置在众人的眼界之外，使得众人根本看不到他们的身影。更不会有人想到，以刘文卿与那两名剑手的武功，会在瞬间被人制住。而那两名剑手的惨叫却是被不远处刘高峰与刘傲松两人的掌风掩盖住了。说实在的，主要原因还是不会有人相信刘文卿与两名刘家剑手在顷刻之间受制。

蒙面女子似乎有所察觉，她仿佛听到了那两声惨叫，却也不敢相信乃是刘府家将的惨叫。因为她知道，今晚参与行动的人，除了两名送走财宝的人之外，其余的全都在这里。那么，自然不会有谁帮她杀死那两名剑手，她当然想象不到凌通的存在。

刘高峰心中大惊，半途中又杀出这些尔朱家族的高手来，那他岂非真的注定今晚要落得饮恨收场？心神一松之际，刘傲松的剑又若长江大河之水般绵绵攻至。

蒙面女子不屑地笑了笑，眼神无比冷漠地扫了四人一遍，坚决而毫无畏怯地道："任何人想对付我，那就要拿些本领出来！"

"哼，若我们动手，你只会死得更惨！"黑白双奴齐声阴阴地笑道。

"看你身材还不错，想来不会太丑，只不知够不够味，老子好久没尝女人的腥味了。"尔朱复古邪邪地笑道，眼中射出贪婪之色。

"嗖！"一支暗箭斜斜掠向尔朱复古的腰际。

尔朱复古骇然移身，反应虽快，但那箭矢更快，而且他发现得也稍晚了一些，是以竟在腰上擦破了一块皮肉，只骇得他出了一身冷汗。

众人的目光循矢望去，却见一个蒙面人一手提着刘文卿悠然行来，那一百几十斤重的躯体在他手中，却有若提着一只草把子。

尔朱复古正惊异这突如其来的神秘敌人之时，却感觉到一阵麻痒自伤口处传来，心头大震，知道箭矢乃是淬毒之物。这一惊非同小可，慌乱之中，他忙点中伤口附近几大要穴，阻止毒性蔓延。

"你的嘴巴很臭，有些话说出来，对你是一点好处都没有的。这支毒箭就是对你的教训！"放箭之人正是凌通，那是他自制折叠的小弩而发，那弩弦乃是特制牛筋与绞合的丝线，劲道之强，足以洞穿五寸厚的木板。

凌通的话极为优雅缓和，更透着一种莫名的气势，配合着轻缓而有节奏的步子，自然而然形成一种异样的魅力。

尔朱复古大怒，这蒙面人的声音之中明显还带着稚气，可听出对方只是一个少年而已，且刚才一番话含有讥讽和警告之意，这对于他来说，怎能不怒？

尔朱复古与黑白双奴的身形正欲飞扑而上之时，凌通却冷笑道："你们如不留恋尘世，就尽管动手好了！"

# 第九十三章　智压群雄

这么莫测高深的一句话，竟把三大高手给震住了，他们只得停下身子。

“刚才一箭所淬的剧毒，你以为点住穴道就会有用吗？你以为你的功力足可在体内形成三昧真火逼出毒汁吗？我不妨告诉你，即使是封住穴道，也顶多只能挨过三个时辰，三个时辰过后，你将全身血脉硬化而死，无药可救。如果不想死的话，今晚只有一条路可走，那就是依我之言而行。当然信不信由你们！”凌通傲慢而冷酷地道，但这番话却听得尔朱复古心惊肉跳，举棋不定。

“刘家人听着，如果你们不想这个人荣登极乐，抑或落入十八层地狱的话，就全都给我停手！”凌通又高声喝道，声音在夜空之中传出好远好远，刘傲松更是清清楚楚地听到了。

屋内的杨擎天诸人不由得大感奇怪，怎地突然又冒出这样一个神秘人物？而且还在大家不知不觉中制住了刘文卿。要知道刘文卿能成为刘家三大年轻高手之首，其武功和才智都绝对是一流的，杨擎天也曾见过刘文卿出手，此人武功的确极为厉害，可是这一刻竟为对方所擒，且只是在瞬息之间，由此可见对方的武功又是多么可怕和不可思议啊！以杨擎天和颜礼敬的自负，也绝不敢保证在十招之中擒下刘文卿，而如此不知不觉中，在别人眼皮底下擒住刘文卿，并制伏另外两人，那根本是不可能的。杨擎天当然不知道凌通能擒下刘文卿全靠机会和陷阱，并非仅凭真实本领擒下对方。若说单打独斗，凌通内力新增，一时仍不适应，与刘文卿还有得一斗，但凌通却并不是喜欢用蛮力之人，他很明白乱世的真谛。这是蔡风定下的教条，梦醒和凌能丽也这么说过，他自然更加相信。这个世界上只有猎人才能够活得潇洒，也只有不择手段才能立于不败之地。

刘傲松和众刘府的家将也一阵骇然，见凌通手中的刘文卿丝毫没有反抗之力，心神一震之际，刘高峰和他三名属下立刻退出。那三人已经伤痕累累，幸亏并无致命之伤，但已经累得差不多了。

“我并不是一个喜欢杀人的人，但在有些时候却不得不如此。我希望不要有人逼我下此毒手！”凌通淡漠地说道。

刘傲松心神微乱，要知道刘文卿乃是刘府老总管的儿子，若是有什么损伤，他也的确不好面对刘承东。更何况他对刘文卿一向疼如亲子，怎会忍心让对方要了他的性命呢？但他毕竟是经历过无数江湖风雨，什么场面没见过？不由得出言故作漠不关心地道：“哼，你想用他来威胁我？”

“哦，你不乐意吗？既然不乐意，那我就不用他威胁你好了，就帮你一刀宰了，如何？”凌通说完骈指向刘文卿的“大包穴”上一点，冷笑道。

“呀——”刘文卿忍不住一声惨叫，跟着有若受到了万蚁钻心般的酷刑，嘶哑地号叫起来，但身子却丝毫不能动弹。

黑夜之中，只让众人毛骨悚然，阴风惨惨，好像那声音是自众人的心底划过一般。

刘傲松差点没破口大骂起来，他没想到对方竟然如此狠辣，话还没说完便动手行刑。刘文卿的惨叫声似一柄利刃在他的心头切割一般，忍不住大吼道：“先放开他！”

凌通得意一笑，伸出五指在刘文卿身上一拂，刘文卿立刻恢复镇定，但脸色已经变得苍白无比，寒风之中，额头和鼻尖竟挂满了汗水，身子兀自发颤。

“你现在是不是认为我可以不用他来威胁你呢？”凌通极为优雅地问道，微带稚气的声音中却有着一种让人心寒的韵味。

“你到底想怎么样？”刘傲松强压心头的杀机和愤怒，沉声问道。

“我的要求很简单，那就是今晚有个和气收场，各走各的路。这些朋友，我要他们安全离开此地，不想让他们受到任何阻挠，如此而已。”凌通悠然道。

刘傲松扭头望了刘高峰一眼，又望了望尔朱复古，知道今日若不能答应这神秘蒙面人的要求，刘文卿所受的折磨只怕会更多，心想：“虽然刘高峰所窃走的一箱财宝可以卖上几万两银子，但却哪有刘文卿的性命重要？”盘算之下，断然道：“好，我答应你的要求，请你立刻将他放了。”

凌通不屑地笑道：“老伯，如果我只有三岁，也许会听你的话，立刻把他放了。但可惜我的年龄与经验阻止我的决定。因此，你必须再去给我准备七匹马，我才会在安全之处放人。这样可使大家都有点保证，你说是吗？”

“你！”刘傲松怒火中烧，但却又无可奈何，就像是被捏住了七寸的蛇。

“你们还不过来？立在那里难道北风很好喝吗？”凌通向刘高峰诸人笑喊道。

刘高峰一阵大笑，带着属下三人若大鸟般掠向凌通。

凌通向尔朱复古、尔朱流方及黑白双奴笑了笑，道：“四位若方便的话，便让那位朋友过来。”顿了顿，一指尔朱复古接着道，“如果我所猜没错，这位仁兄麻痒的感觉已经升至了章门和京门两穴之间下一分之处，只要再过一段时间，就可升至心田。那时，也便是此毒无解之时。不知几位仁兄信也不信？”

尔朱流方和黑白双奴的目光不由齐齐投向尔朱复古的脸上，虽然只是在夜色之中，但仍可以看清对方脸色之难看，显然凌通所说非虚，那就是说点穴阻毒的确是无效的。如此看来，这神秘的对手岂不是太可怕了？

蒙面女子大步向凌通靠来，尔朱复古不自觉地让开道路，他已经深信了对方毒物的厉害，因为谁也不想死。更何况他们与这蒙面女子并无大仇，只是奉命暗中相助刘家送亲的队伍。而此刻连刘傲松也说过要放过这几人，他们已经没有必要再为难了。

“谢谢！”刘高峰忍不住低声道。

凌通心中一阵激动，飞龙寨说起来与他的确是有些微薄的交情，更且与蔡风关系极为密切，为蔡风的朋友办事，乃是他义不容辞的。但凌通绝不会只是因此而激动，他激动乃是因为那蒙面女子向他行来。其优雅而沉重的步子，似乎是踩在凌通的心头，每一步都给他带来心灵的震撼。

“丽姐！”凌通忍不住轻声唤道，那露于黑巾之外本来深邃的眸子，竟滑下两行清澈的泪水。

蒙面女子的身子禁不住一颤，本来优雅从容的步子变得有些迟疑，也更加沉重。眸子之中射出不敢相信的神情，惊讶无比地望着凌通。

凌通喜形于色，但竟显得格外理智地道：“待我们离开这里再说吧。”

尔朱复古与黑白双奴虽然见到二人神色的异样，但见怪不怪，这突然而来的神秘人物自然是与刘高峰一伙的，此刻的这种举措并不稀奇。只是刘傲松神情冷漠。却早有人去牵来马匹了。

刘家此行马匹极多，聚云客栈离通雅客栈的行程并不远，是以行事极快。

凌通将手中的刘文卿向刘高峰一塞，道：“劳烦寨主帮忙看着，我去去就来。”

刘高峰一愣，但仍立刻接过刘文卿，他却想不起这神秘人物究竟是谁，忍不住向那蒙面女子望去，见她似有所悟，但是却并不敢确认，心下也微感放心。

凌通纵跃如飞，返回居处，低呼道：“灵儿！”

萧灵低应了声，迅速拉开门，见凌通正立于门口，不由得喜问道：“坏人是不是全都走了？”

“没有，只是你通哥哥神通广大，令坏人不敢动手了。我们立刻就起程赶路，你困不困？”凌通关心地问道。

“现在不再困了，灵儿听你的。”萧灵依恋地道。

“好灵儿！”凌通一高兴，得意忘形地在萧灵的小脸上亲了一口。

萧灵脸上一红，心中却说不清、道不明地升起一丝甜蜜和羞涩。虽然她仍然只是一个小孩，但生在大家贵族之中，男女间的事见得多了，也在朦胧中捕捉到其中的感觉。比之一般的女孩要早熟很多，而且从来都没有男人亲过她。这段时间以来与凌通相依为命，与流浪人一般无二，凌通对她的关怀无微不至，如同哥哥一般呵护着，使得萧灵自心底萌发了一缕缕连她自己也不明白的情思。这下，凌通本是无心，对于萧灵来说，却愣了好久。

“怎么了，灵儿?”凌通不解地问道。

“哦，没……没什么。”萧灵急忙回应道，心中却还在“怦怦”乱跳。

凌通却并不在意这些，一拉萧灵的手，向刘高峰几人身旁掠去。

刘高峰见这神秘的怪人带来一个小姑娘，不由得神情一怔，但像他这般见惯大风浪之人，并不会对此感到惊讶和稀奇。

“我们先离开此地再说吧!”凌通打量了四周一眼，对尔朱流方特别留意，因为对方正是那日在酒店中着了他道儿的二公子。尔朱流方立刻便发现萧灵正是当日与那狡猾的少年坐在一起的少女，却有些不敢相信眼前这蒙面人就是数日前被他们追得逃入了芦苇荡中的小孩。

“你是万俟丑奴的弟子?”尔朱流方忍不住出言问道，声音中充满了愤怒。那日他并没有与凌通交手，但听其他几人说凌通并没有什么特别厉害之处，功力也并不高，甚至连个三流角色都不如，而杀死化装成小厮的高手却是施放暗箭使毒耍奸。刚才见他轻而易举地便擒住了刘文卿，若是真的功力不如三流角色，那绝不可能擒得住刘文卿。要知刘文卿虽然年轻，但是和刘文才同辈，比刘瑞平还要高上一辈，已经是江湖中一流的高手。能成为刘府年轻三大高手之首，绝非幸运。是以他的语气并不敢肯定。

“哈哈，是吗?万俟丑奴的武功的确是惊天地泣鬼神，若有此一天，倒真想去拜他为师，只怕他不肯收我这个徒弟。”凌通仍很自若地笑道，拉着萧灵就向外走。

“你想去哪儿?”刘傲松冷声问道。

“哦，老爷子自觉在这客栈中打扰得还不够吗?人心是肉长的，有些事情不能太过火，我们到外面去干自己的事，免得让别人无法休息。”凌通回头淡然道。

刘傲松没办法，刘文卿的命捏在对方的手中，他们不能不顺着凌通。

刘高峰心头长长地吁了口气，只要出了这个院子，那他逃走的机会绝对很大。只是他这几位兄弟和蒙面女子都受了伤，他自是不能不顾兄弟而只身逸走，否则恐怕会让这神秘人物大失所望。

众人来到院外，刚好遇到那三名空手而返的刘府家将，显然他们并未能拦住那辆马车，截回宝物。

三人正要动手，却被刘傲松喝住了。

凌通得意不已。

“嗒嗒……”马蹄之声划破了夜空的死寂，显然是刘府之人驱马来换人质。

果然，火光由暗变亮，马匹已自数人面前划过，一道人影迅速飞掠至刘傲松的身边，在刘傲松的耳伴低语了一阵。

刘傲松身子一震，眼中寒芒一闪，冷冷地道：“刘高峰，我相信你是个人物，既然你们开出了条件，这几匹马就留给你，但你必须给我一个保证，保证人质能安然回返。否则，今晚，你我以死相见！”

刘高峰一愣，不明白刘傲松怎会作出如此让步，但既然如此说了，他也乐得捡这个便宜，能少惹麻烦便少惹麻烦，反正自己已经财宝到手。遂高声道：“好，既然你如此说，我刘高峰若是不应你的要求，只怕也不必在江湖上混了。”

“好，你们智高一筹，我们认栽。你们给尔朱公子解药，咱们各行其路，他日相见再一算今日之账！”刘傲松冷冷地道。

“若是你有雅兴，我自然奉陪！”刘高峰隐隐地感觉到聚云客栈出了事，但此刻他既然已经答应，作为江湖人物，对方已经如此让步，若是他再作紧逼，那就显得欺人太甚了，如此只会激怒对方全力以赴地作出反击！

凌通对这些事情并不感兴趣，此刻能获两匹良马，已经心满意足，更何况他意不在此，所以毫不犹豫地掏出三颗药丸抛给刘傲松，道：“那窗下仍有两位，若不及时服用解药，只怕会在一盏茶时间后变成尸体！”

刘傲松心下一骇，这才想到刚才刘文卿被擒，却没有见到另外两名剑手。原来那两人也被这神秘蒙面人所制，心称侥幸，但却不想作丝毫表示，今晚之事，可以说是栽到家了。不由闷哼一声，道：“后会有期!”

“哈哈哈，后会有期!”刘高峰一声豪笑，纵身翻上马背。

凌通再不答话，一拉萧灵，双双跃上马背，七人七骑，夹着一个刘文卿奔入黑暗之中，唯留下客栈中的一片狼藉在夜空中残喘。

薛三的眉头皱得极紧，搜肠刮肚地就是想不起今晚那蒙面女子的身份，还有那后来出现的说话略带稚气的蒙面少年。可是以蒙面女子的身手，在江湖中应不会是籍籍无名之辈，难道真是对方口中所说的玉手罗刹？可却有些不像，玉手罗刹并不擅长剑法，虽然小巧的剑招也颇为厉害，却是属于近身短打之类的功夫，而这蒙面女子的剑法虽然古怪，却绝非近身短打之技巧，这一点在杨擎天和颜礼敬眼中一看就知道。而在紧要关头却又冒出一个更加神秘莫测的神秘人物，竟没有人能知道他是怎样将刘文卿擒住的，凭他一出场就立刻顺利控制全场的手段，就知这人绝不简单！但他究竟是什么人呢？

“聚云客栈又出事了，要不要去看看？”颜礼敬悠然道。

“好！反正闲着也是闲着，不如去凑凑热闹!”杨擎天因被刘家耍了一道，心中老大不服气地应和道。

薛三心想：“若这次仍是你刘家耍的诡计，就算是老子栽好了。”是以并不表示反对。

“那人质怎么办?”那名守候在一旁的汉子出言道。

“暂时看守着他，等我们走的时候，再让他回去，毕竟刘家人不能太过得罪。”薛三吩咐道。

“是!”那汉子应了声，便退了出去。院子里却响起了掌柜的哀号声，捶胸顿足，为那片狼藉的房顶和破碎的窗子哀号，声音倒也不小。此刻在房中惊醒了的众客，也唧唧喳喳地骂了起来，骂这些杀千刀的打扰了他们的休息……

当院子里火把点亮之时，颜礼敬诸人早已出了客栈的院子。

聚云客栈很静，就像是什么事也没发生过一样，可是客栈之中的守卫在突然之间似乎多了一倍。

刘傲松一进客栈，立刻便有人来禀告道：“松老，两位兄弟被害，有人搜过嫁妆！”

刘傲松早就知道这个消息，但仍忍不住愤怒地问道：“可曾少了什么？”

“目前正在查看，大概除了那箱被贼人窃走的珠宝外，没有少什么。”那人有些犹豫地道。

刘傲松眼睛一翻，火光之中，脸色无比难看地吼道：“我要的不是大概，你知道吗？刘进，你给我立刻清点，将客栈中每一个可疑人物或每一个地方都要查到，今晚的事已经够多的了。花了这么多心血，就只养了你们这样一群酒囊饭袋吗？你知道今晚有多么失职吗？告诉你，若是再有什么纰漏，就拿头来见我！”刘傲松似乎是将所有的闷气全都发泄在这汉子的身上。

刘进听得额上直冒冷汗，一个劲地点头说是，他很清楚刘傲松的脾气，弄个不好，真的有可能一掌劈了他。要知道刘家岁寒三友乃是老一辈高手，即使家主都要敬之三分。说出这话，自然分量极重。

刘傲松再不说话，风风火火地赶到后院。后院灯火通明，家将们早已守立四周，地上仍有丝丝血迹，尸体却已经被拖走。

“是什么人干的？”刘傲松充满杀机地问道。

一名家将怯怯地道：“敌人来历不明，但出手极狠！”

“你们怎么知道这些嫁妆被搜过？”刘傲松扫了嫁妆一眼，又冷冷地向随后赶到的刘进冷声问道。

“属下们进来之时发现几名蒙面人正在翻箱倒柜，已有几个大箱都被翻得乱糟糟的。是以，小的以为嫁妆全都让人搜过。”刘进小心翼翼地答道。

“那些贼人是从什么方向逃走的？你们既然已经发现他们的踪影，为什么不追？这后院虽然是偏后，但院外守卫森严，你们还是让贼人跑了吗?”刘傲松冷漠得不带半丝感情地道。

“这个……”

“给我停止清查，封锁每一个可能出入客栈的路口，保护好小姐。任何人要想出入必须有小姐的手令或我的手令，否则格杀勿论!”刘傲松冷酷的声音打断了刘进的解释。

“松老，这……”刘进有些不解地问道。

“刘进!”刘傲松冷喝着叫道。

刘进骇了一跳，神色微变，诚惶诚恐地应道：“松老，小的在!”

“很好，你给我将所有与你一起看见盗贼在后院翻搜嫁妆的人给我找齐。”刘傲松竟变得格外平静地道。

刘进心头隐隐升起了一丝阴影，但却不可违拗刘傲松的命令，只得应了声退去。

刘傲松眼角露出一丝残酷的杀意，向一旁刚停下清点的汉子吩咐道：“刘生，你去给我看着他，务必要他活着来见我!”

那汉子一愣，旋即明白，退了出去。

刘傲松向周围数十名家将望了一眼，低呼道：“刘春，这里发生事情的时候，你在哪里?”

“回松老，这里出事之时，也正是小人赶去小姐舍外之时。”与刘生一起清点嫁妆的另一名汉子沉声回应道。

“你身为后院的守卫，只是负责守卫嫁妆，可知道擅自离开自己的岗位乃是天大的失职?”刘傲松不紧不慢地道，眼中神光暴射，盯着刘春。

刘春心里微微打个寒战，神色有些惶恐地道：“当时是进老大吩咐的，他说贼人既然已经逃了出去，想必这里应该不会出什么问题了，而小姐那边因人手缺少，唯恐有失，因此将我们几人调了过去，而这里却发生了不该发生的事情，请松老定罪!”

“你倒很会推托，你先在一边站好，待会儿再看你的表现!”刘傲松气狠狠地道。

“谢谢松佬！谢谢松老!”刘春感激地退到一旁道。

刘傲松冷哼一声，闪身于车厢之旁，目光扫了几个大箱子一眼，神情微微缓和，口中却充满杀意地道：“好大的胆子！”

一旁之人噤若寒蝉，不知道将会发生什么事情……

杨擎天警觉地止步，低声道：“客栈之中的守卫太严，我们恐怕进不去。”

“到底发生了什么事呢？为何会突然调动如此多的高手，难道他们知道我们会再次来犯？”颜礼敬心头大惑地低问道。

“不会，一定是他们内部发生了什么事，不过咱们看来还是打消进客栈的念头为妙，以他们这种森严的守卫，除非我们想硬闯，否则只怕无法通过这些哨口。而他们人多，刘府的家将可不好惹，晚上又有弓弩相候，要是我们硬闯，只可能是死路一条！”薛三肯定地道。

杨擎天叹了口气道：“只能够放弃了，不过，应该不会与我们有关，只要我们派人在外面监视着，相信不会漏掉什么情况。”

“你是丽姐！”凌通策马靠近蒙面女子，有些激动地问道。

蒙面女子眼中闪过一丝伤感，微微点了点头，撕下脸上的面巾，露出一张美得令人炫目的俏脸，火把的光亮之中，微显苍白而淡漠。但却更有一种震撼的魔力，那清澈而深邃的眸子之中本是充满了忧郁，而这一刻却显格外的温柔而祥和，更有许多的关爱，话语柔美地道：“你是通通？”蒙面女子正是凌能丽！

凌通带缓马缰，一把拉下面巾，眼中禁不住有泪光闪烁，语意有些哽咽地道：“我在后山等了五百七十二天，可是你和蔡大哥一直都没有回来。”

所有的人全都呆住了，只这么简简单单的一句话，却有着让人无法抗拒的震撼，那种自内心流露出来的真情绝对不夹杂半点虚伪，就像是赤子之心。

凌能丽也忍不住滑下两颗泪珠，她比任何人更清楚地感觉到凌通对她的那种依恋之情，比任何人都更深刻地体会到凌通这么简简单单的一句话中那浓浓的姐弟之情，是以她控制不住内心激涌的感情，虽然她决定以后绝不再哭，可是有些事情是人完全无法控制的，因为人毕竟是感情的构体。

萧灵也被凌能丽的美丽所震撼，虽然她仍小，但凌能丽的美丽是不能够抗拒的。自小小的心中竟涌起了一种莫名的酸意，有些气恼地望着凌通，却发作不出来。

刘文卿虽然穴道被制，但眼睛仍可视物，也忍不住为凌能丽的美丽所震撼，更让他心颤的却是凌能丽眼中那似乎永远也化不开的哀婉与伤感，还有那种近乎不近情理的冷漠。刘文卿不是没见过美人，说到美人，刘瑞平的美并不逊于凌能丽，只是两人的美却是两种极端的风格。一个是温柔如水，正是那种传统古典的精品。而凌能丽却被赋予了一种山林的野性，更有一种寒夜的冷漠。刘文卿自然不知道这是因为蔡风的失踪而造成凌能丽的性情变化。

刘文卿本以为这个世上再不会有比刘瑞平更美的女孩了，能够达到刘瑞平这个标准也定是世无仅有，可这一刻凌能丽给他的震撼却是无与伦比的。刘瑞平虽美，却是他侄女。虽然两人年龄只相差几岁，但血缘关系是不可否认的，他喜欢刘瑞平，却是多了一种父辈的关爱和呵护，绝对不会有见凌能丽之时的这种震撼，心中不由得狂呼道："天哪，要是能让她笑上一笑，即使我减寿三年也愿意。"只是他根本就发不出声来。

"丽姐，你好狠心呀，怎的也不回去看看?"凌通突地停住抽咽，笑着责怪道。

凌能丽只是一时激动，这一年多来，她每一刻都在苦练自己的心志，是以很快便恢复过来。但见凌通这样子也忍不住心中微畅，温柔地道："姐姐不是没有回去，只是怕影响通通练功才未曾现身。"

"那每年大伯的墓都是丽姐回去扫的吗?"凌通认真地问道。

"嗯。"凌能丽点点头道。

萧灵心中一畅，这才知道，眼前这美得如仙子一般的大姐姐乃是凌通有血缘关系的姐姐，不由得好感大增，忍不住赞道："姐姐，你真美，像仙女一样!”

凌能丽忍不住微微一笑，众人全都被萧灵这仍带天真稚气的赞美逗乐了。而刘文卿的脑袋中却“嗡”的一声响，凌能丽这么一笑，有若千万朵百合一齐绽放，虽然只是浅浅的一笑，但对于他来说，却足以倾国倾城。心中不由暗骂道：“早知道她如此美丽，在客栈之中就不该向她出手，还让她受伤，真是该死，真是该死!”

所有的人谁也没有注意这一个失去了战斗力的俘虏之心情变化，何况夜色之中，更没有多少人能够看清他的眼神。

“丽姐，她叫萧灵，以后你就称她灵儿好了。”凌通隔马一拉萧灵的手，欢喜地道。小孩子的那种喜怒形于色的性格完完全全表露无遗。到此刻，刘高峰才真的相信凌通乃是个小孩子。

“你是凌通?!”策马行在刘高峰右边的汉子突然插口道。

“你……”凌通奇怪地扭头望去，恍然记起这人正是当初与付彪一起去猎村拜见蔡风的汉子，忍不住道，“你就是付熊?”

那汉子不由得粗豪一笑，道：“想不到竟是你，若非亲眼所见，打死我也不信!”

凌能丽并不在意凌通与付熊的对话，她只是对萧灵倒极有好感，策马靠过去，温柔地问道：“你叫灵儿吗?”

“嗯!”萧灵点点头应了一声。

刘高峰的脸色却在此刻微微一变，低呼一声道：“大家小心!”

刘傲松的神情冷峻至极，心头却在极快地盘算着。

今晚自颜礼敬两人的出现，再到神秘人物救走颜礼敬更掳走一名兄弟，随之而来的是刘高峰趁虚而入，窃走一箱财宝等诸般事情，虽然其动机和目的是什么没人知道，但是这总可以算是对刘家的一种挑衅。而刘高峰这群人能够如此准确地把握时机，可见他们在一旁窥视了很长一段时间，否则绝不可能捕住这种空当。

刘高峰只是一例，是否有更多的像刘高峰这般的人在一旁伺机而动呢？这就不得而知了。那么今次南下，不可否认是危机重重。更可怕的却是居然有人能够在他去追刘高峰的这片刻之间对嫁妆进行搜查和清点。他乃是这次南行的主要负责人之一，自然知道这之中的内情，他更明白贼人的用意，是以，他会断然下令停止清点，停止清点还不仅仅是这个原因，更因为他隐隐觉得这之中似乎有些不对。以他多年的江湖经验，这之中的破绽自是难以瞒过他。

刘傲松可以说是江湖中老得成精的人物，岂是易与之辈？

刘进进入后院之时，面如死灰，刘生紧紧地跟在其身后。

气氛一下子变得紧张起来。

“你好大的胆子！”刘傲松的声音冷得像是自冰缝之中透出来一般，刘进忍不住打了个寒战，却显出一副茫然的神色。

刘傲松冷冷地逼视着刘进，像是一头欲择人而食的饥虎。

“松佬，他们，我带来了。”刘进向身后望了望，怯怯地道。

“很好！”刘傲松的视线一转，绕过刘生落到刘生身后的五人身上。

“知道我找你们来是干什么吗？”刘傲松冷冷地问道。

“小的不知。”那五人有些茫然地道。

“哼，纵盗逃走，办事不力，要你等何用？养你们这群酒囊饭袋岂非是糟蹋粮食？”刘傲松怒气大生地道。

那五人全都低头不敢辩驳，因为他们实在没有什么话好说。

“他们是逃向何处？”刘傲松吸了口气，极力地使语气平缓些地道。

“他们越过了院墙！”一名汉子壮着胆子试探性地道。

“越过了墙之后呢？”刘傲松忍不住火气上涌，冷声问道。

众人一阵沉默，面面相觑，不知如何作答。

“越过了墙之后，就摘下蒙面的黑布，就成了你们这几个蠢货了吗？哼！”刘傲松见他们那样子，再也忍不住心头的怒意，吼道。

“嗵！”刘进骇然跪下，急忙解释道：“松老，是小的吩咐他们不要追，因为怕中了敌人的调虎离山之计，守住嫁妆要紧，小的本以为墙外的兄弟定会知觉拦截，是以，就让他们看守着嫁妆。”

刘傲松再次把目光落在刘进的身上，冷冷地道：“你做得可真是不错呀！我应该怎样奖励你呢？”

刘进心头大骇，刘傲松这不紧不慢的话只听得他毛骨悚然，浑身冰凉，禁不住低声惶急地道：“属下知罪，请松老看在属下忠心的分上，便饶过属下这一次吧！松老饶命呀！”说着竟跪在地上磕起头来。

“哦，你知什么罪了，你犯了罪吗？”刘傲松语气越来越冷，也越来越平静，却透着一股强烈得足以让人心寒的杀机！

“属下错发指令，未能及时追敌，造成了敌人潜走的后果……”

“够了，刘进，我是看在你爹曾为刘家立过大功，又是为刘家的利益而殒命，你和你母亲从小吃了不少苦头，才容许你将话说到这份上。难道你还想这样继续骗下去吗？还想编这种比小孩子更天真的笑话来骗我吗？你给我将其中情节一丝不漏地坦白交代出来，若是尚未酿成大错，或许我可以保你不担死罪，给你十息时间考虑。”刘傲松有些痛心地道。一息，呼吸一次的时间。

刘进和众家将全都一呆，不知道到底发生了什么事情。

刘进神色微变，但很快恢复镇定，一脸迷茫地望了刘傲松一眼，不解地怯问道：“松老，属下不明白。”

“你是真不明白还是假不明白？”刘傲松淡漠地问道。

“属下是真的不明白松老所指何意？”刘进依然怯怯地道。

“很好，你既然不明白，那我就说给你听。”刘傲松深深地吸了口气，扭头向一旁的刘春问道，“你是什么时候离开后院去小姐住处的？”

“禀松老，小的离开后院去小姐处正是二更梆响之时。”刘春道。

“你离开后院到得知后院有人来搜时，一共是多长时间？”刘傲松仔细地问道。

“两盏茶左右。”刘春想了想，肯定地道。

“是不是两盏茶左右呢，刘进？”刘傲松一扭头向刘进问道。

刘进仍有些不明所以地点了点头，证实刘春并没有说错。

“我离开客栈只有半炷香的时间，即三盏茶左右的时间，而我赶回之时，刘春早在盘点着嫁妆。也就是说，我一离开后院，刘春便立刻前去小姐住处，而这一切却是你吩咐的，对吗？刘进！”刘傲松语气渐渐加重地问道。

刘进低首微微点了一下头，却没有吱声。

“那我问你，你是在刘春走了之后多久再次回到后院，并发现贼人的行踪？”刘傲松一步步紧逼地问道。

“大概一盏半茶时间！”刘进声音愈来愈低地道。

“也就是说贼人在这一盏半茶时间之中行动，而你大概是在刘春离岗而去多长时间才离开的？”刘傲松逼问道。

“大约半盏茶时间。”刘进声音有些颤抖地回答道。

“那就是说贼人满打满算也只有一盏茶的时间，当时陪着你一起在后院的是哪几人？而当时的守卫又是哪几人？”刘傲松冷冷地问道。

“当时院中的守卫便是两位死去的兄弟，跟着我一起的就是他们五人。”刘进扭头向那五人望了望道。

“后院中的暗哨和院外的暗哨呢？在贼人出现时，你有没有与他们交过手？有没有呼叫？”刘傲松语气越来越平静。

“小的以为贼人既已经盗过一次宝物，就不会再有人来，是以私自撤了暗哨负责对外进行严守。当时贼人一见我们出现，立刻便撤走，属下怕嫁妆有失，是以不敢追击。”刘进出言道。

“撒谎！你既然已命兄弟们对外严守，自然知道再不可能有贼人进来，那这批贼人的出现要么是早伏在院外伺机而动的人，要么就是咱们客栈中的内奸。你若是追了出去，只要紧咬着这些人不放，那他们是死定了。这些人死定了，就没有任何人可以顺利地从客栈中带走任何东西，因为院外的防守严如铁桶，而且你并不一定真要与这些人交手，只要让这些人惊动了外面的守卫就可以再抽身回来清点嫁妆。退一步来说，当时你们一共有六个人，即使留下两个人来戒备，其余四人也可以追出去！”顿了一顿，刘傲松又问道，“我问你，那群贼人有几十个？”

众人一愣，刘进的额头上渗出汗水来，低应道：“贼人只有四个！”

“哼，就只四个，我还以为是四十个、四百个，吓得你们不敢追了。刘进，我一向欣赏你的聪明，你该不会在今天表现得比三岁小孩都蠢吧？”刘傲松咬牙切齿地道。

“小的因今晚所发之事过多，一时头脑不清醒，以致犯下如此之错，实在罪该万死，还请松老饶命呀！”刘进骇然叩首道。

“到如今你还要执迷不悟，真让我心寒，到底是谁指使你这么做的？在客栈之中还有什么人是你的同党？”刘傲松愤怒地吼道。

刘进面色霎时有若死灰：“松老饶命，松老饶命……”

“你给我从实招来，若有半句不实，定以家法伺候！”刘傲松冷冷地道。

“我，我……”刘进脸色灰白，却是不敢说出来，神情紧张至极。

“你，你什么？你以为这一切能够瞒得了我吗？你们自以为天衣无缝，但在我眼里只不过是漏洞百出的闹剧。其实这些嫁妆一件都未曾少，他们布下嫁妆被搜、被盗的假象，目的就是要让你对这些嫁妆核对、查实，然后他们再从中取得所需的消息，可是如此吗？”刘傲松不屑地道。

刘进的脸色再变，有些难以相信地望了刘傲松一眼，知道事情再也无法隐瞒。刘傲松的老辣的确是常人所不能及的，这时他才深深地明白为何刘傲松的武功在府中虽不是很高，却能列入刘府三老之中。

“小的知罪，请松老给我一个将功赎罪的机会。”刘进屈服地道。

“好，只要你从实将贼人尽数招出，我可以免你死罪！”刘傲松冷冷地道。

“是……啊……哦……”刘进突然倒地惨叫，双手捧腹，叫声凄惨无比。

远处传来了一阵阵尖锐刺耳的乐音，就像是一个破碎的金属管爆裂一般。

刘生和刘春神色立变，刘傲松的脸色也变得无比难看，愤怒地低吼道：“去追！”

刘生与刘春及那五名汉子若夜鸟一般追了出去。

刘傲松迅速伸手在刘进的身上重点几下，道：“是什么人指使，还有谁是内奸?”

“嗷嗷……”刘进若疯了的野虎一般狂叫起来，两只仍能活动的手在自己的脸上狂抓乱挖，似乎要把所有的肉全都抓下来。

刘傲松心下骇然，伸手再点刘进肩井穴，这才使他的双手不能动弹，但叫声更为凄惨、恐怖，似有什么在啃咬心肺一般。

“杀……了……我，杀……杀了……我，快，快，请……杀了……我……”

“是什么人指使的?快说!”刘傲松伸手搭在刘进身上一阵猛摇，怒吼着问道。

“魔……魔……门……杀，杀……了我，嗷……杀……杀……”刘进的声音再也不能成调，倒像是鬼在哭。

“他们对你下了毒?”刘傲松骇然问道。

“蛊……蛊……快……杀了我……求求你……杀……了我吧……”

“蛊，金蛊神魔，是不是金蛊神魔田新球?”刘傲松的脸色说有多难看就有多难看地问道。

“我……不知道……杀了……我……求你……杀了我……求你……”

刘傲松被刘进那惨烈无比的呼号叫得毛骨悚然，也有些不忍再见他那副惨样，便伸手点在刘进的膻中穴之上。

刘进被抓得满是血痕的脸上竟奇迹般地露出了一丝笑意和感激，但配着那张破烂的脸，却显得格外妖异和诡秘。

乐音戛然而止，似是已经知道了刘进身死，时间配合准确得让人吃惊。连刘傲松都忍不住心神为之大震，暗忖道:“来者难道是金蛊神魔本人?”

# 第九十四章　身不由己

刘高峰吃惊地指了指地上的血迹和一颗拇指大的珍珠，惊异地道："这是怎么回事？"

"这应该是那木箱子中的珍品！"凌能丽袖底射出一道黑影，那颗珍珠立刻蹦飞而起，当黑影缩入她的衣袖之时，她那洁白如玉的手刚好接住了那颗珍珠。

"丽姐功夫真好！"凌通忍不住赞道。

众人无不为这漂亮的一手而惊叹，但刘高峰却心不在此，自左边的兄弟手中接过火把，沉声道："如果我没猜错的话，前面的路上一定还有这样的珍珠！"

"哇，那要是全都被哪个穷鬼捡到了，不是狠发了一笔财？"凌通忍不住天真地叫道。

众人无不莞尔，但旋即又变得沉默起来，心情显得十分沉重，若正如凌能丽所说，这颗珍珠乃是那木箱子中的珍品，如此看来，他们的兄弟岂不是很危险？

"那是不是说郑飞出事了？"付熊有些焦急地道。

"这个要待会儿才能明白，咱们快行！"刘高峰答道，一夹马腹，向前疾奔而去，火把摇曳欲灭，却并未灭去。

"看！"凌通猛然发现路边枯草之中果然有一颗珍珠。

凌能丽再次捡起，果然与刚才那颗一模一样。

"快，我们不要管，快追！"刘高峰急道。

火光一晃，天地之间突然暗了下来，火把竟然自己灭去，灰蒙蒙的月光使一切都变得似乎不真实起来，唯有马蹄之声与这夜色极不协调。

刘傲松的神色依然很冷，一名家将拿来一件貂裘送到刘傲松的手上。

刘傲松淡漠地接过貂裘，轻轻地披上，一阵脚步之声恰好在这时候传来。

刘傲松扭头向院门口望去，本来冰冷的目光稍显出一丝暖意。来人竟是刘瑞平的贴身丫鬟海燕。

没等海燕先开口，刘傲松已经出声温和地问道："这么晚了，燕儿还没休息吗？怎么不陪着小姐而跑到这里来了呢？"

"松佬，小姐今晚睡不着，知道发生了很多事情，想请松老过去一下。"海燕乖巧地道。

刘傲松微微叹了口气，道："好吧，你先回去，我立刻就来。夜深了，小心着凉。"

海燕心中一暖，刘府之中除了小姐之外，就是三老对她们几个丫头最好，就像是关心自己的孙女一般疼爱她们。

海燕行了一礼，恭敬地道："那海燕就先回去了。"

"嗯！"刘傲松若有所思地点了点头。

海燕转身向门外行去，却差点与迎面而来的刘生相撞。

海燕身子掠退三步，倒快得出乎人意料之外。刘生眼中闪过一丝讶异，微带歉意，客气地道："惊着海燕姐了。"

"这么急急匆匆的，有人追你吗？"海燕没好气地道。在刘府之中，所有的普通家将都得对她和秋月两人恭恭敬敬的，她们可是最受宠的刘家大小姐刘瑞平的贴身丫头。虽然同为下人，但身份自然不同，甚至刘府的侄系、管家也得给她们面子。家将无论年龄大小都须恭恭敬敬地称呼她和秋月为姐姐，是以刘生的确不敢得罪这位"大人物"。

"海燕，你先走吧，他有事禀报。"刘傲松吩咐道。

海燕倒不敢与刘傲松顶嘴，她一向都极听三老的话，刘傲松这么一说，她自然不会再为难刘生，便大步走了出去。

“让他们跑了？”刘傲松冷冷地问道。

刘生脸色有些难看地点了点头，道：“当属下几人赶到时，那里已经没有人了，刘春与另外几位兄弟仍在寻找！”

刘傲松仰天长长地吁了口闷气，悠然道：“既然人都走了，再找又有什么用？你去吩咐一下，客栈中的一切都要检查一遍，特别是吃的、喝的，包括井水、池水。另外，再在后院中点几堆火。”

“他们会下毒？”刘生的脸色极为难看地反问道。旋即惊觉自己并没有问的权力，立刻改口道，“是，属下这就去办！”

刘傲松像是没听见一般，抬头仰望着星空，淡淡地吩咐道：“不用如此全体动员守护，刘进死了，这指挥之职就由你担任，让兄弟们分成三批，互替守护客栈的安全。若是出了什么问题，你知道该怎么办吧？”

刘生一震，感激地跪下，叩首道：“谢谢松老提拔，刘生定当尽忠职守，全力保护小姐和嫁妆的安全！”

“很好，但愿你不要让我失望！”说完转身大步向门外走去。

地上一片狼藉，显然有数不清错乱交叉的马蹄印，却绝非马车造成的。

血迹殷然，触目惊心的却是三只断手，断的皆是右臂！

既然是三只右手，就足以说明郑飞是遇上了敌人，而且经过了一番惨斗。但这三只右手是谁的呢？这使刘高峰诸人心头增添了许多谜团，但有人在追击郑飞，那是毫无疑问的。这三只右手绝对不是刘家那三名家将的，因为他们回去之时，手臂全都完好无损。这三条右臂当然也不会是郑飞的，就算是，也只能有一只右手，即使再加上赶车的冯敌也只不过是两条手臂而已，但这三只右手很陌生，刘高峰和付熊都可以肯定这绝不是郑飞与冯敌的手，那会是谁的？看来也只能够待会儿分辨了。

只是手臂上的血还有一丝丝热度，可怜得有些发冷的热度，在如此寒冷的天气中，仍能保持这个温度，说明这血是刚洒没多久，至少那断手的断口仍未结冰。

“我们快追！”刘高峰唯有这一句话可说，心中的急却是别人难以理解的。只有凌通对这些并不怎么关心，只是他想不明白，为什么凌能丽会与刘高峰在一起，还有这么多飞龙寨的兄弟。不过，这一切已经不怎么重要，反正他已经找到了凌能丽，只是他心中仍记挂着另一个人，那就是蔡风！他要让蔡风看看他武功进步有多么大，哪怕只博得蔡风一句夸奖，他也会心满意足，他更有向蔡风学武的念头。蔡风始终是第一个闯入他幼小心灵中的一个神话般的人物，是以蔡风永远都定格在他内心的最深处，绝不是任何人可以代替的。即使以“梦醒”的神秘和超卓，万俟丑奴的可怕与狂烈，但在他的眼中顶多也只能算是佩服，与对蔡风的那种崇拜完全不同。

飞龙寨因与蔡风的关系，所以凌通对飞龙寨的事自是不能不帮忙。

众人行不多久，又见到一匹倒地而死的马，竟是被人割破咽喉。刘高峰再次点亮火把，就像是在审查那三只断手一般仔细地审视着死马的咽喉，然后才石破天惊地道：“是郑飞下的手！”

“那就是说，有可能这些贼人乘马在马车之后追杀，而且已经追上了郑飞！”付熊插口道。

“不仅追上了，而且早已经交手，那三只断手就是最好的证明！”凌能丽肯定地道。

“那我们快追，以郑飞与冯敌两人之力，又要保住财宝，自然难与这么多敌人对阵！”付熊骇异地道。

刘高峰不再答话，放掉火把，纵马狂追，这条路是事先与郑飞、冯敌两人约好的路线，是以他们知道，这样追下去，绝不会错道，但问题却是郑飞和冯敌能够支持多久。

众人心急如火，恨不得立刻便与贼人相见，杀个你死我活，但夜色一片，贼人的踪影在何处？没有人知道！

众人的心头抹上了一层阴影。

刘傲松刚行到门口，秋月便已经拉开门相迎道：“松老请进，小姐已在里面等候着。”

刘傲松微微吸了口气，大步踏入刘瑞平的寝居。

烛火因自门口挤入的风摇曳了一下，但很快恢复如初。

刘瑞平的俏脸之上，抹不去的却是一丝淡淡的愁绪。温柔如水的眸子之中，似深蕴着无限的心事。一袭貂裘轻披于肩头，斜靠在配有软垫的坐椅之上。那种慵懒优雅的风韵，即使刘傲松这至亲的叔公也不禁呆了一呆。

刘傲松心头涌起无限的怜惜之意，但却知道这已经是不可扭转的事实，就是刘家的老太爷也不能改变这种命运。在此刻，所牵涉的不再是刘家一个家族的利益，而且包括了四大家族及朝廷。想到这里，刘傲松心头禁不住长长地一叹，语气无比温和而慈祥地问道：“平儿，你要见我，可有什么事情吗？”

海燕极为乖巧地送来一杯热茶，屋内几个大火炉齐燃，倒也不觉得怎么冷。秋月却立刻拿出一张黑熊皮垫在冰凉的椅子上。

刘傲松默然坐下，却避开刘瑞平直视的目光。

“松老心中在叹气？”刘瑞平淡然而优雅地轻声道，语意中不无伤感。

刘傲松一震，他想不到刘瑞平竟能清楚地捕捉到他内心的变化，忖道：“在这外聪内慧的侄孙女面前，的确不能有任何情绪。”不由得干笑一声，道：“平儿误会了，有时叔公心中到底想些什么，就是连自己也不太清楚。”

刘瑞平并没过于追究这种极为牵强的解释，只是深深吸了口气，淡淡地道：“松老能将今晚发生的事情跟瑞平讲一讲吗？”

刘傲松清了清嗓子，望了刘瑞平一眼，反问道：“平儿难道对今晚所发生的事还会不清楚吗？”

刘瑞平端起桌面上的香茗浅呷了一口，优雅地伸手拂了一下披散的秀发，淡淡地笑了笑，道：“我只是听到秋月自家将口中获得的一点点端倪，却并不全面。刚才，我听到那一阵尖锐的哨音，似乎带着极强的攻击性，只不知是否有强敌环伺？若有什么事情，松老何不对瑞平直说？若是瑞平能够配合或出力，自不会对自家之事袖手不管！”

“平儿的心叔公自然知道，只是今次之事，根本就用不着平儿出手。要知道，你乃千金之躯，若是万一有个损伤，叔公不仅向老太爷无法交代，也无法向南梁交代。平儿你最能够帮我们的，就是安安全全的不出半点问题，到了蒙城之后，就会有靖康王派的人前来相迎，到时便不怕有任何人来找麻烦了。”刘傲松淡然道。

刘瑞平一叹，道：“可是一到了蒙城，我就永远都不可能再见到这么多的亲人，再也没有机会为我的亲人做一点实际的事，生我者父母，养我者，魏土。哼哼……这个世上就真的有这么残忍吗？”

刘傲松一愣，禁不住默然，虽然刘瑞平并未说完后面的话，可是，他岂会听不出话中之意？他更明白刘瑞平的心中之苦。否则，刘瑞平也不会逃出刘家。刘家没有人不明白刘瑞平的心情，没有人不明白刘瑞平的感觉。是以，刘府老太爷破例并未对刘瑞平的出逃作任何惩罚，甚至连两个贴身丫头也不加责罚。这在刘家家规中是很少见的，但谁都不会为老太爷的偏颇而在意，反而谁都觉得，这是应该的，是理所当然的。

“有些事情，并不是我们可以做主的，也不是谁可以改变的。生活本来就是一种残酷，没有人可以逃出世俗的罗网。命运早定，我们能做的只有按天命所指去做，走如今该走的路而已。”刘傲松也不知道究竟说些什么才好，似乎什么都只是一种没有必要的解释。

“松老对嫁妆被盗之事作何解释呢？”刘瑞平淡淡地问道。

“我们回头定会上飞龙寨一算今晚之账，刘家绝对不会让任何敌人逍遥度日！”刘傲松狠声道。

“可这是向南朝作出的交代，并不是日后所须面对的，我们还有七八日即可到蒙城，七八日后就要见真章……”

“平儿不用担心，今日之事，虽然我们有失，但南朝派来的使臣并不是全都睡着了，他们没有一个出面，其中的责任，他们绝脱不了关系。因此，此事只会当作什么事都没有发生过，但若是必须见真章，这到蒙城仍有七八日路程，就是随便也可以凑上所损失的财物十倍八倍的，这根本不成问题。”刘傲松自信地道。

“可是文卿叔在他们的手中，若是他有所闪失，只怕也很难向承东叔公交代吧?”刘瑞平又转换话题道。

刘傲松喝了一口茶道：“平儿不必再用什么心思了，我绝不同意你出手。你对我们最有效的帮助，就是保重好自己，其余的事情我会办好的。明天我就和城外的承东兄商量，定会作出最好的计划，今晚虽有损失，却无大碍，相信以后再也不会出现这类似的情况。”

刘瑞平神色微变，显然是被刘傲松看破了心思的原因，不由苦涩一笑道：“好了，瑞平知道该怎么做，绝不会为难松老，你去吧，瑞平想休息了。”

刘傲松愣了一愣，心中涌出一股无奈的怜惜，却什么话也说不出来，也的确无话可说。他知道，所有的人都是无奈，说再多，也只是使无奈之上再添上一丝痛苦，是以他默默地起身向门外走去。

前方的路上有一道极大的黑影，更传来了几声极细极清的闷哼，却是自远处飘来。

“是马车!”凌通惊呼道。

刘高峰并不需要点亮火把就已经知道凌通所说的并没有错，只是他有些惊讶，凌通在如此暗的光线中竟可在众人之后仍清楚地看清是马车，可见其眼力比付熊几人要锋锐很多。

“快，前面似有人在打斗，定是郑飞和冯敌两人，我们快去!”付熊急道。

刘高峰自然不会犹疑，但却仍不得不提醒众人，道：“小心有埋伏!”

众人心头一紧，若那声音乃是敌人故设的陷阱又该如何?但事到如今，即使是陷阱，也照闯不误。

凌通策马靠近萧灵，低声问道：“灵儿，你怕不怕?”

萧灵自信地道：“我手中是什么?”

“当然是弩箭了，对，就要这样，若是谁想对你不利，就用这东西对付他们！再加几支吹箭，保管让他们全都去见阎王!”凌通低笑道。

“灵儿知道，因此灵儿不怕，何况还有你在我旁边。”萧灵天真地道。

凌通哑然失笑，萧灵竟将他看得如此强大，禁不住豪气上涌，道：“要不要坐到我这匹马上来?”

萧灵小脸一红，若非黑夜，定会被人看得清清楚楚，禁不住想到那天两人骑着大毛驴逃跑的情景，不由笑了起来。突觉手上一紧，竟腾空而起离开了马背，正要惊呼，却发现已飘落于凌通的怀中。

“你笑什么?”凌通奇问道。

萧灵手中仍抓着自己的马缰，禁不住骇然道：“你怎么可以这样?”

凌通一愣，反问道：“不可以吗？这样就没有人能欺负你了，不是很好吗?”

萧灵脸上发烫，却也不再说话，只觉得极难为情，那次是因为要逃命，而且身边都是敌人，而这时身边却全是自己人。

“呜!”一声闷哼传了过来，一点火光在众人的眼前亮起，但很快就看出五六人在火堆旁缠斗不休。

“果然是郑飞!”刘高峰目中闪过一道冷厉的杀机。

“郑飞，别慌，兄弟我来助你!”付熊一声怒吼，身若大鸟般向火堆旁的战团扑去。

郑飞浑身浴血，脚畔却躺着冯敌的躯体，也不知道是死是活。那几人围着郑飞砍杀，郑飞却一步也不挪开，显然是要护着冯敌。

这时见刘高峰诸人赶到，却并没有提起劲来，显然已到了油尽灯枯之境。

那围攻郑飞的五人，见对方来了强援，似乎知道不能再斗，立刻向黑暗中掠去。

郑飞却软软地跪了下来，拄刀猛咳，像是一个痨病无法医治将要临终之人。

“郑飞，你怎样了?”付熊放弃追击那五个敌人，一把扶住郑飞，关切地问道。

郑飞神情委顿不堪，却是半句话也说不出来，能够做的，就是大口大口地喘着粗气，他身上并无致命之伤，但却无处不是伤，鲜血已经染红了他的整个上半身。

“快给他止血！”凌通催促道，同时伸指连点郑飞周身十几处穴道，最后一指却是落在黑甜穴，使之安静地躺下。

付熊知道凌通的身份，自然明白对方绝不会害郑飞，是以并不阻拦。

凌通麻利地从怀中拿药，然后涂搽到郑飞的伤处，俨然一个干练的大夫。凌通怀中除了毒药，便数这种止血生肌的金疮药最多，他从家里出来之时，为自己准备了很多金创药，以备路上急需之用。可这一路上，他根本就用不着这些药物。

待表皮伤处敷好药后，凌通更将一颗红色的药丸喂入郑飞的口中。

“通通，你这是什么药？”凌能丽骇然问道。

凌通一愣，才恍然明白凌能丽是怕他配错药，害了郑飞的性命，不由得自信地道：“他刚服下去的乃是护心丹，专为保住体内的元气不散。我是按照大伯药典上的说明所配，甘草二钱，黄连、朱砂各三钱，血竭五钱，乳香一两，绿豆粉三两。不会有错的。”

凌能丽松了口气，“嗯”了一声，又问道：“那你给他敷的又是些什么药物？”

“我给他敷的乃是玉红膏，为他止血生肌。药方为：生地、白芷、轻粉、血竭各四两，白占、芸香各六两，甘草二两，紫草、归身各五两，麻油一斤。”凌通对答如流，而且随即便念出药方。可见这一年来，他对这些医经药典所读的确甚多，加之人聪明记性好，对什么药方都了若指掌。

凌能丽听凌通念出药方，微笑着颔首道：“看看冯敌伤势如何？”

凌通伸手搭在满身血污的冯敌脉门上，神情极为专注，眉头微皱道：“脉象沉弱，但应该还有救。”

“伤在何处？”凌能丽也跃下马背，赶过来问道，步履却有些虚浮。

“丽姐，你怎么了？”凌通惊骇地立身而起，问道。

凌能丽淡笑道：“我没事，只是受了些内伤而已，稍作休息，便可复原，你先看看冯敌要紧。”

凌通犹不放心地问道：“你伤在哪里？”

“我自己也明医理，说没事就没事，你还是看看冯敌吧。”凌能丽果断地道。

凌通没办法，审视了一会道：“他伤势颇重，颈项、额部皆伤，更被人击中血海、前胸和后胸，我这里的药物恐怕不够用，得赶快将他送到城中找大夫。”

“没有和伤丸吗？”凌能丽道。

“有是有，只是他伤处太多，只怕不管用。脑骨沉陷，所幸沉陷不深，我这里有两帖白金散和淮乌散，先给他敷上吧。”

“他奶奶的，下手这么狠，老子饶不了你们！”付熊怒骂道，放开郑飞向那五人扑去，此刻刘高峰已经出手，虽以三敌五，但对方岂是刘高峰这等高手之敌？付熊再一加入，便立刻使他们惨不堪言。

“他娘的，老子要一刀刀割死你们这群狗贼！”付熊脾气极为火爆，出刀之狠连刘高峰也吃了一惊。

刘文卿仍横躲在马背之上，手足不能动弹，摇摇晃晃没人答理他，直把他气得七窍冒烟，却也生怕一不小心自马背上摔下来，没有一丝反抗之力，岂不摔惨了？此刻他的身子有若摇晃的跷跷板，头脚一上一下，唯有腹部落实于马背。

萧灵先是蹲在凌通的身边，见凌能丽受伤，不禁忙去扶住凌能丽。

“灵儿别急，让我自己调息即可。”凌能丽淡然道。

颜礼敬神情一紧，众人的面色都为之一变，那尖厉的哨音的确传出很远。颜礼敬诸人犹未回到客栈就被这哨声所惊扰。

“看来，应该是冲着刘家而来！”杨擎天猜测道。

“我看有些像是苗疆摧蛊的哨音。”薛三声音微变地道。

“苗疆摧蛊？难道……”

“是金蛊神魔的人!”杨擎天打断颜礼敬的话肯定地道。

“快，我们立刻去看看!”颜礼敬说话之时，身形已经消失在夜色之中。

刘高峰的脸色极为难看，眸子之中射出无比冷厉的电芒，紧紧地罩住那仅存却不幸被擒的汉子，淡漠而充满杀意地问道：“那一箱珍宝可是你们抢走了?”

那汉子嘿嘿一笑，道：“不错，江湖之中黑吃黑，你不觉得很正常吗?”

“哼，是什么人指使你们的?”刘高峰依然极为平静地问道。

“说了也是白搭，对你们并没有一点帮助和意义，你还是死了这条心吧。”那汉子不屑地道，神情显得极为轻蔑。

“啪!”付熊立刻给了他一个耳光，怒喝道：“你他娘的给老子听话点!”

“呸!”那汉子一扭头，竟吐出一口浓痰向付熊迎面飞来。

付熊一闪身让过，心下大怒，又一脚踢过去，那汉子惨叫一声，如滚葫芦般滚出老远，“哇”的一声，吐出几口鲜血，但因穴道受制，根本无法动弹。

刘高峰并没有制止付熊的动作，他也绝对不会是怜惜敌人的人。

“你说不说!”刘高峰再一次冷冷地问道。

那汉子竟极为硬朗，阴森地笑了笑，突然身子一颤，脑袋歪向一旁。

刘高峰和付熊立刻知道不好，刘高峰一手捏开那汉子的嘴巴，可惜已经迟了，一股浓黑的血水自那汉子张开的嘴角缓缓流了出来，竟是咬毒自杀。

几人全都愣住了，没有想到这人竟会如此凶狠，完全不把生死当一回事。这些人所组成的组织那会是怎样一个可怕的组织?想到这里，众人的心底禁不住升起了一丝寒意。

付熊又捏开那四个死者的嘴巴，果然发现每个人的口中皆藏有一颗毒牙，他们全都是一批没有打算活着的死士，这使众人久久地静立着，不知道说什么好。

“那些珍宝也不过是刚劫走不久，只要我们快马相追，应该可以追得上他们！”凌通道。

“可是连他们向哪个方向行去我们都不知道，又如何追呢？”刘高峰眉头微皱道。

众人又是一阵沉默，凌能丽却出言道：“刚才这五个贼人见我们赶到，便立刻想逃，他们所逃的方向是向西，如果我估计没错的话，那他们的人应该是向东逃去的！”

“这又如何解释？”刘高峰和众人一愣，齐声不解地问道，同时心中暗赞凌能丽心细如发。

“要知道，以他们五人的武功，不可能跑得过马儿。显然，他们作势欲逃只是一种假象，他们当然明白不可能逃得出我们的追击，除非他们的人与他们相隔不过百步之遥，即使只有百步之遥，也难逃出马儿的追截。可事实是，他们的人绝不止与他们相隔百步之遥，因此，他们欲逃之势只是一种迷障，以混淆我们的视线。所以，他们的行动就足可说明他们的另一群伙伴，是与他们所行方向相反。不仅相反，而且实力并不雄厚。当然也有另一种可能，那就是他们的另一伙人，实力足以对付我们。是以，这几人就故意告诉我们他们所行的方向，好让我们自己去送死。但据刚才对方所对答的几句话中，却是不肯透露自己一行人的行踪，如此便证明，不可能是第二种情况。那么，他们一行人定是向东而去！”凌能丽仔细地分析道。

“好，反正我们也有足够的时间，便赌他娘的一赌！”付熊果断地道。

“好，我们向东追，至于凌姑娘和这位小兄弟，就麻烦你们照看一下郑飞和冯敌两位兄弟，送他们到城中去找个大夫，明日午时我们依旧到通雅客栈相会。”刘高峰分配道。

凌能丽想了想，点了点头，关心地道：“好吧，那你们要小心一些。”

“这个，我能理会。”刘高峰淡然应了声，策马向东驰去。

颜礼敬心头暗笑，忖道：“若是你能够逃出我的追踪，只怕我华阴双虎早在二十多年前就应该退出江湖潜隐山林了。”

那蒙面人一身黑衣，在夜色之中，倒真的像是一个幽灵。在小街短巷之中纵跃飞掠，时而猛然回头，时而折返而行，甚至在同一条街绕了数圈，方才继续前行。这神秘人之警惕和机智的确让人难以应付。但是却难不倒颜礼敬这类高手，何况颜礼敬和杨擎天的武功本是以短打近身搏斗著称，其身法之利落迅捷，岂是常人所能够想象的？是以仍能够紧追其后，不急不徐。但也显得有些吃力，皆因这人的确太过狡猾。

薛三诸人只能远远地跟着，按照颜礼敬两人留下的记号追踪，他们若是与颜礼敬两人同行，难免会被那人看破行踪。

跟着这神秘的贼人转了一个极大的圈，颜礼敬骇然发现，此时又回到了他刚开始出发的地方不远处，与那短小的瓦屋只是相隔十几步远，是一间还算稍有气魄的小院子。

颜礼敬禁不住与杨擎天相视了一眼，心中一阵好笑，也一阵骇然。这神秘人物的狡猾与细心的的确确出乎他们的意料之外。谁也不会想到，他竟宁可白白绕上这几里路的大圈，也不直走这十几步远的路。如此狡猾的人，颜礼敬和杨擎天几十年来倒是第一次见识。

小院黑漆漆的一片，倒像是个无底的深渊，更像是一张巨大的巨兽之口，要吞噬黑夜，要吞噬一切的生命，让人产生一种莫名的恐惧之感。

颜礼敬和杨擎天如此艺高胆大，仍禁不住微微有些迟疑，也不知道该不该进这若鬼域一般的黑院，皆因今日已经被刘傲松算计过一次，若非薛三相救，只怕此次丢人丢到家了。

薛三很快就跟了上来，身后是五名葛家庄高手。

“颜爷和杨爷有什么发现没有？”薛三低声问道。

“那人进了这个小院子，仍未曾出来，大家小心一些，也不知其中有没有什么厉害的机关。”颜礼敬小声地应道。

薛三目光深深地射入小院之中，只是朦胧一片，看不出任何端倪。

“啪！”一颗小石子落入黑沉沉的院中，薛三只是用了江湖中最为简单而有效的方法，投石问路。

院子里依然是一片沉静，没有丝毫的声响。

薛三和颜礼敬诸人相视望了一眼，挥了挥手，几人迅速落入院中，立刻散向各处，显示出其训练有素的本质。

薛三和颜礼敬沉稳地踏向那黑沉沉的瓦屋，杨擎天却悠闲地坐在墙外一株小树之上，有若静候猎物的大鹞收翅而栖，心头却在飞速地盘算着任何可能会发生的事情。他知道今晚遇到的事，绝不会平平静静地落幕。这是他的直觉，一个高手的直觉。

就在这时，他感觉到了杀气，一股极浓极浓的杀气，像是空气之中流动的烈酒一般浓烈，一般呛人，他忍不住打了个寒战。

凌能丽姐弟二人一叙别情，自是欢喜无限。可是，当凌通听到蔡风生死未卜之时，心中禁不住一阵焦灼而伤神，但也对蔡风更为向往和倾慕。当凌能丽讲到蔡风与敌人斗智、斗勇之时，凌通的眼中禁不住射出无限的仰慕。萧灵也不由自主地为凌能丽那深情的讲述而深深感动和震撼。对这未见面的大哥，充满了向往。凌能丽将这两年来所发生的事，从开始到今日与凌通的相会，都细细地讲了一遍。

原来，那日凌能丽祭过父母之后，就与五台老人返回北台顶，每日犹如凌通一般苦练功夫，比常人几乎多花数倍的精力去练功。加之本身的根骨与蔡伤那颗神丹增加的三十年功力，使其的武功增长之快超出了常人之想象。无相神功与五台老人那玄阴的内功心法竟能够吻合，正应了蔡伤所说，这两种内功相辅相成，使凌能丽的内力一日千里。在五台老人的指点下，于今年的清明之时，已经可以毫无问题地跻身于江湖中的一流高手之境。

五台老人知道，武功的修为并不是只在于死学、死用，而是在于在历练中不断创新。师父能教的，只是一个模式，真正的掌握和灵活运用，还得从实践中去领悟。一个人行走江湖，武功不是一切的主宰，更需要江湖经验。

当初烦难大师教蔡伤和葛荣两人，便不是死教，是以蔡伤自十三岁开始便处身于江湖之中，只是定期归山，再将总结的经验结合，而烦难大师就将此不断改正错误，填补漏洞，使蔡伤的武功渐渐得到完善，更增长了江湖的阅历和丰富了经验。葛荣十四岁时便开始闯荡江湖，他们的功夫是烦难大师亲教，但若想让之真正成为自己的功夫，还得在千万次磨砺之后才能够真正成熟。

正因为烦难大师的大智大慧，才能有这种别于常人的教徒方式，才会使两个弟子真正地成为江湖中绝顶的风云人物。五台老人身为烦难大师的书童，武功随时得到烦难大师的指点，但因从小体质特异，只能练习属于纯阴的武功。更多的，却是在烦难大师的启发之下另创奇技，以烦难大师的眼光和见解去修改和完善，使他的武功大异于蔡伤与葛荣。但却又隐然另成一派，也曾风靡江湖好一阵子，在江湖中曾以“幽灵蝙蝠”轰动一时，震惊朝野。但这却全都是奉烦难大师的旨意，杀巨恶，保住孝文帝的性命，暗助北朝平定内乱，免使北国陷入民不聊生之境。也使得孝文帝的改革和迁都顺利成功，从而让北魏百姓和经济一度平稳。

烦难大师不想让魔门知道是他在暗中出力，是以五台老人以别名“幽灵蝙蝠”出现江湖，甚至并没有人知道“幽灵蝙蝠”的真实面目，更没有人知道将那场大祸消于无形的人，正是佛门隐者烦难大师。知道这之中内情的人，只有已死的孝文帝。孝文帝兴建少林寺，向外是说给神僧佛陀居住，其实却是想让烦难大师能身留洛阳，这样他就能够常上少林向烦难大师求证诸般事情，其用心之苦却非世人所能想象的，后人却难知孝文帝之真意。

烦难大师知道，孝文帝的确可算是一个好皇帝，更极力推崇汉化，促进经济的发展。是以，他应允孝文帝，静修于少林寺与神僧共讨佛法，潜心天道的追求。

而五台老人却在蔡伤和葛荣相继涉入江湖之后，便退居幕后。因烦难大师要守三十年之约，便让他潜隐北台顶，自号五台老人。从此，五台老人很少踏足江湖，让魔门那些怀疑他是佛道两门之人的人，再也找不到任何迹象。江湖人极少知道五台老人就是幽灵蝙蝠，更没有人知道幽灵蝙蝠其实就是烦难大师的书童，甚至连葛荣也并不知道。只是当烦难大师飞升、循入天道之后，五台老人才随蔡伤涉足江湖，而在杀死尔朱文护之后再寂于江湖，却也足以让尔朱家族震惊。要知道尔朱文护能继尔朱宏接下这总管之职，其武功在尔朱家族之中，乃是排在第五位，仅次于尔朱追命之后，却仍被五台老人轻易所杀，可见五台老人的武功之可怕。

每一个绝顶高手都明白实践的重要性，是以五台老人要求凌能丽在实战之中求发展，要凌能丽在江湖中历练，他已基本上将所能教的都教给了凌能丽，便在凌能丽突增三十年功力之后，竟只用一年时间便学好了三年所要学的，唯欠江湖经验。

凌能丽心中只想着为蔡风和父亲报仇，但她知道金蛊神魔乃是魔门中人，不仅仅武功非常厉害，其潜在的势力之大也是难以想象的。若是没有足够的财力和物力，绝难打垮这批仇人，所以她借飞龙寨的兄弟之助，也做了几票生意，行窃大户，绑架那些为富不仁的贵族子弟，以索金银。虽然全是黑道的勾当，但却也绝不会损害那些穷苦的百姓。

凌能丽自小便随凌伯习文，凌伯本是大家出身，由于战乱，终只得潜隐山林，但那种大家之气却也传给了凌能丽。加之她聪慧过人，在飞龙寨相助之下，竟能将这些钱很快化成生意网络。在这个年代，开米行是最赚钱的，同时更成为各黑道人物销赃之所，虽然只有短短几个月的时间，但在乱世之中，以多种手段去聚财，却也是快得惊人。

刘高峰虽是一寨之主，但却多勇少智，虽也不笨，可始终脱不出一种山贼的悍气，叫他布局如何杀人，他绝对是一流，但让他去做生意，却是一个头两个大，不知如何下手了。但凌能丽似天生就有这种生意的天赋，加之近两年来的变故，使她变得深沉，更知道如何去生存，如何保护自己，一入生意场中，竟然感到得心应手。又有孙翔这老江湖相辅，不仅财源广进，生意渐渐红火，而且与黑道上势力的关系越来越紧密，那些独行盗，都闻风而来。

黑道有黑道的方式，不是同道中人，很难理解他们那种联系和交易的方式。正因为凌能丽这一支人独成一系，暗自发展，是以刘高峰拒绝了葛荣的邀请，因为他知道凌能丽乃是蔡伤的义女，而他又不能对葛荣直说，因此，只能拒绝葛荣的邀请，全力保护凌能丽。而今次，凌能丽探得刘家嫁妆，所以才会与刘高峰诸人千里迢迢追赶至此，一路上只在今日才找到一个下手的机会，却没想到竟让人给黑吃黑了。更没想到的，却是尔朱家族也派来高手相助刘家，凌能丽、刘高峰等人差点失算被擒，若非凌通听到凌能丽的声音，认出了是她，及时出手相助，只怕真的会抱恨终生了。

凌通和萧灵听到后来，真是又羡慕又佩服，更向往那种一路打闯的生活，于是凌通也将这两年之中所发生的事一一向凌能丽细讲，连萧灵的身份也全都不加隐瞒，并说明这次出行江湖的目的。听得凌能丽也为之侧目，更为之高兴，忍不住赞道：“通通能忠人之事，不畏艰险，其勇气和义气的确值得嘉奖!”

凌通被对方的夸奖之言说得有些不好意思起来，转换话题道：“丽姐，乡亲们都很希望你能回去看看。”

凌能丽神情微微黯淡了些，吸了口凉气，淡然道：“姐姐会回去的，却不是现在!”

凌通一呆，旋即似有所悟，道：“我倒忽略了姐姐身负大任，怎能随便走开呢？不过，要是村里人知道丽姐现在这么厉害了，定会高兴得不得了。”说完竟笑了起来。

凌能丽却涩然一笑，并不回答，内心深处涌出一股酸楚和无奈，忍不住心底长长叹了口气。

# 第九十五章　绝世之才

颜礼敬心中升起了一丝不祥的预感，但却有些不明所以，只得绷紧心神，小心戒备。

薛三神色变得凝重起来，那些屋子竟似是空的，找不到一个人影，这岂不是奇怪至极？

“哗……”一声巨响传来，竟像是一个巨大的花瓶被甩成碎片。

院外传来了杨擎天的闷哼和惊呼声。

颜礼敬和薛三心头大骇，究竟是什么人在外面对付杨擎天呢？两人似心有灵犀，身形同时向外掠去。

“哧——”一道劲风自头顶掠至。

颜礼敬与薛三同时一惊，凭他们的直觉，就知道这是一张巨大的网，但究竟网上有什么装置就没有人知道了。

颜礼敬和薛三的身子同时滚落于地，若一团肉球般向来路上滚去，心中暗惊，知道今日是坠入了对方的陷阱之中了。

“啪！”一声细碎的响声传入颜礼敬的耳中，立刻便感到有些不妙。黑暗之中，他竟碰断了一系于院中的细绳，他并不知道这细绳的作用和功效，但他却知道，这绝不是一件简单的玩意儿，否则，也不会配合这从天而降的网如此协调。

“呼呼……”两道狂厉无比的劲风掠来，带来雷霆之势准确无比地向两人撞来。

颜礼敬和薛三散发于体外的气机很清楚地感应到这两个重物的存在，

他们根本就不曾考虑便出手了，他们不能退，也来不及躲！

“轰——轰——”两声爆响，破碎的石屑若冰瀑一般飞撒。

颜礼敬和薛三一样，被震得倒退两尺，手臂一阵发麻，心中骇然道：“若是被这巨石砸中了脑袋，那岂有命在?”脑中的想法仍未转过弯来，便觉数道锐利无比的劲风疾扑而至。

想都不用想，就知是劲箭。但听那弦音，绝不是暗伏敌人的杰作，而是暗处的大弩机，这种弩机所射出的箭矢，威力足以洞穿藤盾。像薛三这种辨别兵器的高手，根本就不用看那弩机的形状，只听声音就足以知道弩机的性能。是以，葛荣才会让薛三去验收突厥送来的兵器，而颜礼敬十八年前曾与蔡伤纵横沙场，对这类远攻兵器自是不会陌生，更知道其可怕的程度。所以，薛三和颜礼敬在危急之中，唯有退后一条路。

“哧哧……”是箭矢钉入地下的声音，若雨点击在铜锣之上，一片凌乱得震撼人心的声音响过，颜礼敬和薛三这才想到自己正身处大网之下，但等反应过来已经迟了。

两人只觉得身上一紧，一阵刺痛传遍全身，巨网之上竟装有无数锋利的倒钩。

“呼！”火光乍亮，黑沉沉的院子中露出了真面目。

薛三和颜礼敬缓缓地睁开眼睛，却忍不住一声惊呼：“三公子！”

刘高峰越追似乎越不对劲，路上并没有马蹄的印痕，但追了如此之久，仍没有见到任何人影，岂不是有些不可思议？这近郊荒野，若不知道对方确切的方位，倒真的有若大海捞针，更何况又是深夜，四处丛林密布？

狼嚎之声时起时落，偶尔野狐蹿过，野猫掠过，倒也惊心动魄得紧。

刘高峰火把高举，但却找不到地上的蹄印，这时地上已经开始有一层薄薄的霜，若是有人行过或马走过，自然瞒不过他的眼睛。照眼前情形看来，那就是追错了方向。

四人很快返回原地，那个曾经的战场，竟没有发现一具尸体，六名贼人的尸体也全都不翼而飞，这一发现，只让刘高峰诸人呆住了，四人分向四面寻找，也仍是没有发现蹄印。即使有蹄印，也是极为凌乱的，而且只出现在他们自城中赶出来的那一条路。

刘高峰默默地发了一会儿愣，暗忖道："这群神秘人物的智计竟如此之高，看来，今晚的确是被他们耍了。"心头又禁不住暗自担心："暗中潜伏着如此狠辣凶绝而且聪明的敌人，这一步步的行动只怕更是难上加难了！"

"大寨主，他们定是向城中跑了，否则，怎会看不见蹄印呢？"付熊出言道。

"我想也是，糟了，凌姑娘受了伤，又有郑飞和冯敌两个伤者，只有凌公子一人恐怕有些麻烦了。"一名汉子色变道。

刘高峰也有些色变，急道："那我们快追上凌姑娘！"心中却暗自祈祷："愿凌姑娘吉人天相，不要与这群贼人相遇才好。"

几人匆匆忙忙地策马疾驰。

火光之下，蔡风的脸上露出一种邪异之气，淡淡的笑意，显出另类的潇洒。

白皙的双手相互绞扭着，一袭貂裘在夜风中荡出一层层优雅的浪韵，发髻已解，长发散撒于肩头，自有一种轻松惬意的韵味。只是那眸子之中深藏的冰冷，让人感觉到今夜其实很冷、很冷。

颜礼敬和薛三的目光环扫了一下周围，心似乎一下子被冰结了一般。二人知道今日是彻底地被人算计了，彻底地败了，败在蔡风的手下，不，应该说是绝情，毒人绝情！

绝情的身后列着四名极有气势的汉子，竟是两对孪生兄弟，两人一对，每一对竟似是一模一样，分不清谁大谁小。

杨擎天就在这四人中间，神情极为委顿，也不知道是否身受重伤，但很显然是穴道已经被制，出手之人，当然就是蔡风，否则这院中不可能有人能够在如此短的时间之内制住他。甚至这院子中的敌人，除了蔡风之外，不会有人的武功强过杨擎天。可是这一切已经不再重要，重要的是颜礼敬他们却已经成了阶下之囚。

四处更有十数张大弓紧紧地对着他们二人，只要蔡风钩钩小指头，颜礼敬和薛三他们就会变成两只大刺猬。而随薛三一起来的五名葛家庄高手，竟也全都莫名其妙地被擒住了，竟没有发出半点声响，这是多么可怕的一个布局啊！

这时有人自两棵大树上抬下两张巨大的弩机，显然，刚才那雨点般的箭矢正是自这两张巨大的弩机之上发射出来的，而那两块巨大的石头便是两张弩机的发动者。很明显，那根细绳又是牵动大石发动攻势的罪魁祸首。如此精巧而可怕的装置也只有蔡风才有这个能耐安装。这些机关配合之巧妙，没有一点误差，准确得骇人，若非是颜礼敬和薛三亲自领教，还真难以相信。虽然薛三曾不止一次地听葛荣夸奖巧手马叔的机关设计天衣无缝，对土木之术的研究可以算是当世之奇才，但那毕竟只是别人所说，不如自己亲身体验来得实际。

“两位贵客来到敝住处，没有好的招待，真是十分抱歉。”蔡风的声音极为平静而优雅，但使每个人都有一股发自内心的寒意，那是蔡风眸子中所闪烁的幽芒。

颜礼敬并未曾与蔡风见过面，那次在洛阳，当他和杨擎天诸人赶到时，蔡风已经远遁，但是，他却看到游四为蔡风画的肖像。游四的丹青之术可谓神来之笔，他将蔡风的像可谓画得栩栩如生，否则，游四当初也不会只以匆匆一眼，就能将土门花扑鲁的容貌画出。葛荣极为欣赏游四的笔法画功，认为深得一百多年前书画大家顾恺之之神韵。而游四的画功也正是向顾恺之第七代传人所学，也算是顾恺之的第八代徒孙。

就凭那幅画，颜礼敬才一眼就认出了蔡风，只是现在的蔡风和游四画中的蔡风，其眼神有极大的差别。画中蔡风的眼神极为亲和，更稍带一丝顽性的狡黠，可此刻的蔡风……颜礼敬也说不出其中的味道。

“三公子，你不认识我了吗?”薛三有些不死心地问道。

“我当然认识你，你不就是薛三吗？葛家庄十杰排行第三，我可有说错？”蔡风淡然一笑道。

薛三一愕，不解地问道：“那三公子怎么还开这种玩笑？”

“哈哈哈……”蔡风忍不住发出一阵大笑，良久才悠然地道，“你好天真，谁是你们的三公子？我叫绝情，你们从榆社过来之时，我便已经知道你们华阴双虎的存在，只是本公子伤势未愈，这才让你们逍遥快活，可是过了屯留却又多了你们这群自以为很聪明、很了不起的葛家庄高手。这些日子，一路来，你们每顿吃些什么，我都知道得清清楚楚，还想要对付我绝情，真是不自量力！你们的每一步全都在我的算计之中，包括让刘家知道你华阴双虎的存在，和设计引你们入套，无一不在我的计划之中。”顿了一顿，蔡风负手而立，仰头望了望天上那半隐于云层之中的月亮，悠悠地吁了口气，傲然冷漠地道，“不仅是你们的行踪，就是飞龙寨大寨主刘高峰的行踪也逃不过我的掌握，他们的动机和目的想瞒过别人或许还可以，但想瞒我绝情却还办不到。是以，聚云客栈的事情迟早会有发生的一天，而且绝对不会拖到蒙城。哼，这些自以为聪明的人，实是愚不可及，包括刘家中人。一切的一切无不在我的计划之中。你以为这还是开玩笑吗？”

颜礼敬和杨擎天诸人不禁听得面面相觑，他们想不到自己的一切行动在蔡风的眼中有如儿戏，直让他们沮丧之致，更为蔡风的智慧和谋虑感到深深震骇。薛三也变得面如土色，今日之败，可以说是惨到了家。

“那你是故意让人引我们来中伏的了？”颜礼敬强忍着那利钩钉身的痛苦，淡然问道。

“不错，你们的利用价值已经失去了，留下来只会成为绊脚之石，是以在今晚事了之后，我要做的事就是清理垃圾和绊脚石，你们自然在清理之中。其实，你们比我想象中要容易对付得多。”蔡风极为自负地道。

“噔……”一阵脚步声传来，一名蒙面汉子走来向蔡风深作一揖，恭敬地道：“按公子的吩咐，陈悦已经将刘高峰夺去的宝物夺回，唯失掉一串珍珠。”

蔡风扭过来望了那自称陈悦的人一眼，冷冷地问道：“损失了几名兄弟?"

陈悦一惊，嗫嚅道："损失了五名兄弟，更有三人受了重伤!"

"没用的东西！你是不是没按我的吩咐去做，擅作主张?"蔡风的声音中充满杀机地道。

"公子饶命，公子饶命……"陈悦"扑通"一声跪下，叩首恐慌地呼道。

"哼，你真是好大的狗胆，念在你夺回了宝物，有些微功的分上，今次就饶你不死，但活罪难逃，你是左手用兵刃还是右手用兵刃?"蔡风冷酷地问道。

陈悦霎时一愣，若被雷击了一般，呆呆地跪在地上不知道回答。

"陈悦，公子问话，竟敢不立刻回答?"立在蔡风身后的四名汉子中，有一人怒叱道。

陈悦一惊，从震骇中醒过神来，右手在腰间一摸，一道青芒向左臂切去。

"叮!"一道无形的劲风击在刀面之上，刀身横击，刀面在陈悦的胸前一撞，竟让陈悦的身子一晃，差点倒下，但却因此而没有斩下左臂。

蔡风缓缓地再钩起右手的中指，悠然而冷漠地道："谁要你的手臂?一个人如果太冲动，喜欢自以为是，那么在这个乱世之中，绝对没有好果子可吃！你记住今日我说的话，在没有绝望之前，绝不能作最坏的打算！这是生存于乱世的基本法则。你只要切下左手的小拇指便行。"

陈悦本来惊骇若死，虽然很硬朗，但要让他砍下自己的一条手臂，那是多么残酷的事情啊！可是他却知道只要是绝情所下的命令，就是不可违拗的，否则只会付出更大的代价。是以，他鼓足了勇气挥刀，却没想到竟被蔡风所救，心中的感激和欢喜那自是难以言表的，而蔡风的每一句话虽然都是那么冷酷绝情，但又无不充满着智慧，更剖析得入木三分，都绝对是道理，更有一种让人不得不信服的气势。

"是……"陈悦毫不犹豫地切下了左手的小拇指，连哼都没哼一声，但却不敢站起身来包扎。

“很好，本公子赏罚分明，刚才对你犯的过错已作了处罚。那这一次的奖励是，你可以放纵两天，这两天你可以休息，也可以去青楼找女人、酗酒、闹事、杀人，但有一点你必须知道，若有半点泄露本部的秘密，你就在两天后提头来见我！”

“谢谢公子！陈悦明白，这两天陈悦便是陈悦，没有过去，没有未来，甚至不知道自己叫什么！”陈悦欢喜无限而又认真地道。

“很好，明天一早，你就在仲伟那里领取一百两银子，好好地去享受你这难得的两天，但是若在这两天之中被人宰掉了，那就只好认命了。今晚参加行动的其余每人可领银五十两，快活一天。但两天以后，你要记住一点，那就是任何命令都不能违抗，军令如山！”蔡风语气变得稍稍缓和地道。

“是，陈悦永远都会记住公子这番教导，一定不负公子所望！”陈悦虔诚而恭敬地道。

“去吧！”蔡风冷冷地道。

陈悦立身而起，转身在众兄弟们羡慕的眼光之中离去，但却没有人不服蔡风的处决方法，没有人敢不信服。

颜礼敬诸人更是心寒透底，蔡风行事之举，的确是处处惊人，更有着神鬼莫测的可怕之处，刚才的那些话的的确确没有半点夸张，竟在如此短的时间之中，不仅使自己这一干高手入瓮，更让刘高峰等高手也中了他的算计。看来今晚之事，从一开始被刘家高手发现到眼下遭擒，与刘高峰窃宝，一切的一切无不是蔡风的安排、布局。由此可见，江湖中对蔡风的评断一点都没有夸张。也只有亲身经历了之后，真正地尝到了蔡风的手段，才知道为什么有人说破六韩拔陵最大的错误，就是不该惹蔡风，破六韩拔陵不是败在柔然人和尔朱荣的手上，而是败在蔡风的手中！

颜礼敬和杨擎天不知道是该悲哀还是该欢喜，此刻，他们反而只希望自己的少主会不如传说中那么聪明，若蔡风不是绝情，他们或许会深深地庆幸，可此时的蔡风，偏偏就是绝情。这就是命运的悲哀，就是生活的无奈，却又不是谁能够改变的。

薛三一向自诩聪明，他甚至暗自认为自己的智慧绝不低于游四，对游四和葛荣那般推崇蔡风大不以为然，但此刻亲自感受到蔡风的手段，无论是机智还是治军手段，都绝对不是常人所能够比拟的，看他那军令如山、赏罚分明的风范，就知道蔡风绝对是一个最能治军的将领，更深知兵法的要旨。如此大将风度的确不能不让人心服，也使人想到为何当年蔡伤能够纵横沙场，让敌人闻风胆丧，只可惜未得明君。蔡风的军事天才，应该是延续蔡伤的作风。此刻薛三才明白，为何葛荣曾说，若有蔡风之助，这万里江山成为囊中之物并不是一件难事。事实也的确如此，薛三不得不信服。信服的同时却也不得不担忧，他真的有些怀疑，是不是有人能够自蔡风的手中，将他们救出去。若是没有人可以斗得过蔡风，那他们岂不是永远都要被沦为阶下之囚吗？或是遭受更大的折磨。想到那未知的事情，薛三禁不住自心底打了个寒战。

颜礼敬和杨擎天心中大感惊异，为什么蔡风在变成毒人之后的心智依然如此之高？依然能够布下如此可怕的局？简直就像是一个大阴谋家，可怕得超出了他们的想象！想到潜隐了十八年，一出来就连败数场，二人禁不住有些英雄气短。杨擎天叹了口气，虚弱地道：“你想将我们怎么样？”

蔡风悠闲地踱了几步，回头淡然一笑，道：“其实我也并不想拿你们怎么样，只是有人认为你们是可造之才，就叫我顺便将你们这一帮人送给他而已，再说我也不想对你们太不客气。”

“你想要我们投靠魔门，那简直如痴人说梦！”颜礼敬平静而斩钉截铁地道。

“哦，你也知道魔门？看来的确像是可造之才，主人算是没有看错人。”蔡风讶然道。

“金蛊神魔，总有一天他会不得好死！”薛三愤然怒吼道。

“啪！”蔡风身形如鬼魅一般趋近，竟自巨网的缝隙中给了薛三一个巴掌。

薛三一声惨叫，因为蔡风这一巴掌掴得极狠，也同时是因为他被这一巴掌打得身形不稳，一阵晃动之下，那网上的利钩立刻入肉三分，鲜血自伤口处涌了出来。

颜礼敬也成了受害者，薛三身子一阵晃动，牵动了巨网，那利钩也让他吃了不少苦头，但他却仍可强运护体真气，阻住利钩的切入，只不过是伤了一些表皮，却也是不好受。

“哼，如果你想早点死的话，就多骂几句，看本公子敢不敢把你的脑袋切下来！真是不知死活！”蔡风望着脸上浮肿的薛三冷冷地喝道。

薛三想骂，但脸肿得太高，却是没有办法骂，只气得直颤抖。

“给我全都送入地牢中，只要别让他们死了就行。”蔡风的声音又变得十分冷酷地道，对于敌人，他从来都不会怜惜，也绝对不会有半点同情之心。

黑暗中，一道小巧若灵鼠一般的身影掠向夜幕之中。

“什么人?”一声低沉的冷哼响起，那灵鼠般的身影一愣，一道汹涌如潮的劲风已经紧笼住了他不是很高大的身形。

那是两柄刀，两个不同方向攻来的刀，但这刀似乎是来自所有能够出刀的方位，也似乎不是两柄，而是无数柄刀，那凌厉的刀气已将蒙面人的衣衫吹得猎猎作响。

这两柄刀的主人不是庸手，的确不能算是庸手，能在魔门新一辈人中出类拔萃，实在不简单。

小巧的蒙面人不知是骇呆了还是本就痴傻，竟似乎忘了闪避。

眼见两柄刀就要将他斩成两截，他这才出手，一出手就快得让人没法反应，似乎眼睛已经完全派不上用场。

“叮叮!”两声细脆的响声之后，并无任何震荡。

蒙面人身子微旋，在那两名刀手仍未从惊愕中回过神来之际，已经在他们的咽喉之上抹了两道长长的血痕。

“叮叮!”两截被切断的刀身这才颓然落地。

蒙面人不是傻子也不是呆子，而是一个极可怕极可怕的高手。更可怕的是他手中的兵刃，那是一柄削铁如泥的剑。蒙面人很会抓住机会，很会很会！而那两名刀手死得更有些冤，他们并非武功比对方差，而是失算了对方的神兵，他们根本没有想到，对方一出手就是切断他们的兵刃，而在他们惊愕之时，就已是死期。

蒙面人没有停，在他的剑抹过第二人脖子之时，就已电闪般掠去，他知道，若是惊动了院子中的人，那他就是死路一条了。他亲眼看到，那人出手擒住杨擎天时，其武功简直就像是一个神话传说。因此，他根本不敢靠近小院子，他也没有看清那可怕高手的真正面目。只是他却知道，即使是自己有十条命，亦惹不起那可怕的对手。

蔡风也听到了呼喝声及两声脆响，但当他赶出来之时，已经再也没有了蒙面人的身影。

他愣愣地望着地上的两具尸体和两柄断刀，喃喃地道："好快的剑，好锋利的剑，会是什么人呢？"

在蔡风抵达这两具尸体身旁的片刻间，四周又亮起了几支火把，正是魔门中的一些弟子，也全都为眼前的场景惊住了。谁也想不到是什么人在这么一刹那间，在两人几乎没有反应过来之时，就已经杀死了他们。这究竟是什么人呢？众人皆禁不住自心底升起了一层阴影。

蔡风眉头微皱，刘高峰的武功虽好，却并没有如此锋利的剑，那这人是谁呢？难道是刘承东从城外回来了？但也不可能。若是刘承东，只怕此刻定已是大批人马杀至，怎会又走掉呢？

不管怎样，他知道此刻的行踪已经泄露，但他并不太在意这些，只是淡淡地吩咐道："收拾行囊，撤离此处！"

没有人会违拗蔡风的话，因为这一次的行动主持便是蔡风，再加上蔡风自身的威仪，的确没有人敢不服从。

"谁?!"一声低叱自黑暗的房子之中传出。

"我！"窗子一晃，凌通已若归燕一般掠了进来。

凌能丽长长地吁了口气，伸手点着烛火，却见凌通摘下脸上的黑巾，额角仍有几颗虚汗。

“怎么了？是不是出事了？”凌能丽吃了一惊，问道。

凌通向椅子上一坐，吁了口长气，道：“那倒没有，只是心里有些慌张而已。”

“你看到了什么？”凌能丽奇问道。

凌通眼中显出一丝骇异的色彩，道：“那人太可怕了，那简直不叫武功，就像是施魔法一般，我见过的人当中，恐怕只有梦醒才是他的对手，就是连万俟丑奴也会敌不过这个人！”

“这人是谁？”凌能丽也禁不住有些错愕地问道，她知道万俟丑奴乃是黄海的师弟，其武功之高，可以说已是登峰造极，在江湖中黄海排名仅在蔡伤和尔朱荣之后，那可想象黄海的师弟有多么可怕。可凌通却说万俟丑奴都不是这人的对手，那这人又是谁呢？还有那个梦醒，又是谁？为什么江湖中从来都没有听到过这个名字？而在凌通的眼中却以为梦醒比万俟丑奴更厉害，她知道凌通绝对不会对她说谎话的，绝对不会！

凌通不好意思地道：“此人武功太厉害，我怕他发现我，是以不敢近看，只是远远地观望，并没有看清他的真正面目。”

凌能丽心中有些迷惑，难道此神秘人物是义父蔡伤？那不可能，蔡伤又怎会夺刘高峰和自己所窃的宝物呢？难道是尔朱荣？尔朱家族这么多高手，他何须自己出手？即使是为了刘家夺回宝物，也用不着一家之主出手呀，这全不符合情理。那此人又是谁呢？

“灵儿睡着了吗？”凌通问道。

凌能丽定了定神，点点头，又问道：“那他们是住在哪里？”

凌通一惊，问道：“丽姐，你的伤势犹未痊愈呢。”

凌能丽淡淡一笑，道：“我知道，我当然不会去冒险，只是等刘寨主回来之后，大家再商量对策。”

“我看刘寨主也不会是那人的对手，只怕丽姐和寨主联手亦无法敌过。”凌通是一点信心都没有地道。

凌能丽自然不怪凌通没信心，因为她也很明白，凭借万俟丑奴的武功，便是刘高峰与自己联手也不能有丝毫胜算可言，更何况那神秘的敌人比万俟丑奴还要可怕。但若真照凌通所说，难道真要就此认命吗？这样的确有些于心不甘，但却似乎一时也想不出什么办法来。而义父蔡伤又若闲云野鹤，早已经不想管尘世俗事，五台老人也是这一类型的人。即使五台老人肯出手，以他的个性怎肯与人联手？若不与人联手，则的确是胜负难料。五台老人的武功，也只不过与万俟丑奴之辈同级而言，能胜那神秘的人物吗？何况，就为这些财物而劳动他们破杀戒，涉足红尘，只怕怎么也说不过去，于心何忍？

“丽姐，你在想些什么？”凌通一遇到凌能丽，小孩子的依赖性又表露了出来，竟不想动脑子去想，因为他自小对凌能丽的依恋便异于常人。在没有凌能丽和蔡风的日子中，他还可以完全发挥自己的机智和思维，可一旦与凌能丽在一起，从前的那种依赖心理又重新复活了过来，是以并不怎么用脑子去思考问题。

“哦，我在想，这个刘文卿该怎么处置。”凌能丽一愕，出言道。

凌通也为之头大，道：“这人若是放他走，只怕不等明天大寨主到达，我们就要逃命了，可是刘寨主又答应了那个老鬼，放自然是要放的，我想，也不必为他烦恼，等大寨主他们赶到后，我们再由他决定吧。”

凌能丽心中一阵欣慰，凌通这一段时间的磨炼和这十几日江湖之行，倒也不会再是全身心地依赖她，只要在旁边时刻提醒，他还是会自己动脑筋想问题的。其实她所说的问题只是一个借口，以便转换话题。说到对刘文卿的处置，她早有对策。

“嗯，通通说得对，我们没有必要为他心烦，现在我们也应该好好休息了，待养足精神对付明日可能会发生的事情。”

“丽姐伤势未好，我为你护法，你就安心疗伤吧。”凌通自信地道。

凌能丽望着这渐渐长大的弟弟，心中的确大感欣慰，禁不住又想起了那久别的乡亲，不知道他们怎么样了，又不觉想起那段美丽而抹之不去的往事——与蔡风在一起到河边钓鱼，上山采药、打猎，一起烧火做菜……一切的往事犹如狂风巨浪一般在她心头掠过，只让她心痛如绞，黯然伤神。

往事越是美丽，现实就越是痛苦，这正是生活的辩证法。凌能丽禁不住扭过头去抹掉眼角的泪水，为掩饰内心的情绪，再次开口问道："通通回来之时，可被他们发现没有？"

凌通正自感到奇怪，甚至隐隐捕捉到凌能丽此刻的心情之时，突然听到这么一问，不由得又振作了一下精神，想了想回答道："发是被人发现了，那两人的武功还不错，是守在那院子外的，可却被我杀了。但我想，那人如此厉害，应该不会听不到当时两人的呼喝，是以，我想对方可能知道我去过那里，发现了他们的行藏。"

"你居然在杀死了他们两人后，仍未被那人发觉你的行踪？"凌能丽微惊道。

凌通也骇了一跳，想到事情的可能性，忍不住色变道："不会吧，我杀死两人时只用了一招，又没有耽误时间，那神秘人大概没有这么快的身法吧？"

凌能丽有些不敢相信地望着凌通，讶然问道："你说你杀那两个人只用了一招？"

"是呀，其实这是很侥幸的，那两人的武功也不会比刘家的家将逊色，只是我占宝剑之利，一开始就削断了他们的刀，在他们惊愕之时，便趁机杀死了他们，否则只怕今晚我是回不来了，单只那两人就够我对付一阵子。"凌通认真且有些后怕地道，倒是十足的小孩气。

凌能丽也深感侥幸，这才放下心来，若是照凌通所说，真只用一招便杀死了两名等同刘家家将身手的好手，那虽然是占着利器之便，也可以说明凌通的武功和内力修为的确已经达到了一个极深的层次，否则一个庸手，若是内力不如对方，就是倚仗利器之利，也无法一下子切断对方的兵刃，更没有那种一切而中的准头。凌通能一举击杀两位好手，至少说明其武功已是对方两倍有余了。凌能丽心头在惊讶的同时，更为凌通感到高兴。吁了口气道："既然这样，那人应该不可能追得上你，拿你的剑给姐姐看看。"

凌通毫不犹豫地将剑交给凌能丽的手中，鞘身透出一股幽寒之意，极为古朴。凌通自老鸨的手中拿来其实并没有怎么细看，再加上夜色之中，看不怎么真切。这时才看清上面的象形龙纹，不由得赞道："这鞘竟也如此好看。"

凌能丽也并不怎么对剑在行，但却知道这是一柄极好的剑，忍不住拔出剑身，只见剑身幽光流转，寒意逼人，忍不住赞道："真是好剑!"说着向桌角轻落下去，那桌角竟像豆腐一般毫无声息地就被切了下来。

凌通和凌能丽禁不住为之咋舌，相顾愕笑，好久才吁了口气道："好锋利!"

他们俩并不是生在江湖，对江湖的轶事并不了解，更非像蔡风一样从小受到两大高手的熏陶，自小就已是用剑大行家，更有马叔这般巧手相教。要是这剑落到蔡风的手中，他立刻就会知道剑的出处和名称。只是这种时代，真正的高手并不喜欢用什么神兵。

真正的高手，就是破铜烂铁也会是最可怕的杀人利器，他们已经完全超越了一切兵器的范畴，达到一种凡人所难以理解的境界。要知道，人始终都是世界的主宰，绝没有任何一种由人制造出来的东西，能够主宰人的命运。任何外在的物质也都是有限的，唯有人内在的精神和潜力才是无穷无尽的。而当内在的精神和潜力达到巅峰和极致之时，就可以与外在的宇宙相联通，达到天人合一之境。是以，真正的高手不喜欢用神兵利器，那反而对自身的突破是一种阻碍，一种限制。因此，江湖上近些年来成名的兵器并不是因其质地如何，而是因人而成名，如蔡伤的"泣血刀"，黄海的"哑剑"，虽然这些兵刃并不能与那些神兵相比，但却比之神兵更让人惊心动魄。是以江湖之中的人反而忽视了神兵利器，当然，并不是不喜欢，只是很少谈到。所以凌能丽并不知道凌通手中之剑的来历，但为一个小小的青楼中有这种宝物而感到有些奇怪。当然，不管它的来历如何，既然这柄剑已经落在自己的手中，也就没有必要去想它的来历，那是无谓的。

"丽姐要是喜欢，你就拿去用吧，反正我一个小孩也没人招惹，惹我的人都不是什么厉害人物，随便就能对付，也用不着它。倒是丽姐是干大事的，多了它成事的机会就多一分。”凌通极为大方地道，他倒不是不在意这柄剑，而是他太过关心凌能丽，他只有这么一个姐姐，在心目中的分量自然比这一柄没有生命的剑更重要，因此才会有此一说。

凌能丽淡然一笑，道：“还是你留着用吧，姐姐有这么多人相助，而你还得只身南行，一路上坏人多着呢，更何况你惹上了尔朱家族这个大敌，可不是闹着玩的。尔朱家族中的高手如云，绝对不是好对付的，你千万要处处小心。”

凌通想了想也是，但忍不住道：“丽姐，我跟在你身边好不好？我也去帮你做生意，和你一起劫坏人的东西。”

“那灵儿怎么办？”凌能丽肃然道。

“这个……”凌通脸上显出一丝难色，他这段日子与萧灵在一起，真可用两小无猜来形容，这种相依为命、同生共死的情谊犹为深刻。若要他放下萧灵不管，那可是打死他也做不到的。其实他的内心深处，还有那么一点点朦朦胧胧的情愫，只是他年龄仍小，并不太明白那种感觉而已。

凌能丽嫣然一笑道：“你要知道，自己现在是大人了。做事情得有始有终，忠人之事绝不能出尔反尔。是以，你必须先安置好了灵儿再说。何况姐姐还要让你去南朝做生意呢？”

“让我做生意？”凌通讶然地指着自己的鼻子，不敢相信地问道。

“不错，是你！”凌能丽肯定地道。

凌通傻傻一笑，道：“丽姐是开玩笑吧？我怎会做生意呢？只怕只亏不赚，我看还是免了吧。”

“不会可以学，难道你天生就会武功吗？何况你能识字，读的书也不少，学做生意也并不是一件难事。”凌能丽肯定地道。

凌通苦着脸道：“我知道不难，可是世上比我会做生意的人到处都是，我这个刚学做生意的毛孩子，又怎能斗得过那些老家伙呢？又不是比武，能硬碰硬，这可是投机取巧的事儿，我怎么行呢？”

# 第九十六章　立足江湖

凌能丽忍不住笑道："看你这副苦瓜样，又不是去杀头。你既然知道做生意须得投机取巧，就已是块做生意的料子，其实你完全不用担心，到了南朝，送灵儿回家之后，你就成了萧家的恩人，没有人比你更合适在南朝做生意。你只要说想做点什么生意，不用你说，便会有人帮你做好，到时候你完全可在一旁凉快，让别人替你操心，而你也可从中学学经验。有靖康王为你做后台，谁还敢惹你？保证让你生意兴隆、财源广进。然后你再将生意做大，有我的支持，保证你不出三四年，就已经是富甲一方了。那时候就是把整个村里的人一起接去也可以，更可为丽姐深入南朝作准备，这可是一件大事。而也只有南朝才是尔朱家族的势力抵达不了之处，当你成为南朝第一富时，还不到二十岁，你说会不会很有趣？"

凌通先是一愣，又禁不住嘿嘿笑了起来，心想："那倒是有趣得很，我这个小富豪整天拿着个大盘算四处游荡，岂不是南朝第一大景观？不对，不对，我那时候肯定是坐八匹马拉的车，前呼后拥。嘿嘿，肯定是威风不尽。嗯，那也不好，还是骑马更有趣，让人也看看我这南朝第一富翁究竟是个什么样子，那不是更好？可是，这么多钱怎么花呢？买房子，买……"

"你还会担心吗？"凌通正想得入神之时，凌能丽的问话打断了他的思路。

凌通脸上一红，嘿嘿笑道："我不……不怕，丽姐说得肯定有理，我还怕什么？"

"不怕就好，只不过，姐姐可不能在你的身旁照顾你哦。"凌能丽提醒道。

“丽姐放心，我会照顾自己的，只是……只是若到时候情形不像丽姐所说的那样，只怕会让你失望了。”凌通有些担心地道。

“按事而定，若真不成丽姐也不会怪你的。你就在南朝看看江南的风景也不错，至少可对江南的风土人情作个了解，将来姐姐深入南朝也会有所帮助。”凌能丽认真地道。

“如果是这样的话，那倒也行，反正以成败论英雄。”凌通放下心事道。

“好了，天快亮了，你先休息吧。”凌能丽吩咐道。

“不，我为姐姐护法，我不困。”凌通坚决地道。

凌能丽望了一下他的表情，知道凌通说的是实话，也就不作强求，闭目独自运功疗伤起来……

掌柜怯生生地敲了敲门，小心翼翼地唤道：“公子爷，公子爷……”

凌通睁开眼，见天已经大亮，而凌能丽也被惊醒，神采奕奕，显然是已伤势大好。他刚才迷迷糊糊地似睡非睡，但却也精神大振。也不知是因功力激增还是陡逢喜事，精神大爽，不由得开口应了声：“去给我将洗漱之水拿来吧，昨晚把我给吵死了，不过勉勉强强还算满意!”

掌柜一听，大喜。昨晚那么一闹，他还以为今天这个大主顾定会生气至极，没想到这个主儿如此好说话。既然凌通如此说了，那金叶子也就自然不用找了，岂有不喜之理？忙道：“是，是，小人这就去，这就去。”

萧灵小睡一阵，精神迅速恢复，拉着凌通唧唧喳喳地询问昨晚去追敌的情况，倒像只可爱的小鸟，凌能丽也不时被两人那一惊一乍的样子逗笑了。

掌柜的端来了洗漱之水，更送来了早点，倒也想得极为周到。见房中又多了一人，在惊讶的同时，却并不敢作声。凌能丽并不想让人看到她的真面目，是以戴上了一个垂帘斗篷，使人并不能看清其面容，否则以她惊世骇俗的容颜，不让掌柜的目瞪口呆才怪。

当刘高峰赶到客栈之时，已近入午，其实，刘高峰早就进了城，只是没入通雅客栈而已。

“刘家一大早就起程了。”这是刘高峰的第一句话。

这一切也全都在凌能丽的意料之中，并没有什么奇怪的。一大早刘家送亲的队伍就会起程，这已经成了一个习惯。一路追击了数百里路，凌能丽对于刘家行动的规律早就掌握得一清二楚。

“那批财物并没有追回！”这是刘高峰的第二句话，却似乎有些泄气。

凌能丽点点头，应道：“我知道，听通通说，这批人被一个极为可怕的高手所控制，只怕我们是没有希望从他们手中夺回了。”

“凌姑娘知道这个人？”刘高峰骇然道。

“我并不知道，我们只是适逢其会，而通通却曾随后去查看了一番，但却知道这人的武功极为可怕。昨晚，对方已知道自己泄露行藏，相信定不会再留在原处，是以我们要查出这样一批莫测高深的人物，只怕很难很难。”凌能丽微微有些担心地道。

刘高峰眉头微皱，这神秘的敌人究竟是何方神圣，竟然会拥有这样一批不畏生死的人？而凌能丽所说，对方的武功极为可怕，到底可怕到怎样一个程度呢？当然以自己这六人的力量，相比之下，的确显得有些单薄，更何况仍有郑飞和冯敌两人身受重伤需要人照顾。思虑之下，刘高峰忍不住问道：“不知凌公子是如何发现这批贼人的呢？”

凌通想了想，道：“我和丽姐驾着马车赶回城中，丽姐越想越不对劲，若是那群贼人向东而去，那肯定有蹄印的，因为路上已下了霜，可是向东去的路上并没有蹄印，若是对方根本就没有马匹的话，那是不可能的。所以，对方想走，一路上定会留下一串脚印，可是这却没有，奇怪便奇怪在此处。那只能说明一件事情——这批人肯定是沿原路返回。他们让那几人去围杀郑飞，可能就是要引开我们的注意力，而他们其实只是潜伏在我们经过的路上，我们一时心牵郑飞和冯敌的安危，以至忽视了路边的情况，他们肯定是乘这个机会遁走！如果这样的话，我们就有可能会与对方相会于狭道之上，对方由原路而回，目标只有一处，那就是城中。是以，我们赌上一把，赌在我们之后仍会有敌人回城。于是，我们在城外丢掉马车，在入城的必经之路口暗自观察，果然见几人匆匆返城，武功却是极好，我见丽姐身上伤势未愈，不便与他们动手，就只好跟在那几人身后，这才发现了他们的老巢。”

刘高峰静静地听着，心中暗叫可惜，若非凌能丽受伤，就可以抓一个活口来拷问一下。不过，想到对方咬毒自杀的狠劲，不由得心中有些异样。

凌通再次将那小院子中看到的情况叙说了一遍，刘高峰的眉头皱得更紧，他也想不到被擒的是哪一道高手，忽然心中一亮，忖道：“难道是葛家庄的高手？对方之所以能够乘隙夺得财宝，全是因为葛家庄的高手与华阴双虎引开了刘家的注意力，使得刘家高手调出，才能够顺利将财物盗出。”当时，华阴双虎被困的情景，他也看得一清二楚，自然就想起了华阴双虎和葛家庄的高手，若被擒的真是华阴双虎，那么这神秘人物的武功也的确可怕了。

刘高峰乃是老江湖，但比起华阴双虎却要晚了几年，当他涉入江湖之初，正是华阴双虎声名鹊起之时，他自然知道华阴双虎颜礼敬和杨擎天任何一人的武功都不在他之下。若连这两人都被擒，再加上葛家庄的高手，那这神秘人物又是谁呢？

当然不会是蔡伤，蔡伤与葛家庄的关系极为密切，自不会为难葛家庄的人。

难道是黄海？也不可能，以黄海与蔡伤的关系，又岂会与葛家庄为难？

若是说尔朱荣，或尔朱天光、尔朱天佑之类的人物亲自出马，配以尔朱家族的高手，自然也不是难事，那这神秘人物究竟是三人中的哪一个呢？抑或是哪一个也不是呢？但，无论神秘人物是三人中的哪一个，那箱财物肯定是拿不回来了。刘高峰自问不可能敌得过尔朱家族的高手。

是了，连尔朱流方、黑白双奴都来了，那么神秘人物大概就是尔朱天光了。要知道，尔朱天光被誉为尔朱家族的第二高手，其武功应不会在黄海之下，也绝不会比尔朱荣差很多。自己却只有六人，尔朱家族却有用不完的实力，自己如何能与人家相斗？想到这里，刘高峰禁不住叹了口气，猜道：“难道，这神秘人物是尔朱天光?”

“尔朱天光!”凌能丽和付熊同时一惊。

“我只是这么猜猜而已，黑白双奴乃是尔朱天光的两大亲随，他们皆到了新乡，而此刻又出现了这么一个神秘可怕的人物。天下间能如此快擒住华阴双虎的人，只怕也没有几个了，两位老爷子和尔朱荣自然排除。因为与华阴双虎同行的定有葛家庄高手，是以不会是两位老爷子出的手，尔朱荣乃是一族之主，自不会亲自出手，剩下的最有可能的就是尔朱天光、尔朱天佑这两大高手，因为黑白双奴的到来，这个神秘人物更有可能就是尔朱天光。”刘高峰分析道。

“大寨主如何知道这些人物就是华阴双虎和葛家庄的人呢?”付熊问道。

众人都明白他问的是被擒之人。

刘高峰想了想道：“在新乡，目前出现的只有我们和葛家庄的人，当然四大家族之中，除元家人之外，其他三家都有人，四大家族乃是同气连枝，当然不会不帮刘家。那批神秘高手既擒人，又夺宝，显然是在帮刘家，而葛家庄的高手至今似乎毫无动静，我想应该是出事了。因此怀疑这帮被擒之人正是葛家庄的人!”

“他们住在什么地方?”刘高峰又向凌通询问道。

“他们所住的地方，离聚云客栈不远。”凌通回应道。

“这就是了，带我们去看看。”刘高峰道。

“凌姑娘，郑飞和冯敌呢?”付熊忍不住插口问道。

“我将他们安置在林记药铺之中，已为他们上好了药，不会有性命之忧。”凌能丽道。

“如此甚好，我们既已答应了刘傲松，这刘文卿，也就让他走好了。到时我们一起在林记药铺里会合吧。”刘高峰平静地道。

凌通想到那个小院子，心中仍有些不舒服，但既然刘高峰要去，他也只能陪着。这一切与他似乎并无多大关系，是以，他并不甚关心，若是不看在凌能丽的分上，他也定不会再去重探那小院子了。他并不想惹太多的麻烦，虽然他喜欢惹事，却也会看对象。若要叫他去与万俟丑奴这类可怕的高手为敌，只怕怎么逼都不行。因为他从小在猎村中长大，知道对付猛兽也得量力而行，若叫个小孩去对付黑熊，那自是有死无生。

这次，他只愿那可怕的人早一点撤离，否则这次只怕也是有去无回了。

葛荣的大军果然达到突击之效，由于近日天气微暖，在午时左右，城墙之顶并未结冰，与平时并无分别，葛荣对新乐作了数次强攻，虽然死伤不少，但也让敌人胆寒。城墙更是负伤累累，由于城中的大军调出，城内的人手不够，新乐城竟岌岌可危，这种局面只让守城之人心胆俱丧。

葛荣知道新乐城已是囊中之物，他以强过数倍的兵力攻一座几乎算是空城的城市，焉有不成功之理？更何况他仍未动用城内的实力，那几乎是一颗安在敌人腹腔内的炸弹，只要药引一点，立刻就会将之炸得支离破碎。

葛荣按兵于城外，一副好整以暇之势，这里由于接近太行，由北吹来的寒风尽数被挡。更何况，这些人多为极北之地长大的人，更有一部分在大漠外苦寒之地生活已久的人，其抗寒之力绝不是南方人所能相比的。更何况葛荣并不是要他们攻城，每人都有棉衣，守在帐篷之中养精蓄锐，自然不会影响军心。

葛荣算计得没错，燕铁心的义军先与官兵大干了一场，双方都各有损伤，但义军始终在装备方面比官兵要稍逊一筹，更没有官兵那般训练有素。只不过，这次官兵也是轻装而上，重辎车全都没用，本是想给杜洛周一个突出奇兵。根据官兵探子的消息，杜洛周所立之寨遇到了大麻烦，这才会有烽烟燎起之事，是以想尽快捡个便宜，一享渔翁之利。但却没想到燕铁心也正因为如此才加快了行程赶到，再加上何礼生巧妙地挑引，竟使两军在仍未到大寨之时，就已火拼了一场。

官兵的不利是从接到新乐城的告急时开始，而此刻何礼生也适时地进入了燕铁心的队伍之中，要知道，何礼生在杜洛周军中地位极高，乃是最初与杜洛周一起起事的主要将领之一，为杜洛周出生入死，立下不少汗马功劳。在杜洛周的义军中，甚至比燕铁心的地位还高，只是燕铁心代表石离、穴城、斛盐三地的实力，在杜洛周军中又超然一系，因而使其地位极高，与何礼生这一派分庭抗礼。但石离、穴城、斛盐三地虽然成为一系，但始终不及杜洛周原有的人多，相比之下，何礼生自身的实力仍要强上一些。

何礼生带兵来援，却不想夺取领导权，依然以燕铁心为主帅。如此一来，义军的声势大增，而官兵正仓促撤退。此强彼弱之下，其势自是不言而知。但官兵将领显然也是极知行军之道，退而不乱，虽不过数十里之地，却也极为谨慎小心。

义军相追的途中，燕铁心被暗箭穿喉而死，谁也不知道暗箭出自何处，但义军主帅一死，其势立弱。使得官兵得以缓上一口气，脱离何礼生的追袭。

官兵正在暗自庆幸之时，突然又自附近杀出一队极为凶悍的骑兵，一下子将官兵队伍截成两截，使其首尾不能相顾。

这正是葛荣的伏兵，一切都在葛荣的算计之中。以尖锐之师破敌薄弱之处，让贼人根本无还击之力。更何况，官兵本已被杜洛周的义军击得斗志大弱，如何能与葛荣这伺机已久、养精蓄锐的新锐相比呢？再加上，本因新乐战况极为不妙，使得军心不稳，被葛荣骑兵一冲，自然立溃。

杜洛周身死，何礼生全都归于官兵之身，由于这两路义军之中，他的身份地位最高，就顺理成章地掌握了这数万人马。虽然葛荣出现，但他以杜洛周和燕铁心急需奔丧为由，退回了定州。

葛荣杀得官兵大败，官兵近两万士卒，死伤数千，降者也达万余，只有少数见机而逃。这一场仗可以说是打得漂亮至极，新乐城中闻知外面救援之师尽降，而远在博野之师欲求不及，最后在城内接应人员的相助之下，举城而降。此役，葛荣的义军也死伤三四千，却主要是因为攻城所致，也幸亏城中守兵不多，否则，只怕这冬日攻城之战，会极为艰苦，损伤也绝不会如此轻微。

葛荣乃是极富智计之人，这安顿新乐之事，全权交由游四处理，他只带数百精卫前往定州。他知道，此刻他应该干些什么，也明白此时正是他扩展大业的重要一步，是以他才会毫不犹豫地亲去定州。没有人比他更懂人心，更会抓住时机，这也是他成事的本钱之一。

地上犹有丝丝点点的血迹，像是在陈述着一个曾经极为可怕的噩梦。

是梦，终会有醒的时候，刘高峰的到来，就已经惊碎了这个梦。

凌通很快就找到了昨晚他出手的地方，但两截断刀已经不再存在。没有血迹，抑或原本凌通的剑就没能让对方有喷血的机会。

凌通的剑的确很快，昨晚他自己也曾注意。今日一回想起来，才知道自己的剑快若闪电。平日他独个儿练剑，就是练其速度、准度和力度。相对于普通人来说，他的速度的确快得可怕。可是昨晚，他功力暴增，竟使他的速度暴增数倍，更得心应手。要知道，任何速度都不可能离得开力道的辅助，若是力道不够，再快也有个限度，力道和速度本是相辅相成的，只有速度越快，暴发力才会越大，也就越可怕。是以凌通在功力大增之后，使他平日的动作也快了几倍，这并不奇怪。

刘高峰和凌能丽几人行入小院，极为小心翼翼，以便应付突然之变。因为对方若是尔朱家族的人，那这次探查定会极为凶险，是以，不能不小心。

院子之中仍有箭矢钉过的痕迹，这对于刘高峰这类老江湖来说，并不陌生，可是院子之中除此之外，似乎并没有什么特别之处。

到后来，只有付熊发现一批被制住穴道，并捆绑起来的人，却是这院子的真正主人。从他们的口中得知乃是一批神秘人物制住了他们，而后占驻了他们的房子，他们却是什么也不知道。

由此推断，这批神秘人也只是暂借其所而已，众人禁不住又一阵失望。

三子的表情有些惊讶，也有些迷茫，他也想不到，究竟什么人能够使颜礼敬和杨擎天诸人失踪。以杨擎天和颜礼敬两人的武功，再加上葛家庄的精锐，就是尔朱家族的高手，也应该有得一斗，可是他们的失踪却是不可否认的。

那几名葛家庄好手的神情极为不自然，那晚薛三让他们在客栈中相候，却一直未曾回来。根据调查，绝不是刘家人所擒，那又会是什么人物出的手呢？这让他们也失去了分寸，幸亏三子及时赶到，这才使他们似找到了一丝依托。要知道，若是薛三出了事，他们几人只好提着脑袋回家见葛荣了，再说他们也没有脸面再回去。

“老爷子很快就会来，我看只有等到老爷子来了，我们才好作出决定。你们可曾见到三公子的行踪？”三子淡然问道。

那几人茫然地摇摇头，并不知道蔡风的下落。

三子不免有些失望，心中却想到，以蔡风的机智和聪明，若是如此便被发现，那才是有些奇怪了。

“你们继续盯着刘家的行踪，一有动静，就立刻通知我。但却不要贸然行动，一切等老爷子赶来了再说。”三子平静地吩咐道，眼睛淡漠地望着窗外的天空，心神却不知转入了何处。

凌通有种说不出的轻松，自见到了凌能丽之后，整个心神全都活跃起来了，只是相聚时短，不能尽叙姐弟之情。

凌能丽知道，若想让凌通真正立足于江湖，就必须给他充分的机会，让他自己去锻炼，便不能将他带在身边。

凌通知道，凌能丽有许多事情待办，而自己既已答应萧隐城，自然是能尽快把萧灵送回家最好，他也明白凌能丽的意思，自己总得以自己的方式去面对江湖。

是以，凌通与凌能丽分别了，凌能丽相信凌通有照顾自己的本事。因为她知道，眼下一些厉害的人物都专注于刘家这档子事之上，而凌通只要不惹这档事，自然可以自保其身。

凌通也乐得自由轻松，两个半大孩子，都是野性十足。

这一日，他们来到亳州，一路上，两人虽见到四处荒凉，但两人却身怀巨金，倒也逍遥。偶尔有小贼想打他们的主意，却是轻易被打发掉了，全都不在凌通的话下。什么下三流的药物手法遇到凌通这药物小行家，也只是白搭，没让凌通的烈性毒药给毒死已经是够开恩的了。

尔朱家族的人果然是全力放于刘家的身上，对凌通这个杀死他们数名家将的小人物并不放在心上，这使凌通和萧灵少了那份提心吊胆的感觉。一路上，凌通总在不停地思索着如何对付尔朱家族的高手，几乎想出了近百种策略，其准备也充足得很。此刻有钱了可不像以前没钱之时。

在两人的行囊之中多了许多爆竹、钩索之类的，这一路上反正没事，两人不断地演练着，倒使之马上作战之术变得更加娴熟。

亳州极为繁华，相较来说，也太平多了。南北的战火都未曾烧到此处，是以此地的各行各业依旧十分兴旺。

凌通只得收起大弓入城，不过，他仍有数张折叠小弩，更有许多的应急设备，他并不怕有人找他麻烦，反而是在功力大增之后，更多了一股跃跃欲试的冲动。

刚进城就见许多人三三两两地自身边走过，奇怪的却是这些人的表情极为类似。

开始时凌通倒不怎么在意，到后来却是大感奇怪。

“他娘的，老子昨日下注五两银子，今天但愿小王爷能再保不败之局，那就定要叫铁三那小子输得脱掉裤子。”一个粗声粗气的声音自马后传来。

萧灵微微皱眉，凌通虽然有时候会说些粗话，可是她听了，倒也极为顺耳，但这些人所说的粗话却是让她难以适应。

凌通侧头后望，见两个汉子衣着还算不错，表情也与那些人一般，只是多了一分悍气。

“可是这次来的，据说是在邯郸战无敌手的狗王，也不知道传言是不是属实。不过，铁三那小子一副得意扬扬之状，倒似也不假，那小子从开封府就认定了那几只战狗，也狠赢了几笔，但愿这次小王爷的几匹战将不会让我们失望。”

凌通恍然，敢情这些人是去看斗狗的，他倒有些不明白，怎么斗狗会吸引这么多的人呢？不由得出言相询道：“哎，这位大哥，不知斗狗的双方是些什么人呀？”说话间极为利落地自马上跃下。

那两名汉子一惊，有些惊讶地打量了凌通一眼，神情却极为冷漠。还是那忧心忡忡的汉子不冷不热地道：“长乐王府小王爷和邯郸元府。”

凌通可是对什么邯郸元府及什么长乐王的并不了解，他生在山野之中，很少关注天下之事，除非实在是极为轰动之事，要么就是在他不远之处发生的事。因此，他自然不知长乐王是谁，而小王爷又叫什么，邯郸元府又是个什么门路，但他却可以想到，这两方定都是当今之权贵，只凭当今王爷就已是极大的来头。

“谢谢这位大哥了！”凌通从付熊那里学来的江湖礼节，抱拳相谢，倒使得两人微微愕然。

凌通想起对方并非江湖人物，不禁有些好笑，自己此礼倒显得有些不伦不类，不由得向萧灵傻傻地笑了笑，跃上马背出言道：“灵儿，咱们也去看看如何？”

萧灵也是小孩子心性，自然喜欢热闹，何况一路上无风无波的，的确似显得没有什么意思，此时听凌通相询，自然是一拍即合。

斗狗之所是一块极大的平地，显然为了容纳更多的观众，特意将这块地平整修砌了一番。

当凌通赶到之时，已是人头攒动，热闹非凡，只怕就是设戏台，午门开斩也不会有这番光景。

凌通最是喜欢这种场面，他从北到南，走了数千里，也没有见到如此场面，自然是热血上涌，激动无比。萧灵却是见过大场面之人，那皇上出行，场面可比这壮观多了。

场地四周架起了四个看台，有两个看台至今仍是空着的，显然是留给长乐王府和邯郸元府，而已挤满了人的两个看台，一方是各处赶来的村民，一方却是地方豪绅，稍稍有些身份之人。

场地中间，全都以木栏及芦苇栅栏围着，形成一道约有半人高的墙，中间的空地却有七八丈见方是微枯的草皮，不用猜，也知道是留给狗儿一展身手之地。

在这种年代中，斗狗的确是一种极有吸引力的活动，不仅可以让人暂时忘掉所有的不幸，将心神全都寄放于斗狗的身上，更可借此之机大赌一把。何况，这个世上还没有几人不喜欢看热闹，这斗狗可的确是一件深得人心之事。只不过，能有如今日这般场面的，只怕很少，也只有像长乐王和邯郸元府这种亲王贵族，才会有如此排场。

凌通与萧灵两人骑马在场外遛了一圈，却被一角的几张大桌子吸引住了。

“哎，买了，买了，狗王战狗王，精彩又赚钱，碰运气，看风头喽，买准一家就大赚一把哦，来啦，来啦，赛事快开场了，要买注就尽快呀!”一人在旁边不断地吆喝，更有不少人去买来一张小票子，周围有一大群极为魁梧的大汉相护，还有数十名官兵。几人在不断地忙活着，一旁还插着两杆大旗，旗上分别写着“通记钱庄”、“要命赌坊”。

凌通和萧灵虽然涉世未深，但却也知道这是“通记钱庄”和“要命赌坊”联手推出的赌局，凌通禁不住暗想，这倒是个生财之道。

“通哥哥，我们把马寄到客栈里吧。”萧灵想了想道。

凌通点了点头，策马调头而去。

当他们再次赶到现场时，凌通才知道，这些凑热闹的人，并不全是想看斗狗，而是所有的目光全都投向北边的看台之上。

顺着众人的目光望去，在所有的目光焦点之中，却是一位足以让任何男人震撼的美人。

凌通都有些不敢相信这个世上居然还有女人的美丽可以与凌能丽相媲美，连他也忍不住生出想亲近的感觉。

这美人正是邯郸元府的大小姐元叶媚，两年之后的今日，比之两年前的她更多了一份沉静的美，更多了一分冷艳。

“通哥哥!”萧灵轻轻摇了摇凌通。

凌通愕然回过神来，感叹道：“难怪有这么多的人来看斗狗，原来全都是来看这位姐姐的。”

萧灵微微有些酸意地嘟囔道：“有什么好看的，还不是两只眼睛一个鼻子?”

凌通奇怪地望了萧灵一眼，却不明白萧灵的意思，仍道：“灵儿，我们挤到前面去吧!”

萧灵却是老大不情愿，但不忍违拗凌通的意愿，只得挤向前方了。

场地中间依然空着，但双方的驯狗师却是已经带着各自的宝贝爱犬在各自的台上。

相比较之下，邯郸元府所领来的战狗要相形失色，长乐王府的战狗几乎有藏獒那般大，像一只只小牛犊，而邯郸元府的战狗却小了些，虽然每只战狗个头极为匀称，却少了那份威猛之气。不过，给人一种剽悍灵捷的感觉。

凌通虽然不懂驯狗之道，但却发现邯郸元府的战狗耐看，倒似是一件件艺术品。没有任何铁链和绳索相系，驯狗师手中竟也没有皮鞭。吐着舌头的战狗极为恬静地趴在台上，像是根本不知道下一刻就会要上场战斗一般。给人的感觉却是多了几分温驯纯良。

长乐王府的战狗虽然也没有用铁链和绳索，但驯狗师手中都握着皮鞭，每只战狗皆显得有些不安分，在台上立着，让人看了心头就要发毛，似乎它随时都会一扑而上将你撕成粉碎一般。连凌通也禁不住为长乐王府的战狗而心惊，忖道：“这次只怕邯郸元府的狗是没机会赢了。”

台下的人也全都纷纷议论起来，几乎所有的人都在议论，只怕这次邯郸元府的战狗要输了。买长乐王府赢的人，自是更加信心百倍；而买了邯郸元府赢的人心中大叫后悔，要是见到两方战狗的架势后，肯定有很多人会放弃买邯郸元府赢，而此刻那赌台上的生意也是热闹到了极点。

场下的声音渐渐安静下来，却是有人已经站在空场中间的土墩之上，伸出一双大手在空中虚挥，并道：“大家静一下!”

“今日之斗狗待会儿就要开始，虽然这次是邯郸元府与长乐王府两大代表，但也同样欢迎各地前来的驯狗高手，带上自己的爱犬上场一显身手，凡能胜一场者赏金百两。”那人顿了一顿，又道，“现今贼寇四起，北部疆土正受贼人践踏，身为我大魏子民，就应有为国出力之志，今借此斗狗大赛之机，更要招募一批良才贤将，勇士豪杰，为我大魏万民之幸福而除贼保国！各路朋友，若有意可于明日午后到长乐王府所设的聚贤楼坐上一坐。”

凌通心中暗想，这下可真的是有热闹可瞧了，禁不住兴奋至极。

“你明天去不去呢？”萧灵一拉凌通的手臂，充满期望地问道。

凌通一撇嘴，笑道：“岂能少得了我？”

“这第一轮乃是两家的战狗相互献技！”那人说完扭头向长乐王府的南边看台上望了一眼。

南边看台之上立刻走出一华服年轻人。

凌通眼尖，倒也为这年轻人的俊逸给折服，虽然这人没有蔡风那种野性的灵气，更没有蔡风那有若猎豹般的气势，可却有着一种自骨子里流露出来的华贵之气，清奇之中更有少许冷然，让人心生折服之感。

“哇，小王爷今日可真是气派……”

“哼，金玉其外……”

台下一片嘀咕之声，褒贬不一，凌通却终于知道这出台的人正是长乐王府小王爷元修，更知道这小王爷胸无大志，甚至有些玩物丧志之感。顿时好感大减，心想：“难怪，只敢在这小场地斗狗，而不敢上战场两军对垒了。”

元修神情倨傲，但望向北面看台的目光却是极为温柔，那是因为元叶媚之故。

元叶媚似乎并不怕台下那些熠熠的目光，成为众人目光的“娇”点似是理所当然之事，是以并没有以任何伪饰掩盖自己绝世的容颜。

凌通没看到元叶媚的任何表情，他想象不出这样一个年轻而美丽的姑娘为何会显得如此深沉？

元修在几位驯狗师耳边低语了一阵，几位驯狗师神情无比恭敬地连续点头。

这时，有人在斗狗场中竖起了一根近两丈高的竹篙，竹篙之上悬挂着一只野兔，离地面却至少有一丈七八。众人一看就已明其意，可是却没有人能够想象，战狗怎能跳得了这么高？但任何人都知道，好戏渐渐开场，若是没有难度如何能够称之为狗王？

凌通也感觉到有意思起来，众人全被这有些出乎意料的布局挑起了兴趣。

驯狗师一声短哨，两只巨犬缓步踱入场地之中，其休闲之态，倒让众人大笑起来。可是就在众人笑声刚起之时，两只巨犬突然若箭般跑了起来，快得让人心惊，便在距那竹篙一丈多远时，一只巨犬跃起，竟达七八尺之高，然后在众人全都屏息之时，另一只巨狗也已跃起，奇迹般纵上前一只巨犬的背上，再一跃而上，“呼啦”一下，直蹿上竹篙之顶。

众人回过神来之时，两只巨犬已经叼着野兔回到了南面的看台，这才知道拍掌叫好。欢呼声，怪叫声，激涌如潮，连凌通都禁不住为之热血沸腾，暗暗心惊这两只战狗训练得可真是太神了，竟能如此默契配合。

那驯狗师接过兔子，又抛回两只战狗之前，两只战狗一声欢吠，大口大口地撕裂野兔，相安无事地共吃起来。

众人见两狗如此厉害，不由得对邯郸元府的战狗有些担心起来。

杜洛周的起义军与葛荣的起义军合并了。消息很快便传到了朝中，只惊得孝明帝龙颜大变。葛荣义军涌起之势本就是锐不可挡，只在短短的一段时日中，就已经分别占领了数十个城镇，其中更有一些重镇坚城。这一切几若惊天霹雳，先是新乐失守，好不容易获得一个杜洛周身死的消息，可是未能喘过气来，就又得知比杜洛周更可怕的葛荣接手了杜洛周的十数万部众，其声势之大，竟在刹那之间盖过了西部的胡琛大军和莫折念生的大军，更隐然有盛于当初破六韩拔陵之势，这如何能让朝廷安宁？

当朝中人提起葛荣之时，无不默然以对。此时，谁都已经清楚，葛荣其实就是蔡伤的师弟，想到昔日蔡伤用兵之神，还未开战，就有了三分怯意。这些年来，在北魏很少人会不知道，葛家庄主葛荣乃是一位极为厉害的商人，富可敌国，就连高阳王元雍和河间王元琛都不敢断定自己的财富会比葛荣多，因为葛荣一向极为低调，从来都不会无故浪费，更不喜排场，葛家庄的产业在二十多年间，多得没有人能够算清。高阳王元雍被人列为北魏首富，其实他很清楚，若是以葛荣在北朝明里的财富，或许不如他，但若是黑白两道属于葛荣的财富加起来，只怕高阳王与河间王相加也不一定会比得过。这就是葛荣，绝对没有人能够完全了解他掌握他，他就像是永远也猜不透的谜一般，这正是葛荣和蔡伤的共同点。

杜洛周的义军并入葛荣的队伍之中，使得葛荣的兵众达到数十万之众，这种实力足以威胁朝廷的安全，也使得葛荣的势力范围大增，真正成为北魏心脏的一颗毒瘤。

附近百姓更是被煽起了起义之火，纷纷举旗响应，整个东北部陷入了一片动荡不安之中。

邯郸元府的战狗表演不如长乐王府激烈，但却更让人惊讶和称奇。

邯郸元府的战狗并不用驯狗师指挥，而是狗指挥狗，十匹战狗，只由一匹最大的战狗所带领，那最大的战狗就像是将军一般，让那十匹战狗变换着方位、阵式，纵横交错地奔行、跳跃，却是井然有序。当然，普通人是看不出其中奥妙的，但南边看台上的许多人都为之色变，就连正在那里摆庄的人也为之惊异。

“小王爷，咱们的战狗不宜与他们群斗，群斗只怕会输给他们！”一名驯狗师低声在元修耳边道。

元修也看出了邯郸元府的狗比他们所驯出来的狗更具灵性，他甚至由这群狗身上想到了行军布阵，战场之上的两军对垒之阵行。那匹领头的狗只抬抬腿、摆摆尾，另十只狗就知道如何布阵，如何冲击，并及时地改变阵法，这的确有些骇人听闻，也可以想象那领头之狗是多么聪明，让人想不通究竟是怎样训练出来的。

曾传说邯郸元府训出了天下无双的狗王，难道，这只狗就是狗王？

“如果我们先将对方这只领头之狗咬伤了，那它们是不是就会失去战斗力呢？”元修并不笨，他乃是斗狗一道的好手，在远近都极有名气，是以有人说他所训出的狗乃是真正的狗王。虽然他并未上过战场，可斗狗的策略却是懂得极多。

“如果是这样的话，那还有些可能。”那驯狗师并不敢肯定地道。

元修想了想，道：“那就让它们单独相斗吧。”

邯郸元府的群狗很快就收操，只让众人看得眼花缭乱，却并没有刚才长乐王府的两只狗那么惊心动魄，掌声也七零八落，不甚响亮。于是买长乐王府赢的人更多，多得连那赌局只得以二赔一之法相卖，可依然买长乐王府的为多。

凌通也有些不明所以，心想：“我也去买他一买，反正钱多了不怕用不出去，再说输了也无所谓。”想着不由得意地道：“灵儿，我们也去赌上一赌，怎么样？”

萧灵只要有热闹看就心喜，自然不加反对。

凌通挤到庄台之前，那设庄之人几乎是忙不过来。

“我要买……”

“买邯郸元府，一百两银子！”一名粗豪的大汉将一袋银子向台桌上一放，挤开凌通，更打断了凌通的话。

凌通心下微恼，但听到对方如此大方，竟以一百两银子买那声势大弱的一方，倒也算是豪赌。在凌通的心中，只怕邯郸元府的输面占了八成，再买邯郸元府，岂不是亏本机会为多吗？

“你买邯郸元府？”庄家有些惊疑地问道。

“不错！”那汉子毫不犹豫地道。

“一百两？”庄家再次问道。

“他娘的，你懂不懂坐庄？啰里啰唆问个没完，也不嫌烦，老子再把这颗珠子也压下去，你估个价吧，就买邯郸元府！”那汉子不耐烦地骂道。

凌通不由得大感兴趣，这汉子倒也豪气得紧，虽然有些粗野，却极有气魄。

那庄家一惊，望着那几有大拇指般大小的珍珠，道：“这颗珠子值五十两银子。”

“他娘的，你蒙人呀，以为老子不识货吗？至少也可当个百余两，好了，老子不给你计较，你说五十两就五十两吧。反正老子赢了，到时你就将这珠子再归还给我就是。”那汉子气鼓鼓地道。

凌通听这汉子说得如此自信，禁不住好感大增，心想：“这样的朋友交上个把，倒也挺有意思。”不由得自怀中摸出两张银票挤到那汉子身边，学着那汉子的声调，呼喝道：“买邯郸元府，两百两！”

那汉子和庄家禁不住全都把目光移了过来，落在凌通的脸上，显出极为惊异之色，一旁的很多人也为这两人的举动所惊动，目光全都移了过来。

“看什么看？没看过人赌钱吗？”凌通也学着那汉子粗豪的样子，微微有些凶巴巴地喝道。

众人不禁大感好笑，但见他一出手就赌二百两银子，虽然只是一个小少年，可也让人觉得其来头不小，故没人敢招惹。

“呵呵……哈哈……”那粗豪的汉子笑得极为开心和豪放，更没有半丝做作，也不管凌通愿不愿意，伸出巨灵般的大手重重地拍在凌通肩上，豪放地道：“好小子，有气魄，有个性！”

凌通并不躲避，他看出了这汉子并没有出力，如此动作只是表示对一种相遇知音的快感舒泄而已，其实是极为真诚的。他也不移开大汉的手，笑道：“反正钱是左手进右手出，生不带来死不带去，何不买一个痛快呢？管他成败输赢！”

“好！你这个小朋友我陈志攀是交定了。”那汉子大笑道。

# 第九十七章　乱世赌王

萧灵眉头一皱，心头暗恼道："你以为你是谁呀，谁愿意做你的朋友？好像人家一定会接受一般，真是狂人！"

凌通却很自然地伸手将陈志攀的大手一握，笑道："你这个朋友我凌通也交定了！"

庄家脸色微变地望了陈志攀一眼，惊异地问道："你是淮北第一赌徒？"

"这个不重要，你先把小兄弟的赌注收了，斗狗马上就要开场了！"陈志攀催道。

庄家极为利落地受理了凌通的二百两银子。

"现在，斗狗正式开始！"一声高呼自台上传至。

"停止摆庄！"要命赌坊的老板也跟着喝道。

买了注的、没买注的全都被立在一旁的官兵驱了开去，使庄家面前空出一大块地面，也迅速整理收拾现场。

"走吧，小兄弟，去找个好位子看看热闹再说，今日咱们是有赢无输！"陈志攀极为自信地道。

凌通有些疑惑地一拉萧灵，不解地问道："可是我看不出来，只是眼下，长乐王府的狗似乎要凶一些。"

"咦，你没有把握？那为什么还要压邯郸元府的注？"陈志攀奇问道。

凌通一笑道："本来嘛，我这人最不信邪，而且也不怎么喜欢随波逐流。可是见你这么有信心地买邯郸元府，也就正好凑凑热闹喽。"

"哈哈哈，原来如此，你比我还大胆，一出手就是二百两，而且只是……哎，对了，小兄弟是哪个府上的?”陈志攀像想起了什么似地问道。

凌通笑道：“我可没什么府可住，走到哪儿就住到哪儿，今日刚好在此地凑个热闹而已。”

“可我看小兄弟你出手豪阔，怎会是没有来历呢?”陈志攀惊疑不定地道。

“哈哈，不怕你见笑，这些钱可全都是骗来的，是以也不怎么珍惜，来得太容易，去得也快!”凌通并不隐瞒地道。

陈志攀一愕，旋又哑然失笑，道：“爽快，看来小兄弟真是当陈某是朋友了。不过，这样更合陈某胃口，我最讨厌那种畏畏缩缩的家伙，没有一点气魄。偷就偷，抢就抢，骗就骗，有什么大不了的?这可是本领，只是老哥我没有偷、骗、抢、劫的本领，平生就只好赌!”

“对了，陈大哥刚才怎么如此肯定我们今日能赢呢?我可是认为长乐王府的赢面占了八成，你说邯郸元府定会赢，这是为何?”凌通奇问道。

陈志攀与凌通一阵乱挤，终还是挤到了前面，萧灵都挤出汗来了。

“哼，长乐王府的狗虽然凶猛，却非真正的狗中极品，而邯郸元府的狗才是真正的狗中极品，不仅深懂人性，更聪明得让人难以想象。真不明白他们是怎样将这些狗训出来的，实在可怕，这个蔡风也真是太厉害了。”陈志攀叹道。

“蔡风?”凌通和萧灵禁不住全都愕然。

“这与蔡风又有什么关系?”凌通强捺住心头的激动，以最为平静的语调问道。

陈志攀疑惑地望了凌通一眼，也并没有太在意对方的表情，继续道：“我曾经到邯郸城中赌过几天，因此对于城中的情况极为熟悉，蔡风可以说是在邯郸城火了一把，最主要的就是他在邯郸元府当了驯狗师，可是他却在城中做了几件大事，甚至帮元府除去了强敌。邯郸的几大家族对他无不佩服和欣赏，连郡丞大人穆立武都想巴结。后来也不知道为什么，蔡风突然离开了邯郸元府，听人传说蔡风在临走的时候，将驯狗的秘法记于一本小册子上，留给了邯郸元府，那上面记载着如何驯出狗王的方法。后来邯郸元府斗狗果然是斗无不胜。而这一批狗似乎是新驯出来的，应该是在蔡风离开之后才开始训练的，这些狗大概只有两岁左右，我见过无数战狗，却没有比这更神的。那两只狗配合取兔固然不易，但这些狗居然能以狗驯狗，若行军打仗、布阵一般，更是凶芒不露，处变不惊。更有，这些狗刚才交错奔行纵掠，竟像是一个个高手一般，进退法度井然，这才是最可怕的地方。”

凌通不由听得呆了，哪想到还有如此的曲折情结，更没想到战狗有如此多的讲究。

萧灵生在南朝，南朝并不盛行斗狗之风，虽然养狗之人也多，却皆用来狩猎，而非用之作为战狗相斗来赌博。因为南朝之人多喜欢斗鸡之类的游戏。虽然斗鸡和斗狗为同一类娱乐活动，但所讲究的东西却有很大的差异，是以萧灵对斗狗却感到新鲜不已。

凌通一听，邯郸元府的战狗与蔡风有关，不禁又加了三分关心，对之更充满了信心。他对蔡风的信心几乎是盲目的。

凌能丽只感到极不自在，她也不知为什么，每次在练功之时，都似乎有人在窥视着她，这只是一种感觉，却并没有任何发现，这就是她不自在的原因。

难道会是刘高峰？抑或是寨中的弟子？但为什么要窥视她？难道有想不利于她的举措？

“砰砰……”

“进来！”凌能丽极为平和地道。

“吱呀——”门响过后，掌柜的身影使门口的光亮一暗，便行了进来。

“禀小姐，刚才有兄弟来报，说在附近发现葛家庄的人。”那掌柜的极为恭敬地道。

凌能丽依然戴着斗篷，这个客栈是她门下的产业，也是设置于各地探听消息的地方。

“嗯，可知是些什么人吗？”凌能丽淡然问道。

“不清楚，他们的行踪极为神秘，而且他们的武功十分高明，我们根本无法知道他们的落脚之处。想与他们取得联系，也不可能。”掌柜的有些无可奈何地道。

凌能丽一阵沉默，想了想道：“既然如此，那也不必为葛家庄的人操心了，葛家庄高手如云，他们的事情，相信他们自己定会解决。”

“是。对了，小姐，大寨主要返回太行，不打算为刘家这档子事去劳心劳力，他叫小人来询问一下小姐的意见。”掌柜的继续禀道。

凌能丽愣了愣，道：“既然大寨主要回太行，就让他回吧。不过，我希望他过两天再走，只要在过年之前能够赶回山中就行，因为这两天可能会有些事情要发生。”

“有事情要发生？”掌柜的微微一愣，问道。

“不错，我只是这样估计，你们做好准备就是了。对了，今晚在我的窗外地面上撒些白灰，要小心行事，不能让人感觉到，最好天黑之后再行动，以免让人辨认出来。”凌能丽吩咐道。

掌柜的立刻知道有些不对，不过，他并不问，因为他知道，有些事情是他不该问的。他只是自信地道：“我有办法让人在夜里绝难发现白灰！”

“那就好，你去吧！”凌能丽平静地道，说完，竟陷入了沉思。

果然如陈志攀所说，邯郸元府的战狗所表现出来的厉害，竟完全出乎众人的意料之外，凌通也感到有些不可思议。

三场连胜，这让长乐王府之人看得骇得变色。长乐王府的战狗所表现出来的凶猛是不可否认的，可是邯郸元府的战狗耐力之强、动作之灵活，竟不逊色于一个武林高手。竟然进退拿捏得极准，避实击虚，并不与长乐王府的战狗直面相斗，但总会灵活地展开反击，更不错过任何机会。别看邯郸元府的战狗个头稍小，躲避时轻捷而灵活，但一旦反击，竟比野狼更凶上几倍，咬得长乐王府的战狗皮开肉绽。它们的牙齿比人想象的更为锋利，长乐王府的战狗尽皆皮坚肉厚，可是在它们的口下，根本就是不堪一击。狗毛满天飞，而且邯郸元府的战狗专找对手之要害攻击。

第一场，邯郸战狗咬下了对方一只耳朵；第二场，将长乐王府的战狗之脖子咬开一个大洞，若非被人喝止，只怕那战狗会脑袋分家；第三场却是将长乐王府的战狗咬得遍体鳞伤，斗场上到处都是鲜血。那只战狗最终流血过多而死。这三场下来，邯郸元府也换了三只狗，毕竟长乐王府的战狗也不是好惹的主儿，受伤自是不可避免。

离开战场的战狗立刻接受治疗，但邯郸元府的每只战狗都极为安静，它们的出场似乎根本不用让驯狗师们喝令，在对手下场之后，它们自行下场，其他的战狗都安然不动，闭目养神，倒似乎有一种常人所不能理解的默契。一旁并不太熟知驯狗和斗狗的人，看不出其中的异样，可是，元修却看得冷汗直冒，他想不到世上居然会有这么一批可怕的狗。但此刻是公开斗狗，根本没有回转的余地。指名以九局定胜负，可是眼下对方已经连胜三场，若是再赢两场，那就根本不用再斗下去了。

眼下的形势，对长乐王府是极端不利的，这很明显，元修绝对不是一个白痴，当然明白其中的利害关系。他对驯狗和斗狗本身就是一个高手，他的战狗至少有一半是他所驯养起来的，从选种、配种，一切的一切都丝毫没有马虎，可是邯郸元府的战狗之可怕，完全超出了他的想象，甚至连他的信心也全都被打消。

看到激情之处，场外之人都忍不住狂呼乱叫，有的甚至都恨不得上去帮忙，但是知道这是不可能的，是以，只能在场外喊得声嘶力竭，因为这虽然是一种游戏，可却牵涉到场外大多数人的切身利益，因此每个人都叫得极为卖力。

凌通和萧灵是小孩子心性，自然叫得极欢，看到邯郸元府的战狗如此厉害，也禁不住欢喜异常，自然心头更为快乐。凌通想不到蔡风驯狗也会如此厉害，虽然他明知这些狗并不是蔡风所驯，但既然这些狗是按蔡风留下的法门训练出来，自然与蔡风亲训无异，因此，凌通打心眼里就感到自豪。

天有不测之风云，邯郸元府虽然开始连赢三场，但却接连输了四场，这四场双方的狗都有损失。说实在的，这四场邯郸元府都输得极冤，就是连元修也感到莫名其妙，他根本估不到己方会连赢四场，已占优势。只要最后两场能胜上一场，也就算是赢定了。若有一局战和，也成不败之局。当然，两狗相争是很难有战和之局的。但不管怎样，最后两局也已是最重要的两局。

第八局，邯郸元府出的正是那只领头的战狗，在十几只狗中，这只是最大的。

元修有些紧张，他知道这只狗的可怕之处，单凭这只狗能轻松指挥另外十只狗，就足以证明它比之那些狗一定难斗许多。

凌通和萧灵面面相觑，不明白邯郸元府的那几只战狗怎会如此容易输掉，心头不免有些丧气，但仍期盼这最后两局能扳回赢势。

陈志攀依然充满自信地笑道：“不用担心，邯郸元府一定会赢，刚才四局是他们故意相让，否则，若是让长乐王府输得太惨，只怕长乐王府的面子没地方搁，这两场才是最精彩的。”

“是吗？你怎么知道他们是故意相让呢？”凌通有些奇怪地问道。

“那些战狗虽然做得天衣无缝，但也并非毫无破绽，我这人没别的本事，可这眼睛还是极为锐利的，虽然看不出其中的破绽，却可以感觉到，它们输得很冤，明明有胜的机会，可是却没有把握……”

“可是它们是狗呀，又不是人，它们怎会知道故意败呢？”凌通不敢相信地打断陈志攀的话问道。

陈志攀微微一呆，眉头皱了起来，道：“这是我不明白的地方，也不知道为什么会这样。这些狗也许通人性，可是哪能做得这么好呢？算了，别费脑子去想了，还是看看它们这两场怎么斗吧！”

“快看，快看！”萧灵一拉凌通的衣袖，欢叫道。

长乐王府派出的也是一只极为硕大的黄狗，犹如一头小牛犊，与邯郸元府的战狗相比，可真是威风得多。

长乐王府的战狗一上场，就向邯郸元府那领头黑狗扑去。

黑狗竟一改邯郸元府前七只战狗的游走战略，主动出击，只见它四足点地，有若一道箭般撞向那只黄狗。

大黄狗身在空中，黑狗后动而先至。众人只听“砰”地一响，两只大狗同时落地。

黑狗的脑袋竟一下子撞在大黄狗的颚下，准确得骇人。

“汪汪……”那只大黄狗吃痛地一阵惨叫。

黑狗身形一着地，又再次扑上，虽然个头稍小，但凶猛得不可思议，很难让人将之与刚才那静趴着养神的温顺联系在一起。

黄狗虽然吃痛，但也迅速回过神来，张爪相扑，刚才被黑狗撞中下颚，使得嘴巴溢出血水来，那一撞之力显然很重。

黑狗竟在扑至黄狗身畔之时，身子突然打横，黄狗刚好扑下，张口就咬向黑狗的脖子。

众人忍不住一阵惊呼，可就在这刹那间，黑狗以快得不可思议的速度将脑袋一缩，后腿一曲，身子向后一挫，竟险险避过这一扑之危，黄狗的爪子在黑狗鼻尖扑落。

就在黄狗和所有的人全都来不及反应的当儿，黑狗后挫的身体前冲，那张开的大口一下子咬住黄狗的脖子，白森森的长牙有若利刃一般尽数扎入黄狗的脖子之中。

黄狗一声惨号，身子猛跃，就在它刚刚跃起的一刹那，黑狗后腿猛撑，身子疾撞，黄狗腾空无处着力，竟被这一撞之力掀翻在地。

黑狗绝对不会放过任何机会，黄狗背脊着地之时，疯扑而上，两只前腿紧按着黄狗的两只前腿，尖利无比的牙齿一下子全扎入黄狗的咽喉。

黄狗惨号着一阵挣扎，但根本就无法翻过身来，空有满身的力气却无法使出。

黑狗大嘴一撕、一咬，只几下子，黄狗便四腿一撑，不再动弹，鲜血却流得地上一片殷红。黑狗也满嘴是血，不过这血不是它自己的。

众人心头禁不住骇然，这只黑狗俨然像是一名极为可怕的高手。

黑狗并没有退场，而是在一下一下地舔着黄狗咽喉处涌出的鲜血。

所有的人全都没有了声息，他们心中涌起了一种极为怪异的感觉。静静地看着场中那可怕而残酷的局面，竟似乎隐隐听到黑狗喉中咽血的“咕咕”声。

萧灵忍不住抓紧了凌通的衣服。

元修的脸色变得极为难看，前几场，无论怎么败法，都经过了一段比较长时间的搏斗，邯郸元府的狗也绝对会有所损伤。可这一次，从黄狗出战到身死，只不过一瞬间之事，对方的狗就轻松无比地胜利了，连半点伤都未受。而对方的黑狗更在饱饮狗血，这是从未有过的事情。这些战狗虽然凶残，可是从不生饮同类的鲜血，而这只黑狗却……

元修有些不敢想象，耳边却响起了驯狗师有些惶恐的声音。

“还有一场，我们是不是单打?”

元修有些举棋不定地望了场中一眼，他的确有些举棋不定了，邯郸元府的领头狗并未受任何伤，如果是群斗的话，只怕更是讨不了好处。一开始，邯郸元府的战狗就表现出超常的配合力，原以为对方的战狗只不过善于配合，在单方面的作战能力上定不会强过自己那高大威猛的战狗。可是事有例外，往往不是人所能够想象的。若以邯郸元府的战狗所表现的独自作战能力与那可怕的默契相配合，只怕会败得一塌糊涂。

这是至关重要的最后一场，却没有人可以想到会是怎样的一种场景，胜负也就在此一举，的确够让人心焦的。此刻场外，已有人在讨论刚才那惊心动魄的一幕。

黑狗犹未曾退场，想来是鲜血已经喝饱，神情极为悠闲地望着南面的看台，倒有着一种挑战的意味，更似乎目空一切，根本就不将南面看台放在眼中。

北面看台的元叶媚也是极为悠闲地坐着，并没有唤回那只黑狗，自始至终她都未曾说过一句话，偶尔只是向一旁的人点点头示意。战狗的胜败都未曾让她做出丝毫震动之态，一切都似乎在她的意料之中，又似乎世上根本没有任何东西可以打动她的芳心。

那黑狗跑回北看台之前，向元叶媚摇摇尾巴，摆摆腿，似做请示之状，只看得众人大感好笑。

元叶媚再次点点头，对象却是向那只黑狗。

黑狗再次跑回场中，曲下后腿静坐着，吐舌盯着南面的看台。

“第九场开始！”一声宣号响起，南面看台出战的仍是一只巨犬，比之那黄犬还要大一个型号，毛色却是黑白杂生，看起来就像是一只老虎，走路也极为霸气。

黑狗缓缓地立身而起，向前逼近了几步，那双充满精光的眼睛直盯着花狗。

那花狗竟然骇得刹住脚步，眼中稍稍有些畏怯地望着黑狗，却是不进攻。

黑狗逼上几步，“汪——汪——”地低吼着。

花狗再退，像是极为畏惧黑狗。

黑狗嘴边的黑毛被染得血红，外形极为狰狞，却有一股不灭的威势。

黑狗又逼上几步，花狗再退，始终与黑狗保持着一段距离。

场外众人看了不由得大急，呼叫起来：“上呀，攻呀，咬它呀……”

场外一片混乱，众人都大惑不解，不明所以。

元修和几位驯狗师禁不住面面相觑，全都不明其因。

凌通与萧灵也感到有些莫名其妙，不由得向陈志攀问道：“这是为什么？”

陈志攀也一脸茫然地摇了摇头，有些惑然地道：“我也不知道。”

黑狗步步紧逼，花狗却步步后退，两狗始终保持着这种距离。使得台上台下全都大急，谁也没有想到会出现这种僵局。

“汪汪……”花狗狂吠，但却并不敢做出任何进攻，只是一个劲地后退，一个劲地后退……

黑狗外形更为狰狞、恐怖，浑身似散发着一种可以让人感觉到的杀气和斗志。

黑狗缓缓地再逼几步，花狗竟突然调头向场外狂奔而去。

众人全都愕然，当众人回过神来之时，那花狗竟已一纵，跃过五尺的栅栏，挤入人群。

“嘘！”南边看台的驯狗师惊愕间吹响了口哨，但却无济于事，花狗已经逃得不见了踪影。

斗场之上唯留下黑狗缓缓地向北面看台走去。

黑狗就如此胜了，花狗不战而败，只让所有的人都感到十分不可思议。但事实又的确如此，花狗不战而逃已是不可否认的事实，连元修也不得不承认自己败了这一场。他很清楚那只花狗的战斗力，那花狗也曾为他立下不少战功，在他的战狗群中，那花狗的战斗力可以说是数一数二的，更不会连驯狗师的哨声都不听，可是眼下花狗仓皇而去，对驯狗师的哨音却不再理会，明眼人一看就知是被黑狗的威势所震慑，否则绝对不会无故逃窜。正因为如此，元修才会掩饰不住心头的震骇和惊讶。

“难道邯郸元府所驯出来的这只黑狗真是所谓的绝世狗王?”元修心里暗自盘算嘀咕，可是他从来不相信狗王的存在。可除此之外他根本无法解释。

场外一片沸腾，此刻输赢早定，所有的人自然全都是乱上一阵子了。

“今日之战，邯郸元府胜!”场中台上的人高声呼道。

凌通也禁不住欢呼了起来，他并不是因为一下子赢了二百两银子而欢呼，而是因为蔡风的驯狗之技而欢呼，萧灵却因为凌通高兴而高兴。

元修也并无不高兴之处，他若非败在元叶媚的手下，只怕此刻会暴跳如雷，可是此刻虽败，但他心中却有一丝喜意。

元修行下看台，自斗场中向北看台行去。

凌通极为大方，这一桌吃下来，竟吃了十多两银子，却是三个人吃，连掌柜的都有些惊讶，但像这般的豪客并非没有。

凌通却是毫不在意，因为刚才一下子就赚了二百两银子，想一想，也觉得这钱来得的确太过容易，自然就不怎么在意花费了，何况他身上还有数千两银票和几百两黄金，即使花个十年八年，也不会有问题。他在山村中过惯了简朴的日子，也就不怎么喜欢乱花钱，更很少有过什么银子在手中，顶多也不过几串五铢钱而已，这下突然发财了，自然有暴发户的气派。更何况是陈志攀让他赢了这二百两银子，虽他初入江湖，但却知道，对朋友要大方慷慨一些。

陈志攀对亳州似乎很熟，带着凌通窜赌坊、茶馆，根本不用凌通出钱，他的赌术奇精，但却不怎么出手。但凌通却可以看出陈志攀极精于赌术，一起玩得倒也极为开心。或许因为赌场本就是一个极为热闹而让人激动的地方吧。

夜色越来越浓，月辉极淡极淡，几乎看不见星星。

凌能丽知道一切都已准备好了，是以她在榻上坐得极为安稳。

才入二更，她就已经感觉到了那份不安，有人窥视的感觉极为清晰，虽然她是闭着眸子的，可是所练的无相神功对外界的一物一景都清晰地反应在她的心头，那纯粹是一种精神上的感应。

无相神功本就是一种纳外气于内气，将心神与大自然相接的无上功法。凌能丽所学虽然只是小无相神功，甚至并未练到小无相神功的最高境界，可是已经可以感觉到这来自外界的精神力量和生机的存在。

“谁?!”凌能丽极为意外地发出一声低喝。

“是……”屋外果然响起了一阵极为细小的声音，若非凌能丽全神贯注，还真难以捕捉到。

凌能丽的身形电射般掠出窗外，她早是全副武装!

一道暗影已经掠过墙顶，凌能丽毫不犹豫地跟了出去，身形也快得犹如夜鸟。她已下定决心，一定要见识见识这神秘人物究竟是谁!心中也暗恼对方在暗中偷窥，偷窥一个女子，如此下流的行径岂是正人君子所为?是以她有心要杀人立威。

天气极寒，客栈之中早已灯火尽熄，但却并非每个人都已休息，至少掌柜的就未曾睡觉。凌能丽吩咐他在窗外撒灰之时，便知道今晚有事要发生，是以他并未休息，一直在静候着事情的发生。

他点亮火把之时，凌能丽的身影已经掠出了院外，窗外的地面上，留下了几只整齐的足印，果然未出凌能丽所料。

刘高峰也爬了起来，很快随着地面上淡淡的灰印向外追去。

那道黑影突然刹住脚步，他似乎知道根本就无法摆脱凌能丽的追踪，是以他无须再回避。

凌能丽有些意外，她也刹住了脚步，眼光迅速地在四周转了一圈，这神秘人的举措的确让她有些惊疑不定。

“你究竟是什么人?”凌能丽的声音冷厉无比地问道。

那神秘人缓缓地转过身来，虽在暗夜之中，但仍能看清那露于黑巾之外熠熠发光的眸子。

凌能丽觉得有一种似曾相识的感觉，可是却记不起这双眸子是属于谁的。但她却清楚地感觉到这双眼睛中所蕴藏的感情，没有任何恶意，也没有丝毫的杀机。

凌能丽微微愕然。

那蒙面人缓缓地伸手撕下脸上的黑巾，黑暗之中，凌能丽依然清楚地看清了对方的面貌，忍不住惊异地呼道：“是你?!”

那神秘人物的确大出凌能丽的意料之外，他竟是被凌通作为人质的刘文卿。

刘文卿的眼中显出痴迷之色，有些呆板地应道：“不错，是我。”

凌能丽心中暗怒，不屑地讥讽道：“我还以为名门之后必是光明磊落，原来跟下三流的贼子一个模样，简直是无耻至极!”

刘文卿的脸有些发烫，却不以为然地道：“姑娘爱骂就骂，是刘某自甘下贱，只想有朝一日再睹姑娘如仙子般的容颜，并无半点亵渎之意!”

凌能丽一呆，脸上一热，除蔡风之外，还从来都没有男人如此露骨地对她直说心事，口中仍忍不住骂道：“登徒子，你找死!”

刘文卿知道凌能丽就要出手，可是他却丝毫不在意，只是淡淡地一笑道：“你当我是登徒子也好，无论你如何看我，我都不会在意，你要杀就杀，能死在你的手中我只会感到十分荣幸。”

“你!”凌能丽大恼，长剑若疾电般向刘文卿的咽喉刺去，刘文卿所言虽然极为诚恳，可是听在凌能丽的耳中却极为刺耳。

刘文卿双眼一闭，只感到咽喉一凉，凌能丽的剑快得难以想象。

“你为什么不再刺入一分?”刘文卿问话的声音无比平静，像是一口枯井。

“你为什么不还手?”凌能丽冰冷的声音充满了诧异与不解。

“我知道，我不是你的对手，但也不想与你动手，如果杀了我会让你高兴，那你就杀了我吧!”刘文卿极为平静，也充满着伤感地道。

凌能丽的心颤了一下，像看怪物一般望着刘文卿，却见他那张英俊而年轻的脸上充满着一种视死如归的气概，更有一丝说不出的平静和淡然，似乎在他的心中，死只是一场美丽而向往的梦。

“你以为我不敢杀你吗?”凌能丽咬了咬牙，狠声道。

“生命总会有结束的一天，从古至今谁无死?只不过每个人总喜欢为着虚幻的追求而留恋生命，而老死和被杀只是同一个结果，如果两种死法让我选择的话，我宁可选择被自己心仪的女人杀死，至少可以让我的鲜血为她洗一次青锋!”刘文卿说得慨然而坚决，视自己的生命如无物!

凌能丽的脸色霎时变得煞白，刘文卿的表情竟和蔡风那临去的表情一模一样，也是如此坚决而落寞，更有着一种悟透生死，看破世情的悠然之感。

刘文卿此刻仍是闭着眼睛，其实就算他睁开双眼，也无法看清凌能丽那隐于斗篷之内的容颜，若是此刻有人看到凌能丽的脸色，定会吓一大跳。

剑依然平平地举着，却失去了所有的力道，凌能丽的心头无比软弱，无比痛苦。蔡风的失踪，虽然罪魁祸首是金蛊神魔田新球，可是那毕竟是她一手造成的，如果不是她的错，如何能被金蛊神魔所乘?如何会使蔡风生死未卜?

刘文卿已经感觉到凌能丽的杀意大减，但却永远也猜不到凌能丽此刻的心情。因为他根本就不知道在凌能丽的生命中，蔡风占有多么重要位置，他甚至不知道蔡风曾在凌能丽的生命中出现过。

蔡风身入江湖就像是一朵昙花，只是那么短暂的一段日子，虽然一时名噪天下，却也并不为江湖所了解，便像是一颗美丽的彗星，虽然落入人们视线之中是那么美丽动人，可是它永远也是一个无法解开的谜。

恍惚间，凌能丽有些软弱地退后了一步，长剑软软地垂下。

刘文卿也不是个庸手，他的气机早已感觉到了凌能丽的异样，心头的那种狂喜，却是无与伦比的，他还以为凌能丽被他所感动。他缓缓地睁开眼来，却发现一道暗芒自他的身边擦过。

“当!”一声脆响，凌能丽的长剑竟被击得脱手飞了出去。

凌能丽失神间，冷不防突如其来受到这么一下攻击，待她回过神来，却感觉到三道劲厉无比的劲风自三个方向攻来，快厉、狠绝，更形成一股强大无比的气机紧紧地罩住她，似乎只要她动上一个指头，就立刻会牵动有若山洪海潮般狂野的攻击。

凌能丽心下骇然，也感到无比的愤怒，她的第一意识就是这乃刘文卿所设下的圈套，他刚才所表现出的一切全都是虚伪的。

凌能丽出手了，她绝对不是束手待毙之人，是以她出手了！她很清楚攻击她的三人都是难得的高手，如此三个高手联手出击，更是趁她不备，是以她明白今日结局已定。

凌能丽出手，刘文卿也出手了，可在他出手之前却先发出了一声令凌能丽意想不到的惊呼：“不要!”

刘文卿没有用剑，抑或是来不及拔剑，他的心已经很乱很乱。

刘文卿不用剑，但他毕竟是高手，能列入刘家三大年轻高手之首绝对不能令人小看。

凌能丽心中发寒，这三大高手本已经让她无力应付，若再加一个刘文卿，只怕她真的只会是死路一条，但她已经管不了这么多，哪怕只有万分之一的机会，她也绝不会放过！不为自己，就为蔡风那未报之仇，也为那行若神龙的义父！一切的一切，都是一种不能够摆脱的责任，也就是她不能这么早死的理由!

刘文卿的双掌排空而至，却非击向凌能丽，而是自凌能丽的身边穿过，拍向自左边攻向她的铁笔。

“轰!”刘文卿的身子狂跌而出，击在他身上的掌力却是凌能丽发出的。

凌能丽的身子溜滑无比，出招之快的确大出所有人的意料之外，几乎在同一时间，她向四个方向发出攻击，而击中刘文卿却是她意料之外的结果。

以刘文卿的身手，凌能丽这种散力抗敌的攻击根本就不可能起到任何作用，可事实却出乎了她的意料之外。

世事本就有很多是不可以用常人的心理去揣测的，否则这个世界就不会那么丰富多彩了!

那自左边攻向凌能丽的铁笔因刘文卿的介入，骇然抽身而退，使得凌能丽的还击落空。

而在落空的同时，凌能丽才明白刘文卿之所以出手，就是想助她一臂之力，而自己却毫不留情地击倒对方，这使她的心神为之一分。

也就在这时，另外两个自她身后和右侧攻到的高手已经避开凌能丽的掌劲，在她心神一分的当儿，两人指掌翻飞，竟连点中凌能丽八处大穴。

“文卿，你怎么样了?”那握铁笔之人是个老者，声音有些焦灼。

“你怎么这样傻呢?”另外两个制住凌能丽的人也是老者，这时全都挤到刘文卿的身边责怨道，眼中更多的却是关切。

“三叔、五叔、六叔，你们都来了，请你们不要伤害她。”刘文卿的声音有些发颤，而且夹杂着恳求的语调。

# 第九十八章　乱世情痴

凌能丽虽然穴道被制，但感觉依然存在，听觉当然也未曾失去，闻听刘文卿如此一说，她心中禁不住大为感动，尽管她知道自己那一掌要不了刘文卿的命，却也有些愧疚。

“文卿，不就是一个女人吗？值得你如此吗？那天你被刘高峰狗贼抓住后，我们一直没有你的消息，你爹便让我们出来寻找，直到今日才发现你的落脚之处，大家都在为你担心，你却一直跟着人家女子身后，还……唉，你叫我怎么说，要是让你爹知道，不气死他才怪！”那被唤作三叔的老者有些微恼地责备道。

凌能丽立即想到面前三人的身份，在刘家的上一辈，除刘家老太爷之外，便分三房。也就是刘文卿高祖有三子，而三子各有数子，这些人全都是刘家的正统血脉，刘家三老乃是其中一房，而刘瑞平的祖父又是一房，而刘文卿的父亲也是其中一房。刘家三房之中，刘文卿祖父这一房人最多，竟有七子，刘文卿的父亲是这七子之中的老二，七子除刘文卿的父亲刘承东和他大伯刘承云之外，其余五人都很少涉足江湖。刘承云战死沙场，便由刘承东接任刘家的总管之职，这七子中老三名为承福，老四为承禄，老五、老六、老七分别叫承权、承势、承财。眼下三人正是刘承福、刘承权及刘承势。若是这三人出手，自己失手并没有什么奇怪的，这三人的辈分在刘家极高，能劳动这三人出手，可以算得上是一种荣耀了。当然，凌能丽心下也感到骇然，却无可奈何。

刘文卿脸上显出一丝愧色，同时夹杂着一丝无奈，他苦涩地道：“如果爹不理解我的话，那也是没有办法的事，但我肯请三叔放过她，更不要伤害她。”

三位老者的脸色微变，禁不住面面相觑，他们似乎想不到刘文卿痴情到这般地步。

“你们照顾好少爷！”刘承福淡淡地向立于一旁的刘府家将道。

刘府家将赶来的有十多人，刚才他们因见凌能丽的武功的确可怕，又怕伤了刘文卿，这才迫使三老同时出手。刘承福更射出自己的一支笔铁，击落凌能丽的剑，而这群家将隐于暗处根本就没来得及出手。

“我没事！”刘文卿挣扎着站起身来，摇晃着向凌能丽靠去。

凌能丽眼神极为冰冷地望着刘文卿，却不能说话，更不能动弹。虽然她学过小无相神功，可是毕竟所学时间不长，还无法自由而灵活地打通穴道，更兼且刚才失神之下，连功力都未曾发挥出十成，来不及将穴道移位就被对方制住，否则，她也不会如此难堪。

那两个老者的功力的确十分深厚，就是她想运功冲穴也是不可能，唯一能做到的，就是盼望刘高峰尽快赶到，她心中更在暗自猜想刘文卿会干些什么。

“三叔，帮我解开她的穴道可好？”刘文卿有些恳求地道。

“不行，她与刘高峰是一伙的，你爹曾指定要将这一批人尽数擒拿，他们夺去我们刘家的宝物，就必须偿还！否则，岂不坠了我们刘家的声望？”刘承福坚决地道。

“三叔，我求求你了，这一切不关他们的事，那宝物已经被另一批人劫走了。”刘文卿解释道。

“可结果还是一样，若非他们，我们怎会失去那一箱宝物？你不用多说了，将她带走！”刘承福极为刚硬而坚决地道。

“三叔……”

不等刘文卿说完，刘承福已一指将他点晕了过去。

一名家将把凌能丽的剑与刘承福的铁笔一齐拾了过来。

刘承福转眼向凌能丽望去，却并不能看清凌能丽的容颜，尽管此刻刘家家将已点亮了火把。

“哼，故作神秘，我倒要看看你是否真有那么大的魅力，能够让文卿如此痴迷！”刘承福不屑地道，同时伸手向凌能丽那黑色的斗篷掀去。

凌能丽又惊又气，暗自后悔不该鲁莽行事，可是此刻后悔已迟了，正自她惊怒之时，刘承福的手突然停在了空中，不再前伸。

凌能丽看见刘承福的神色大变，变得惊疑不定，且更阴森可怕，然后凌能丽自己的脸色也变了。

一股无形的气势自四面八方涌至，让所有人都觉得有一种喘不过气来之感。

然后所有的人心头升起了一柄无形的刀，那是一种感觉，一种使人打心底发寒的感觉。

这种感觉在扩大，也越来越强烈，自每人心底传遍所有的神经中枢，再与那若冷霜寒露而又压抑的气势相接合。

天地之间，包括火把，都似乎在这一刻静止，只有这无可触摸，但又确实存在的气势。

刘承福和其他所有人都禁不住握紧了兵器，在对方气机的引动之下，他们不得不握刃相抗。

究竟是谁？是什么人有如此可怕的气势？

刘承福和刘承权诸人禁不住都缓缓转过身来，那惊诧的目光中出现了一道暗影。

黑影自黑暗中缓步行来，任何人都可以感觉到那人步履的优雅与轻闲，任何人都可以清晰地捕捉到那散自对方身上的气势。

像是一柄破土而出自魔界的绝世好刀，却又带着晨露旭日的朝气。

绝对不是魔刀！是一柄古拙钝朴却又让人忍不住想顶礼膜拜的上古神刀。

也不是刀，是人！一个将自己完完全全融入了大自然，几乎与天地浑为一体的人！

这人是谁？

黑暗中的人渐渐逼近光亮之处。

刘承福、刘承权及刘承势异口同声惊呼出一个名字："蔡伤!"

凌能丽都快激动得流出了眼泪。

来者正是蔡伤！落步于两丈之外，天地之间的压力在突然之间全都收敛，蔡伤就像是一个具有魔力的本体。

气势尽数收敛，蔡伤只是那么随随便便一站，所有的人都只感觉到面前犹如屹立着一座高不可攀的大山!

刘府众家将的手心都在冒汗，他们的心全都绷得好紧好紧，但却不敢出手，因为他们从这传说的刀神身上找不出任何破绽。

大自然本就是物物相克、阴阳互通、循循不息的，绝不会有任何破绽。若大自然有了破绽，那天地之间的万物岂能得以昌盛繁衍?

"故人依旧，不胜欢喜!"蔡伤淡淡地笑了笑，语调极为平缓而深沉。

刘承福这才回过神来，向两旁的属下挥了挥手，神态变得极为恭敬地道："承福与二位贤弟见过蔡大将军!"

凌能丽禁不住一头雾水，刘承福在刘家辈分极高，可是为什么要对义父如此恭敬呢？难道义父真的如此神通广大，连四大家族中的刘家都会对他如此忌惮?

"老太爷可好？蔡伤已好久未曾去问安了。"蔡伤的语调依然是那么平缓而优雅。

"老太爷依然健朗，还常念着大将军呢。"刘承福诚恳地道。

"若有机会，我定会去拜访拜访老太爷。"蔡伤淡笑道。

"不知蔡大将军为何会深夜降临于此呢?"刘承权有些不解地问道。

"就是为了她。"蔡伤悠然地指了指凌能丽道。

"她?"众人禁不住一阵惊愕，茫然扭头向不能动弹分毫的凌能丽望了一眼。

"不错，我希望几位故人能手下留情，看在我的面上，放她一次。"蔡伤很客气地道。

刘承福咬了咬牙，道："既然蔡大将军如此说，我们岂能不应？只不知她……”

蔡伤哈哈一笑，打断了刘承福的话接道：“她乃是我的义女，相信大家之间全是误会，若是她有什么不是之处，就让我替她向诸位赔个不是。”

“啊！”诸人全都一惊，谁也想不到蔡伤居然还会有这么一个义女，几人不由得有些诚惶不安起来。

“真是不好意思，若早知道她是大将军的义女，我们也不会如此……”刘承福、刘承权与刘承势三人齐声愧然道。

“几位不必如此，既然此刻误会已经澄清，就不谈这些如何？”蔡伤说着，手臂轻抬，五指隔空微拂。

凌能丽只感几缕温热浩然之气注入体内，一开始就激活了自己体内的真气，形成一股狂流，在瞬间便冲开了所有被封的穴道，她在心头骇异之时，欢喜地跪下，喜极道：“孩儿叩见义父！”

蔡伤出现在凌能丽的身边，就像是让人做了一场梦，离奇的梦！

没有人看到蔡伤的动作，也没有人感觉到蔡伤有移动的迹象，似乎蔡伤本身就是立在凌能丽的身边，一直都这样。

刘承福与刘承权诸人全都暗惊，蔡伤的武功，比起二十年前，又不知精进了多少，几乎已经超出了他们的想象。他们有些不明白，为什么蔡伤的进步会如此之大？要知道一般的高深武学练到一定境界之时，想要百尺竿头再进一步的话，那绝对不是一件易事，而武功达到了蔡伤二十年前那种境界，要想再进更是难上加难，为何蔡伤的武功却像是永无止境地疯长呢？的确让人有些不可思议。那么今日的尔朱荣是不是依然能与蔡伤并驾其驱呢？

蔡伤轻轻地托起凌能丽，怜惜道：“不经风雨，难见彩虹，能丽的武功长进多了，义父也深感欣慰！”

“义父……”凌能丽像受了委屈的小孩一般拉着蔡伤的衣袖，声音变得微微哽咽。

也的确，对着如此一个慈祥的长辈，凌能丽始终有着那么一份来自心底的愧疚，而蔡伤对她的恩情似乎是永远都无法计算的。经历了这么长时间的江湖风雨，她心中始终摆不脱蔡风的身影及当初他那绝望伤心的眼神。这样背着愧恨而活的确很容易疲惫，而她自身现已成为一伙人的头领，自然不能将自己脆弱的一面表现出来，可是在遇到蔡伤这可以说是有些同病相怜的长辈之时，凌能丽脆弱的一面情不自禁地就会表露无遗。

“什么也不用说，义父明白!”蔡伤微微吁了口气，轻轻拍了拍凌能丽的肩膀，柔声安慰道。这才回过头来向刘承福几人望了一眼，悠然道：“几位兄台若是没有什么要紧的事，我们何不去叙一叙？蔡伤有些事情要与众位谈谈。”

“不敢当，蔡大将军乃是我刘家的大恩人，我们岂能与将军称兄道弟？你有什么事就吩咐我们一声好了。”刘承福惶恐地道。

蔡伤想了想，悠然道：“既然如此，我便到时候再找你们吧，此事本想和承东兄亲谈，明日相信应可快马赶上送亲的队伍，到那时我们再叙也是一样。”

刘承福一愣，心中暗奇，怎么蔡伤似乎对他们的行踪了如指掌一般？但他却不敢有半丝怀疑，诚恳地道：“明日我定会禀告二哥，相信二哥会十分高兴，也期盼大将军的光临。”

刘承权搓嘴一声尖啸，静夜中声音传出很远很远。

“嘘——”也是一声尖啸自远处响起，与刘承权发出的啸声遥相呼应，显然乃是刘家的另外一批人。

凌能丽暗暗心惊，刘家的势力也的确可怕，难怪能够在北朝列入四大世家之一。单凭今晚行事之神出鬼没，高手如云，就不是他人所能比拟的，更何况刘家究竟有多少潜藏的实力呢？外人自是难以知晓的。她心中暗自庆幸义父的出现，否则今晚之局将不知该如何收场。

“你们的胆子可也真大，居然把生意做到了刘家的头上。”蔡伤淡然道，语意之中并无责备之意。

凌能丽低头不语，刘高峰也不作声，事实证明，刘家的确是他们惹不起的。原来，刘高峰在援助凌能丽的途中，被刘家的另一批高手所困，虽然一时并无大碍，却也无法再去驰援凌能丽，使得凌能丽遇险，若非蔡伤及时出现，只怕真会后悔莫及。

“这也不能全怪你们，四大世家在这些年来，都一直处于低调状态，使得外人小看了这四大家族的实力。其实，四大家中任何一家都潜藏着难以估量的实力，事实证明，任何轻视四大世家的人都会后悔。”蔡伤语调极为轻缓地道。

凌能丽愣了一会儿，疑惑地问道：“义父怎会找到这里呢?”

蔡伤淡淡地笑了笑，道：“你派去跟踪葛家庄之人的兄弟反被其庄中弟子给跟踪了，是以，我知道你就在这里，甚至连此地的一切都了若指掌。”

凌能丽和刘高峰一呆，禁不住面面相觑。

“若不是他们发现是你的话，只怕立刻会来晦气，是以我赶到的极为及时。”蔡伤淡然道。

凌能丽心下暗骇，想到自己辛辛苦苦一手营造起来的实力，与对方的实力相比的确是萤虫与皓月之别，更有些丧气。

蔡伤似乎看出了她的心思，悠然笑道：“你能在这么短暂的时间组织出一股力量已经算是不错了。当然，如四大家族及葛家庄这般庞大的实力，天下又有多少呢？在北朝甚至找不出一家。而他们都是经过百多年，最少也用了几十年的经营时间得来的，你们岂能与之相比？当然，叔孙家族虽已渐渐没落，元家更是实力分散，可也有其难以抗拒的实力，除此之外也便没有什么江湖势力能难倒你们了，不过你们今后行事还是要小心一些，葛家庄和刘家看在我的面子上，自不会为难你们，你们最要小心的就是尔朱家族，甚至比刘家更可怕，另外便是魔门!”

“对了，义父，我看刘家中人似乎对你极为敬畏，又不知是为何?”凌能丽奇问道。

蔡伤悠然向窗外的夜空望了一眼，有些神往地道：“那是很久以前的事了，当年北部太子元恂及镇北大将军乐陵王元思誉、代郡太守元珍等人想据平城起兵，反对孝文帝迁都洛阳，朝中很快便命令任城王元澄派兵镇压。在这次叛乱中，刘家也出过不少力，自也在被镇压的范围之中。当时我是任城王部下的一名偏将，但却有着突击任务，更对所有叛贼名单进行清点。这之中我因佩服刘家家主的为人，因此便放了他们一马，更派人先对刘家通个信，让他们及早退出，这才使得刘家幸免遇难，否则江湖中再也不会有刘家的存在。因此，刘家始终记住当年之恩。"

凌能丽和刘高峰这才释然，只因当初蔡伤一个善心，便拯救了一个家族的性命，难怪刘家人对蔡伤如此尊敬。

"今日之来，还有另外一件事情要向你说。"蔡伤叹了口气，对凌能丽道。

凌能丽感觉到了蔡伤语调的沉重，不由得有些惊疑地问道："义父有什么事情就直接说吧。"

蔡伤沉重无比地道："风儿没有死！"

"什么?"凌能丽和刘高峰同时惊呼，声音中充满了无限的惊喜，但神色间却有些不敢相信这是真的。

"风儿他还活着！"蔡伤再次重复了一遍。

"小姐，狗王如风不见了！"元胜有些慌慌张张跑了进来，急切地道。

"什么?"元叶媚一惊而起，几乎是一下子失去了方寸般问道。

"狗王失踪了！"元胜又重复了一遍。

"如风是什么时候失踪的？它是不可能会远离我的?"元叶媚稍稍镇定了一些，急问道。

"不知道，早晨平三说带如风出去练练，可是如风却失踪了。"元胜焦灼地道。

"那平三呢?"元叶媚满脸怒色地问道。

"平三正在找，可是似乎没什么发现。"元胜道。

元叶媚心头大急，道："在哪里？带路！"

"表姐，我也一起去！"却是元定芳的声音。

五骑迅速赶到如风失踪的那片树林，老远就听到一阵唤狗的哨声，显然是下人仍未能发现狗王如风的踪迹。

所有的人都知道，这狗王如风乃是元叶媚的心头肉，几乎是她生命的一部分，自然很少有人明白她为何会如此宠爱这匹黑狗，会如此用心良苦地训练它。这两年来，元叶媚的时间几乎全都花在这几匹战狗身上，就是家中人几次为她说亲，她都毅然回绝，连元浩也拿她没办法，但令元浩感到欣慰的是，元叶媚竟真的训练出了一群战无不胜的战狗，尤其那匹黑狗表现最为突出。元叶媚给它取名为如风，更让这匹战狗深懂人性，真正达到了蔡风当初所说的狗王之境。

元叶媚今次南行，主要是因为听到元定芳叙说绝情之事，她不相信世上会有如此长相神似之人，后来又自元权诸人的口中更证实了绝情和蔡风长得几乎一模一样，是以，她要自己亲眼辨认，其实这次她并没有抱很大的希望，因为自元定芳的口中得知绝情神出鬼没，踪迹不定，但她却知道蔡风极喜欢狗，而长乐王府的战狗在北朝早有战无不胜之说，隐隐已经成为北国狗王之称，邯郸元府早就有意与其一战，是以，她就率众狗前来相斗。

如今，狗王如风失踪怎不叫元叶媚心神大乱？

“小姐，小的该死！”平三身材比较清瘦，是元府挂名的驯狗师。

“起来，说清楚，如风是怎么不见的？”元叶媚喝问道。

平三向一个山洼指了指，道：“如风似乎是听到了什么声音，就向着那密林中跑去，我骑着马却怎么也追不上它，后来便失踪了，一直都没有听到它回应。”

“表姐，我把其他几只战狗也带来了。”元定芳脆声道。

“你把它们带来干什么？”元叶媚有些责备地问道。

“我想，这些狗儿长时间生活在一起，它们一定熟悉如风的气味，若由它们带路去找，恐怕会容易多了。”元定芳道。

元叶媚眉头一舒，喜道：“对呀，芳妹真聪明。”

“表姐是因太着急，才忽视了这个小问题。事不关己，关己则乱。”元定芳极为舒缓地道。

元叶媚望了望那几只战狗，打了几个手势，竟将它们当人一般吩咐。

这几只战狗极通人性，对元叶媚的话全都能够听懂，元叶媚一说完，便四处乱嗅。

众人不禁自心底又升起了一丝希望，可如风现在究竟怎样了呢？是否由于它昨日所表现出来的勇猛和超卓，使得人眼红，而在暗中加害于它？

“不会，不会。”元叶媚心下自我安慰道。

……

好不容易走过了密林，却已是中午时分，此刻众人已经全都忘了今日还有一个聚会，一心只记挂在狗王如风的身上。

那几只战狗不停地走，不停地嗅，众人策马紧随其后。

行了近半个时辰，众人竟隐隐约约听到了无数野狗的呼叫。

众人心中暗惊，那几只战狗却如飞似的向野狗声传来的地方急奔而去。

“如风一定在那里！”元叶媚喜忧参半地道。

靠近之时，野狗狂吠乱叫之声更为清晰，众人只觉得满耳嘈杂，神色变得极为难看，只听这些野狗的叫声，至少也有数百只，如此庞大的一批野狗群倒的确少见。这里并非极北荒漠之地，虽然荒凉鲜有人迹，但这里野兽极多，狗群都极为分散，即使有五六十只野狗聚在一起就算是奇迹了。可这听起来，至少也有数百只之多，怎不叫他们大吃一惊？

跟他们一道赶来的只有十数名家将，一共加起来不够二十人，如果这群野狗向他们发起攻击，虽然他们都是好手，可无论如何也难敌这数百只野狗呀！

元叶媚只得吩咐众人小心靠近，千万不要去惊扰这群野狗。

众人很识趣地选择高处而行，行不多久，终于找到了一块可以一览全境之地。

众人禁不住倒抽了一口凉气，原来野狗比众人想象的还要多，竟占满了几个山坡，黑压压的一片，触目惊心！

“如风!”眼尖的元胜一眼就看见那在野狗群中空地上的狗王如风。

野狗群中间有一块只有数十丈见方的空地，四周全都是野狗，空地之上立着两只大狗，一只是如风，另一只却是灰狗，与如风相对逼视，一动也不动。

众人心中大奇，元叶媚皱了皱眉头，低语道：“如风遇上对手了!”

“这是谁家的狗呢？竟能做如风的对手。”元定芳也有些吃惊地自问道。

元叶媚望了一会儿，低声道：“这灰狗似乎并不是人养的，而是野狗，你看这些野狗，大概全都与这只灰狗有关，说不定还是这只灰狗招来的呢。”

“那这些野狗怎么不上去帮忙？如果这些野狗一起上的话，如风就是再厉害，只怕也没命了。”元胜奇问道。

“这个我就不懂了，难道这只灰狗乃是这些野狗之王?”元叶媚禁不住自问道。

“狗也会像人一样，讲究单打独斗吗?”元定芳有些好奇地问道。

“是了!”元叶媚恍然道，“这只灰狗便是野狗之王，它是向如风挑战的，身为野狗之王，自然不能让其他的狗相助。狗有狗性，也有自己的规矩，若是对异类，它们或许早就群攻而上了，但对同类却仍有它们的原则。”

“表姐说得有理，你看它们可还真像是两个高手在交手呢。”元定芳有些兴奋地道。

“看来它们是势均力敌，难分胜负，正在僵持着。”元叶媚这两年多来，对驯狗之道所学极精，对斗狗之术更是得心应手，她很清楚地便可看出双方的僵局。

“那我们该怎么办？要是一个不好，将这群野狗招惹来了，可就麻烦了。”元定芳担心地道。

“我们要是分了如风的神，只怕它会落败，我们不能在这个时候干扰它。这就像是两个高手相争一般，它们的整个心神全用在对方的身上，若是稍一分神，对方便有机可乘，也许就会因此而落败。”元叶媚分析道。

“那我们只有等了?”元定芳问道。

“我也没有办法可想，也许蔡风有办法，可是他却不知道身在何处。”元叶媚神色黯然，魂为之消，幽幽地道。

元定芳想到绝情那冷漠空灵却又充满忧伤的眼神，也禁不住感到黯然，绝情的确像是一个谜，一个梦，谁也无法猜透，无法摸捉出他的感情。是呀，他现在在哪里呢？元定芳禁不住在心中幽幽一叹。

就在众人想出了神之时，虚空之中竟悠悠飘来一阵淡漠而空远的旋律，并不是人所熟知的曲子，甚至可以说并无章法，可每一个简简单单的音符相拼，却有一种说不出的魔力，似乎可以将人引入一个神秘莫测的另一空间，更可以让人感觉到吹曲之人的那种落寞而忧郁的情感。

“绝情!”元定芳恍然如自梦中醒来一般，忍不住呼道。

“绝情?”元叶媚扭头疑惑地望向元定芳。

“是他，是他，一定是他！世上没有谁可以吹出他这般落寞的曲子，我听过一次。上次在山谷之中，他也是吹的这首曲子。”元定芳有些激动地道。

“你们看!”元胜骇然指着那野狗群道。

众人一惊，只见几只野狗向如风扑了过去，而元叶媚府上的几只战狗立刻相护，但野狗太多，根本护不了。

如风一分神，那灰狗向后一跃，跳出战圈，却并不是乘机追击。

那灰狗一跳出战圈，野狗群便停止了攻击，显然野狗群的攻击只是想让如风与灰狗停战分开而已，这也正是元叶媚所愿。

“呜……汪……”那灰狗低吠了几声，倒像是在向如风解释什么。

野狗群迅速会合，全都聚在灰狗的身后，而元府的战狗却紧紧地立在如风身后，虽然强弱悬殊，可两方阵势分明，俨然两军对垒之势。

“这灰狗是听了笛音才罢战的!”元叶媚肯定地道。

“表姐不是说这灰狗是野狗吗？怎会是听了笛声才罢战呢?”元定芳奇问道。

“你认为这笛音真的是绝情所吹吗?”元叶媚不答反问道。

“一定是!”元定芳肯定地道。

“难道这只荒野狗王和绝情有关系?”元叶媚皱着眉头不解地道。

“即使是绝情饲养的也并不奇怪呀，他这人行事神出鬼没，莫测高深，也许这荒野狗王真是他饲养的也说不定呢!”元定芳倒像是极为了解绝情一般，认真地道。

“那我们去找他!”元叶媚语出惊人地道。

“去找绝情?”元定芳骇然惊问道。

“对，去找绝情!”元叶媚坚决地道。

“小姐，这……”元胜欲言又止。

“你不用管，我决定的事情谁也改变不了，芳妹，你不是很想见他吗?”元叶媚问道。

“可是，可是……”元定芳也不知该说什么，脸禁不住红了起来。

凌通一边嗑着瓜子，一边听着陈志攀闲聊，但也听得津津有味。

陈志攀乃是老江湖，四处行走的浪子，见闻之广博自然不是凌通这久居深山、初出茅庐的大孩所能相比，而萧灵更是深居侯门，对江湖半点不知，虽然跟着萧隐城北行，却被下人呵护着，根本没有机会体验江湖的生活。只有与凌通一起，这才真正地深入了解了一些江湖，但与陈志攀相比，自是大大不及的。

而陈志攀觉得凌通豪爽慷慨，更心喜对方一颗赤子之心，不免对两个孩童大生好感，再加上他本身也是一个极为豪爽之人，行事极为独立，江湖险恶见得太多，在这种险恶的江湖之中能得一颗赤子之心，自然分外珍惜，这才会毫无顾忌地高谈阔论。

凌通更不时地插上一两句，让陈志攀讲得更为起劲，将一些江湖经验，毫不保留地告诉凌通。

此刻，这阁楼之中已经差不多都坐满了人，长乐王府倒是十分尽心地招待，当然，众人是不会知道将有什么戏要上演的，但既来之则安之。不过，没有江湖人不喜欢凑热闹的，即使没有什么好戏可看，这么多的江湖人士聚在一起，能找几个老江湖聊聊也不错嘛，是以阁楼之中人声嘈杂，四处都是噪声。

这些都是附近黑白两道的人物，当然也有自远道路过的英雄豪杰，这次长乐王府并未曾发下请柬，是以很多成名人物都未前来。所来之人全都是一些三教九流之人，却没有人明白长乐王府这是想干什么，因为等了老半天仍未曾有丝毫动静，也未见王府里的重要人物上台说话。

正说间，陈志攀突然顿住话声，向凌通和萧灵做了个手势，道：“等等，我有一点小事，去去就来。”

凌通和萧灵微微一呆，并不介意地道：“陈大哥有事就去做吧，别管我们。”

陈志攀也不解释，立身便向外走去。

凌通和萧灵相视一笑，品了口热茶，扭头向陈志攀行出的方向望去，却陡然禁不住一震，眉头微微一皱，一道阴影在心头升起。

那是一道极为熟悉的身影，而陈志攀正和那身影一起拐入了一座假山之后。

野狗群迅速散尽，就像刚才只是一场梦一般。

元叶媚的心禁不住变得沉重起来，也不知将会发生什么事情，更不知绝情究竟是不是蔡风？

“你们全都留在这里，没有我的吩咐，不能跟过去，否则定以家法伺候！”元叶媚咬了咬牙道。

“小姐，你……”元胜担心地道。

“你不用多说，我自有分寸！”元叶媚固执己见地道。

元胜和平三诸人禁不住全都呆住了，面面相觑，不知如何是好。

“你们不用担心，绝情绝不会伤害我们的。”元定芳极为自信地道。

笛音悠悠淡去，空中再次变得寂静起来。

元叶媚策马而行，在笛音传出的谷外带住缰绳，跃下马来，有些迟疑不定地向谷中靠去。

元定芳的心情也极为紧张，脑中又浮现出绝情深沉而落寞的面容，以及那永远也无法读懂的眼神……

“汪……汪……”那只大灰狗突然出现在一块巨石之顶，对着两人低吼起来，似乎是在向两人示威。

元定芳和元叶媚一惊，身后的如风也一副护主欲战之状，一上一下，“汪汪”对吼着。

“天网，不得无礼！”一声极为冷峻却又淡漠的声音自谷中传来。

“漠漠寒山，匆匆过客；独酌清风，笑看世情。佳客远至，何不现身一叙？”谷中传出的声音依然是那般落寞而清逸。

元定芳心头一颤，元叶媚脸色也刹那间变白，两人相视望了一眼，同时移步行入山谷。

黑狗如风也紧跟其后，像是个忠实的护卫。

“绝情！”

“蔡风！”

元定芳与元叶媚同时低呼出声，这背影她们实在是太熟悉太熟悉了。

那背影微微有些颤动，并未回头，只是有些莫名其妙地自语道：“荷上落花凑风雅，一曲品尽梦未醒；褪尽青衣非本意，四时轮回总有期。”旋又淡淡地吁了口气，接着道：“有缘总会随缘至，相约有期，未到梦醒时。”

“你究竟是蔡风还是绝情？”元定芳有些迟疑地问道，这几句模棱两可的话的确让人有点摸不着边际。

那人缓缓扭过头来，一张清秀、俊逸却似有着远山般落寞的脸庞映入两人的眼帘。

“阿风，真的是你吗？”元叶媚霎时变得有些软弱地望着对方，幽幽地问道。

这人正是变成了绝情的蔡风！

“蔡风又如何？绝情又如何？谁是谁？谁又不是谁？我也不知自己到

底是谁?”蔡风淡然而落寞地道。

“你是绝情!”元定芳早已习惯了对方的这种语气和调子，那种落寞而空寂之感也只有绝情才具备，这种矛盾的表现也只有绝情才会拥有。

元叶媚却是另一种心情，蔡风当初决然而去，便是因为她，至少在她的心中是这样想的，此刻绝情说出这种话来，她心中认为蔡风依然在生她的气，神色禁不住泣然。

绝情的目光在元定芳脸上扫过，微微一笑，道:“我们又见面了。”

元定芳心下一颤，低下头去不敢正视绝情的目光，再也无法保持当初的那份自若与坦然。

“相约不如随缘，若不嫌山野清寒，何不坐下细细品味一番这红尘之外的世界呢?”绝情悠然道。

元定芳知道在绝情生命中有一面的确是充满着出世之意，那种静逸于山林，独品孤寂的性情正是她心中所向往的。

“你……不记得我了吗?”元叶媚神情有些凄然地问道，声音却有些颤抖。

绝情神色有些异样地再次盯着元叶媚，那种似曾相识的感觉极为清晰，但却总是无法自记忆的角落中找出她的身影，不由深深地吸了口气，道:“我知道姑娘乃是邯郸元府的大小姐元叶媚，在下曾在长孙兄和定芳小姐的口中听说过。昨日斗狗之时我也见过小姐，但却似乎想不起我们有过什么交往，想必是小姐认错人了。”

“不会，不会，你还在生我的气吗?两年了，两年了，你就这样狠心，连去邯郸看我一眼都没时间吗?”元叶媚凄然如泣地低诉道，这两年多来她心中积压的情感在这一刹那再也无法控制。

绝情一愣，心头充满了无限的怜惜，立身而起。

元定芳吃了一惊，绝情竟然是打着赤脚，而他所坐之处正是山间小溪之畔，看那带气的水珠，就知他的双脚刚才是浸在溪水之中的。如此寒冷的天气，若非水在流动，只怕早已结冰，便是溪流也都给冻住了，而他却以赤脚浸入水中，怎不叫元定芳大吃一惊?

元叶媚也一阵惊愕，还未回过神来之时，绝情已经立在她的身边，数丈的距离便像是根本不存在。

她们两人都未曾见到绝情如何动作，犹如一阵幽风，一个幽魂，抑或他根本早就立在元叶媚的身边。

绝情抬起手来，用青衫上的衣袖缓缓拭去元叶媚眼角的泪水，温柔地安慰道："世间情为何物？伤人伤己，你又何必牵挂着一个无情无义的人呢？"

元定芳一呆，心头微微一酸，元叶媚却更是禁不住抽泣起来，扑入绝情的怀中就像是只受伤的小鸟。

绝情心头并未泛起半丝涟漪，只是有着无限的怜惜，扭过头来向元定芳苦涩地笑了笑。

元定芳心头微微一暖，也便释然。元叶媚这两年来，苦苦地思念着蔡风，而此刻面前的绝情几乎与蔡风长得一模一样，抑或他本身就是蔡风。元叶媚将绝情当成蔡风那是极为正常之事。一个人的感情积压太久，的确需要发泄一下，而绝情便成了替代品。

元定芳自然想不到，眼前的绝情乃是货真价实的蔡风。

良久，绝情轻轻地推开元叶媚，拭去她腮边的泪水，柔声道："我并不是蔡风，但我却能体会到姑娘对蔡风的感情。不管怎样，如果蔡风知道你如此深爱着他，他一定会原谅你的。"说着轻轻一叹，又道："我真羡慕蔡风，有这么多朋友，还有你这般美丽的姑娘爱着他。"

元叶媚的脸色"刷"的一下变得苍白无比，认真地盯着绝情的眸子，似乎想将他看穿似的，但是她失望了。

绝情的眼中只有一种淡淡的落寞与深邃，就像是那遥不着边际的天空，深邃得没有限度。

"我叫绝情，一个没有过去，也不会有将来的人。"绝情的话语中有些苦涩，在他的心底始终潜藏着那丝不能抹去的善良。

毒人并不能够完全抹杀他的本性，这就是绝情体内无相神功的妙处，始终在他脑中存在着那么一份博爱。而在没有金蛊神魔的命令之时，他的善良已是他思想的主宰。是以，此刻的他对元叶媚充满了怜惜，但却没有半丝亵渎之意，更似乎隐隐对自己那种不能自控的命运有着一丝叹息和无奈，因此才会有着这么多的感慨。

“表姐，他的确是绝情而非蔡风。”元定芳补充道。

元叶媚也知道自己太过冲动，禁不住有些不好意思地退后几步，茫然若失地道：“对不起，是叶媚太过冲动，让公子见笑了。”

“世间情几多？世间痴情人几多？世间遗憾又有几多？谁笑谁？谁能笑谁？谁又有资格笑谁？活着就是一种恩赐，让我们好好地珍惜和享受生命，岂不是更好？”绝情目注远山，像是哲人一般淡漠而轻缓地道。

元叶媚禁不住陷入沉思，细细地品味着绝情的话，竟如当初蔡风的话语一般，每每让人反省，是那般富有哲理和诗情。这正是蔡风能够让人难以忘怀的原因，便像是永远也没有人可以猜透他的深度，永远都无法捉摸出他的智慧究竟有多深。

“珍惜生命何其容易，享受生命却又是何其艰难，红尘世俗谁能跳出？你们不是常说，人在江湖身不由己吗？那谁又能真正的享受生命呢？天下是男人的天下，女人又算是什么？有多少人将我们当做是一个完完全全的人看呢？生命的本身就是无奈。享受生命，哼，享受生命何其艰难！”元定芳忍不住出言感叹地道。

绝情一呆，淡然道：“定芳所说的确很对，生命的无奈并不取决于我们自己，而是在于一切非个人力量所能改变的现实。”说完竟又缓步踱至小溪边，坐在一块抹得很干净的石头上，那白皙而精巧的赤脚再一次泡入水中，像是极为享受一般。

# 第九十九章　荒谷奇缘

元叶媚和元定芳不由自主地跟着绝情来到了小溪旁边，但望着缓缓流淌的溪水，不敢脱鞋。

“你不怕冷吗？”元定芳极为讶异地问道。

“冷热就如喜怒哀乐一般，只是身体和感观之中的一部分。一个人完全融入自然，就已经不再拥有身体，那只是一种精神的境界，生命的形式也便因此而多姿多彩起来。”绝情悠然道。

元叶媚和元定芳禁不住有些呆呆地望着绝情，元叶媚却想到当初蔡风说世间那几种形式的人时，那种落寞而无奈的神态，竟与此人极为相似。

元定芳却因绝情的论述极为独特，而禁不住陷入了沉思之中，她是一个极为聪慧之人，最喜欢用自己的脑子去看问题，是以，绝情的每一句话她都会用自己的脑子过滤一遍。

“对了，看定芳似乎有很多感慨，定是心事重重，却又不知是为何而烦，为何而恼呢？”绝情一转语调道。

元定芳竟异常得平静，望了望蓝天，淡漠地道：“你不觉得我出现在亳州有些不合常理吗？”

绝情并没有插话，他知道元定芳一定会继续说下去，只是微微点了点头，表示的确是有些不合常理。

“你一定认为这次是我想来凑热闹，看看斗狗，但事实上，这斗狗的项目乃是因为我而临时加上的。”元定芳淡然而伤感地道。

“此话怎讲？”绝情也有些不明所以地问道。

元叶媚突然插口道：“定芳已经决定，谁能够杀死莫折念生，她便嫁给谁，准备在今日招集一些江湖人物后宣布这一决定，让这些人将之传遍天下。”

绝情的神色刹那间变得有些怪异，漠然地盯着元定芳。

元定芳知道绝情是在询问她，禁不住黯然地点了点头，道：“莫折念生杀了我爹和我娘，身为人女，此仇不共戴天，而我一个女流之辈又不能领兵上阵，也只能以此来达成我报仇的目的。”

“你也赞成吗？”绝情缓缓地将目光移向元叶媚的脸上，问道。

元叶媚禁不住低首不语。

绝情仰天吁了口气，道：“战争本身就是残酷的，死亡也是在所难免，没有人可以改变这种弱肉强食的世界，我不能说莫折念生不该杀你爹，更不能说你不该为你爹和娘报仇，可是，你不觉得这种报仇方式很傻吗？”

元定芳和元叶媚全都默然无语。

“先不说莫折念生的实力如何强大，当然不能否认有些人会为此而动心，但谁都知道自己的生命重要。要杀莫折念生，在他势盛之时，仍没有人有如此能力，而在他势弱之时，根本不用你这个条件，自然会有人杀他。再说朝廷岂会袖手不理？岂会让莫折念生得意？最着急的人不应是你这个弱质女流，而该是朝廷。你这样一宣布，就等于将自己变成了朝廷赏给功臣的礼物，而非真正的报仇。”顿了一顿，绝情又接着道，“萧宝寅和崔延伯已经出兵，这两人都是难得的大将之才，有他们出手，莫折念生就要遭殃了。你乃是皇亲贵族之家，只要莫折念生兵败，你让人提取他的人头，根本就用不着任何许诺。而若你许下诺言，就没有人会想得到，将来提着莫折念生人头的究竟是怎样一个人物了。定芳一直在说命运难由自己掌握，可是有些时候却完全是自己一手造成的，如此你以后能有的，只是后悔，可到时候后悔也晚矣。绝情话尽于此，定芳听不听只在于你。”

元定芳定定地望着绝情，突然道：“绝情，你能帮我吗？”

绝情苦涩地笑了笑，道：“杀死莫折念生绝不是一件易事，我曾杀死过莫折大提，莫折念生定不会再若当初他父亲那般容易对付，而现在，我还有要事待办，在这几个月之中，大概也没有时间去对付莫折念生。”

“那几个月后呢?”元定芳充满期待地问道。

绝情深深地望了元定芳一眼，吸了口气，道：“若有机会，杀掉莫折念生也无妨，但我无法保证一定便能杀死他，一句完全没有把握的承诺是不现实的，绝情也不想加之这样的承诺。”

元定芳心头一阵酸楚，幽幽地道：“我知道这的确是强人所难，莫折念生拥有千军万马，杀死他又岂是一件容易的事?就当定芳没有说什么好了。”

元叶媚知道如此说下去定会陷入尴尬之中，不由得转换话题问道：“那只灰狗是你训练出来的吗?想不到世上竟还有这种好狗。”

绝情神情中微显一丝欣慰，道：“天网本是一只野狗王，似乎早就已接受过训练，但后来却不知为什么返回荒野，其性极烈。我是在它被狼群围攻之时救下的，顺便将其驯服，这的确是一只深懂人性的好狗王。”旋即话锋一转，道：“你那只黑狗也不错嘛，我原以为这个世上再不会有比天网更好的狗了，但你那只黑狗竟与它相持不下，也是一只绝世好狗，若非我以笛音相解，只怕它们会斗个两败俱伤。”

“咦，他们是你们的人吗?”绝情突然将眼睛向山石后一斜，淡漠而充满杀机地问道。

元叶媚和元定芳吃了一惊，绝情说变就变，此刻的形象倒似是一只充满凶意的猛兽，那浓浓的杀意只让她们两人自心底发寒。

元叶媚和元定芳扭头向那块大山石后望去，却什么也没有看到。

“出来，鬼鬼祟祟的干什么！想死还不容易吗?”绝情声音极为冷厉地喝道。

元胜的身形自山石之后转了出来，却并不畏惧，向绝情行了一礼，道：“元胜见过蔡公子!”

绝情禁不住向元叶媚望了一眼，元叶媚立即训道：“我吩咐过你不要过来，你却不听，这是为何?”

元胜认真地道：“如果属下知道是蔡公子，自然不会过来，可是在属下不知对方身份之前，对小姐的安危极为挂怀。若是小姐和表小姐有什么意外的话，只怕属下回去，这颗脑袋就不够用了，是以只得冒昧跟来。小姐要怪，属下自也无可奈何，更何况，此刻已是下午，若再不回去，只怕天黑了，长乐王府定会大乱一场，我不得不来提醒一下小姐。”

元叶媚的神色微变，元定芳却插口道：“这位乃是绝情公子，而非蔡公子。好了，你先退出去吧，我们很快就会跟来。”

元胜望了绝情一眼，心中暗自嘀咕，却并未作声，只得微微欠身退了出去。

绝情望着退出去的元胜，淡淡地道：“你们还有很多事情要办，实不必守在这野山寒水之畔，不如就此别过吧。”

元叶媚和元定芳相视望了一眼，同声问道：“你住在哪里呢?”

绝情悠然一笑，道：“你看那天上的白云，无风时，就在我们的头顶铺成一幕优雅；有风时，它自己都不会知道下一刻将定位何处。浪子若云，这是洒脱也是无奈和痛苦。”

“浪子若云。”元定芳口中低念着，突然苦涩地笑道，“浪子若云，而我却是什么呢?”

“你依然是你，无论是过去、现在，还是将来，你永远都只会代表着你自己。”绝情幽然道。

“你以后可以来看我吗?”元定芳有些期待地问道。

绝情想了想，道：“我不知道，有缘终有相见时，无缘强求亦无用。正如今日，我只想到荒野中走走，却没想到会意外地与你们相遇。”

元叶媚神情显得极为惨淡，却没有人知道她在想些什么。只在这个时候，突然道：“我们回去吧，只怕长乐王府已四处寻找我们了。”

元定芳恋恋不舍地望了绝情一眼，无力地说声再见，转身就被元叶媚拉着向山谷外走去。

“灵儿，你坐一会儿，我去去就来。”凌通拍了萧灵的肩膀一下，悄声道。

“怎么了?”萧灵有些不解地问道。

那人的身影，凌通的确很熟悉，正是那晚在山林中交过手，后来被梦醒带走的大胡子，而陈志攀竟与这人走在一起，那他究竟是个什么人呢？

凌通快步行近那座假山，心头却极感诧异，盘算着大胡子怎会在这里出现？而梦醒带走他之后又发生了什么事情呢？

难道是被他从梦醒手中溜了，或许是……凌通感到有些费解，身形一闪，钻入一个小假山洞中。

陈志攀的身形一晃，出现在凌通眼前，极为优雅地向阁楼中行去。

凌通禁不住大为不解，如此短暂的时间，他们究竟说了些什么呢？思索间，突地想起管严的话来，那群流匪、马贼与南朝郑王乃是朋友，难道这些人是想对付灵儿？

于是心中极为矛盾，又暗忖："陈大哥似乎是个极好之人，怎会和大胡子马贼混在一起呢？若是要对付灵儿，昨晚为什么不下手呢？他们本应有很多的机会，难道他们还有什么更大的图谋不成？"

半晌，不见有人走来，凌通立刻钻出假山洞，这个角落并不受人注意，此刻长乐王府中江湖人物众多，但大多数却在阁楼之中品茶、喝酒，根本没有机会去注意那个并不起眼的角落。

行上阁楼，萧灵老远便看到了他，喜道："通哥哥回来了。"

陈志攀望了他一眼，笑道："凌兄弟回来了。"

凌通装作一副笑脸道："陈大哥已经先回来了，这大王府找个方便的地方都有些难。"

一旁的人听了，禁不住都哄笑起来，对凌通也多加注意了几眼。

陈志攀也禁不住好笑起来，凌通却大方地坐在萧灵身边，腰间插着被白布紧裹的连鞘剑！

"凌兄弟，只怕我没时间陪你们玩了，刚才有位兄弟来找我，我有事需要立刻去办……"还未等陈志攀说完，凌通便爽直地道："陈大哥有事尽管去办，不必管我，我大不了在这里多玩几天，当然能够自己照顾自己。"心中却在暗想："他这般告诉我，又是何用意呢？难道真的没有为难我们的意图？可是那大胡子怎会出现在这里呢？"

"凌兄弟能这般想真是太好了，待我办完事便回来找你，再陪你们玩上几天，咱俩倒真是一见投缘，来！我敬你一杯。”陈志攀爽直地道。

“好，干！灵儿，你也来喝一小杯。”凌通毫不含糊地道。

萧灵眉头微微一皱，可是凌通让她喝，她绝不想违拗，仰头喝了一小口，却咋了咋舌。

凌通和陈志攀不由得好笑，凌通掏出手绢为她擦去嘴角的酒渍，赞道：“真是好灵儿。”

刘傲松敲响了刘瑞平的房门，刘承东的神色更显肃穆。

开门的是海燕，见刘傲松和刘承东两人同时于深夜赶来，不由得一惊，骇然问道：“总管和松老这么晚来，可是发生了什么大事?”

“平儿可曾休息?”刘承东淡然而冷峻地问道。

“小姐这几天都休息得很晚。”海燕有些担心地答道。

“没休息就好，我有很重要的事情要对她说，你去通知一声。”刘傲松道。

“松老进来吧，大家都非外人。”刘瑞平的声音似乎满怀幽怨。

刘傲松和刘承东同时跨入房中，海燕心神突然没来由地颤了一下，霎时绷得极紧极紧。

那是因为刘傲松身后的一个人。

那人带着竹笠，一身微黄的披风紧裹着他修长而雄伟的躯体，看不清脸面，是因为笠沿压得太低太低。即使海燕仰视也只能够看清对方那微显消瘦的下巴，但她却可以感觉到这人身上所散发出来的气势，是霸者之气，更有一种不可言状却让人震撼无比的神韵。那是一种感觉，绝不会因为看不清对方的面貌和样子而存在于心的感觉。

那人紧跟在刘傲松的身后行入门中，海燕这才醒悟过来，却似一道惊鸿在心头划过，那种压力顿减。

门外却是刘承福和刘承权两人立守，另外一些家将都站得比较远。形势和往日的确是大有不同。

“难道是真的要发生大事不成?”海燕心头暗想，但却极为知趣地关上了房门。

刘瑞平正落下手中的一颗黑子，极为慵懒地收了收貂裘，扫了刘傲松和刘承东一眼，当看到他两人身后那头戴竹笠的神秘人物时，禁不住有些诧异，她的闺阁除了几个少数主要人物，任何外人都不能入内，虽然此时离开了刘府，可每到一个地方，家人都会为她安置一处极为精致的闺阁。但今日，刘傲松和刘承东竟带来了一个陌生人。

绝对是陌生，刘瑞平的直觉告诉她，这是一个从未有过接触的人，但他究竟是什么身份呢？居然能劳动刘傲松和刘承东这两位在刘家可谓位高权重的人物。

"平儿还没有休息吗？"刘承东柔声道。

"这一局还未战罢，睡意不浓。"刘瑞平依然是那般平静而淡然地回应了一声。

秋月迅速前来倒茶，刘瑞平的目光却又落在神秘人的身上。

的确，这神秘人物全身上下都散发出一种极为异样的感觉，使人的心中升起一片宁和祥静。

望着他，似乎是在看一片一尘不染、浩白而素静的雪野，一种深深地跳出世俗红尘的意境是那般清晰。

虽然她无法看到对方的面貌，也未见过对方的动作，可对方只是那么随便一立，就有一种完全嵌入周围环境的感觉，没有丝毫的压迫感，反而显得那般自然而贴切。

这是个高手，绝对是！而且是一个可怕得不能再可怕的高手。刘瑞平见过的高手也不少，可是却没有任何一人能给她这种感觉。

"平儿知道我带谁来了吗？"刘傲松打断刘瑞平的思路问道。

刘瑞平轻轻地摇了摇头，道："我猜不出来，也不必猜，我该知道的，不猜也会知道，不该知道的，猜对了也无用。既然是客，便请坐吧。"

刘傲松一愕，刘瑞平那轻松的答话的确出乎他的意料之外，也让他碰了一鼻子灰。

"哈哈，平儿终于长大了。"刘承东却欣慰地淡笑道。

"刘小姐蕙质兰心，贵琴丫头果然没有说错。"那神秘人物爽朗地笑了笑道。

“贵琴？你是他什么人？”刘瑞平立刻吃了一惊地问道。

“他就是闻名于天下的北魏第一刀蔡伤蔡大将军！”刘傲松充满敬意地道。

刘瑞平肃然而起，神情激动之下竟有些手足无措的感觉。

秋月和海燕更是大惊，差点弄翻了倒好的茶杯。

刘傲松的话的确太过突然了，她们做梦也没有想到，这神话般的人物，会突然出现在这小小的房间中，而且隔得如此近。

“瑞平见过大将军！”刘瑞平稍稍镇定后，立刻行上一礼道。

蔡伤一手摘下竹笠，另一手轻轻拂了一拂，刘瑞平就像是跪在云端一般，却怎么也跪不下去。

“何必行此大礼，我已经不再是当年的大将军，只是一介草民，何况今日是有事前来相求，怎能受小姐如此大礼？”蔡伤悠然道。

刘瑞平无论如何也无法跪下，心头微骇，细看蔡伤，确有几分神似蔡风和蔡念伤，只是更多了一些沧桑之感，两鬓也微白，双目之深邃，有若星河，似乎包容着整个天地。刘瑞平心头不自觉地涌出无限敬仰之情，暗想：“有这般父亲，难怪会有蔡风这般出色的儿子，只可惜蔡风此刻不知身在何处。”想到这里，心头禁不住一热：“蔡风会不会与他父亲同来呢？会不会就在外面……”

秋月在背后悄悄拉了一下刘瑞平的衣角，将她从沉思之中惊醒过来，想到刚才所思的神态被蔡伤看见，不由得俏脸微红，语调也显得极为客气地道：“请坐！”

“不知大将军今日前来是为何事呢？”刘瑞平有些疑惑地问道。

“刘小姐与我儿念伤及蔡风都是朋友，我看就叫我一声伯伯好了，我已不是什么将军了。”蔡伤淡然一笑道。

“蔡大将军对我们刘家有大恩，已经是自己人，你就听蔡大将军之言吧。”刘承东认真地道。

刘瑞平知道刘承东绝对不会说谎话，虽然她并不知蔡伤如何有恩于她刘家，但自刘承东和刘傲松两人的神态可以看出来，这恩一定不同寻常，心头更是有些喜意地道："既然是这样，瑞平今日之后就又多了一个伯伯了，不知瑞平能帮伯伯什么忙呢？"

"平儿可知道这次南行，路途极为危险？"刘傲松严肃地问道。

刘瑞平想了想道："危险是有，可是咱们这么多的家将，而且南朝靖康王府又有兵马接应，应该不会有什么问题吧？"

"如果是这样的话，危险自然可以少很多，但如果事实并不像我们想象得那般，结果又会是怎样呢？"刘承东吸了口气道。

刘瑞平幽幽一笑，道："无论结果如何，对我的影响并不大，我又能决定什么？我又能主宰什么？说白了，我仍不过得听命行事。若只是因为这些事，我不想知道和了解，那似乎没有必要，也不想去费这个脑筋。"

刘傲松和刘承东脸色微变，这几日来，刘瑞平的心情很不好，或是因为离蒙城渐近，抑或是即将进入南朝之故吧，使得她的脾气越来越坏，这当然不是因为一旦进入南朝，她就不能再如往昔一般自由，主要还是因为这次的送亲，她便像是一件物品，这自然无法令她释怀。

蔡伤却似乎极为欣赏，很温和地道："我很明白瑞平的心思，有些时候，命运并不是不可以逆转的定局，那只是看人如何去创造和把握。"

"可是事情已经成为定局，又怎能改变，又怎能有机会改变？"刘瑞平有些气馁地问道。

蔡伤想了想，道："我们今日前来，也就是关于如何改变这个定局，如何去创造和把握机会。当然，最后事情会发展到怎样一个局势，我们都无法猜到，这就要看瑞平有没有这个决心和胆色。"

刘瑞平眸子之中闪出了一丝光亮，若是此话是刘承东与刘承东所说，她或许根本就不用相信，但说话的人却是被公认为武林神话般的人物蔡伤，却有着一种不能不令人信服的力度。因此，她声音之中微带希冀地道："愿闻其详！"

刘傲松和刘承东相视望了一眼，吸了口气道："事到如今，已经不能够再瞒着你了！"

凌通一手拖着萧灵，身子依然捷若灵猫，刘高峰指点的那几个动作技巧，他很快就可以自如地运用于身法之中。

陈志攀竟也是个高手，但始终未能脱开凌通的视线。

凌通的确极为机警，竟真个把追逐野兽的本领全都用上了，眼观六路，耳听八方，神经每一刻都处于紧绷状态，萧灵却是小弩上箭，也极为紧张，她没想到这个表现得如此亲切豪爽的陈志攀会是个可怕的人物，但凌通的话，她却信为真理，她相信凌通绝不会冤枉别人。

离开长乐王府之后，凌通就决定要一探究竟，否则日后自己是怎么死的都不知道，到时做个糊涂鬼可也太不值了。

长乐王府的聚会是不欢而散，最终什么消息和决定都没有，使得众江湖人物有些失望，虽然王府招了一批人物，但凌通却没兴趣，是以早早离开了长乐王府。一入夜，便全副武装地跟踪陈志攀，今日白天没弄清那大胡子的行踪他还大叫遗憾，这一刻自然不能放过陈志攀。

陈志攀似乎没有考虑到有人跟踪的问题，竟连头也不回，很快就出了城。

那城墙对于武林中人来说似乎根本不算什么，此刻亳州城还算是极为安定，守城的官兵都十分疏散，对于有人自城墙之上翻出根本就不可能察觉。

凌通微微有些迟疑地跟着翻出城墙，他身上带有钩索，做这种夜行之事极为轻松便利。他当然不能让萧灵守在客栈中，那样他更不放心，而萧灵也不会愿意，他们两人一起行走已经习惯了，似乎谁也离不开谁，反正两人配合杀敌也不错，因此凌通就带着萧灵一起出了城。

出城之后，他们的身形似乎更为隐秘，虽然寒风凛冽，可他们却有虎皮袄，更有搭耳帽，将自己保护得极为严密，自然不会害怕寒风的侵袭，更何况，凌通这般拖着萧灵飞奔，本身就有点发热。

陈志攀似乎对这里的路途熟悉至极，根本就不犹豫，一气长奔，若非凌通内力大增，耐力也激增，只怕带着萧灵早就已经落后很多了，甚至追丢也不为奇事。

萧灵更是轻松，她根本就没用什么力气，虽然她的轻功也可以，但却没有施展的机会，而且，即使她全力急奔，只怕也没陈志攀的速度快。凌通这般拖着她跑，自是不用花力气，却比她自己跑的速度要快。

奔行了十余里，前方竟出现了一点幽幽的火光，似乎很远，却又似乎极近。

当发现火光具体位置之时，却是在奔行了数里之后，真有看山跑死马之说。

凌通知道事情已经有了些眉目，不由得放缓脚步，因为他知道，此处可能已是危机四伏，稍一不小心便会被对方发现行藏，那可就不妙得紧。若说只有陈志攀一人还好说，但谁知道这里有没有比陈志攀更可怕的高手呢？抑或陈志攀根本就不是坏人，而自己这般不信任他，岂不是太过于小气？那他们以后怎能再做朋友呢？是以，凌通变得极为小心翼翼，借着茅草和灌木作掩护，慢慢向火堆逼近。

“根据可靠的消息，南朝的特使可能不再是靖康王的人，而是郑王萧百年安置的奸细，更有可能涉及到魔门中人，是以在蒙城接应我们的人不再是靖康王的兵马，而是郑王要命的队伍。”刘傲松神色凝重地道。

“啊!”秋月和海燕同时一声惊呼，刘瑞平的脸色也变得极为难看，这个消息的的确确大大出乎她的意料之外，也太惊人了。

屋子之中沉静了片刻，刘瑞平才吸了口凉气道：“那我们是不是要在蒙城调动兵马，将接应的假特使除掉呢?”

“不，那样只会打草惊蛇，就算能够对付郑王，却也无法对付魔门中的贼人，而最可怕的并不是郑王的兵马，而是魔门高手，因为他们更防不胜防。”蔡伤断然道。

“可是，那我们有什么更好的办法呢？再则萧正德本身就是存心相欺，我们又能如何解决呢?”刘瑞平担心地问道。

“萧正德倒没有问题，问题只在于南朝皇室内部之争，这已经是矛盾的尖端。因为，萧正德派来的人已被萧百年的人在半路上截杀了，才会使他们获得了密函。萧百年以有心算计萧正德无心，加上内奸相应，这事本身的确是天衣无缝，只可惜任何隐秘都不可能是十全十美的，我们早一步获悉他们的奸谋正是上天之助。”刘承东有些兴奋地道。

“最可虑的，乃是处在暗中的魔门中人，这批人的行踪便是我也未曾发现，但他们一定存在着。”蔡伤极为肯定地道。

“魔门中又是些什么人?”刘瑞平有些疑惑地问道。

“这一点你不必知道得过于详细，因为说来话就长了，总之魔门的实力可怕得能够让朝廷倾覆，当年慧远大师聚各路义士组织成白莲社，集佛道两教合天下之力才将魔门击溃，散布于江湖各处。而今，魔门又重聚为患，经过百多年的休生养息，其实力之强，外人根本无法估量。”蔡伤淡淡地道。

“我也曾听说过魔门之事，在很多年前仍然流传有天魔门之说，只是近年来很少听到，还以为绝迹江湖，却没想到又乘乱而出。”刘傲松吸了口气道。

“当年慧远大师结社除魔，正邪大战的确是惊天动地，若今日之魔门有昔日之势，天下又有谁能与之抗衡呢?”刘承东禁不住担忧地道。

蔡伤淡然一笑，道：“今日之魔门比之昔日要相去甚远，虽然魔门中人才济济，可是据我所知，魔门已经分为南北两系，都想夺得天下。是以他们之间仍然存在着极大的矛盾，很难携手合作，这就使他们的实力大大削弱了，但他们潜在的实力依然极为可虑。”

刘瑞平微微松了口气，道：“即使这样又能如何，我们有数百家将相护，其中高手不乏其人，若是真动起手来，也不一定会输给他们。”

蔡伤叹了口气，显得有些伤感地道：“也许你们所说不错，若对方愿意相拼的话，你们不一定会输，甚至会赢，但若对方不想与你们硬拼，他们只须派一个人前来，那你们这里的所有人只怕全都无用武之地。”

刘瑞平和刘承东诸人还是第一次听到蔡伤用这种语调说话，心头禁不住感到骇然，刚才虽然蔡伤与他们分析了前途的艰险和一些情况，可魔门之事却绝少提出来，现在见他将魔门说得如此可怕，都禁不住有些不敢相信。若说话者不是蔡伤，只怕三人都会嗤之以鼻，但这话自蔡伤的口中说出来，其分量又自不同，谁也不敢小看。

“也许你们并不相信，但事实的确如此，现在天下间能与这个人抗衡的只怕仅有两人，一个是我，另一人便是尔朱荣。若黄海与我当年几个对手未曾退出江湖，那么他们也可算得上。”蔡伤认真地道。

“世间竟会还有一个这样的高手？不知此人究竟是谁呢？”刘傲松有些吃惊地问道。

“绝情！”蔡伤无可奈何地叹了口气道。

“绝情？就是初出道便力杀莫折大提的绝情？”刘承东也吃惊地问道。

“不错，就是他，他的武功足以列入当世高手前四位，甚至比我和尔朱荣更可怕。”蔡伤吸了口气道。

“这怎么可能？传说绝情只不过是一个极为年轻的年轻人，他的武功就是打娘肚子里练起，也不可能胜过大将军呀。此话若非自大将军之口说出来，我还真会大笑一场。”刘承东毫不作伪地道。

刘瑞平若有所思地问道：“这绝情究竟是一个什么样的人呢？他如此厉害，那他的师父岂不是更加厉害？若是他师父出手，岂不是真的无人能敌吗？那时魔门又有谁能抗拒呢？”

蔡伤再次吸了口气，道：“绝情本不是魔门中人，只是现在是而已。”

“大将军熟悉这个人？”刘傲松奇问道。

“不错，天下大概没有谁比我更熟悉他了。”蔡伤神色微显黯然地道。

屋内除蔡伤之外，所有的人都禁不住感到愕然，不明白蔡伤所说之言的原因，而世间竟会存在着这么一个人物，连蔡伤都没有把握对付。若果真是这样，那蔡伤刚才所说的话，的确不是危言耸听。假如有一个等同于蔡伤这般的高手，且不择手段施以暗袭，的确没有人可以抗拒。

蔡伤调理了一下自己的情绪，伤感地道：“这个绝情不是别人，正是我儿蔡风。”

“什么？”除蔡伤之外，所有的人都禁不住惊呼出声，似乎世上再也没有比这更让人惊讶的话了。

特别是刘瑞平和秋月、海燕三女，脸色都变得极为难看，心头也一阵发凉。

“怎么会这样?”刘瑞平有些软弱地问道，心底涌出一股酸楚。

“风儿已不再是当初的风儿了，此刻的他已经完全失去了往昔的记忆，是个受制于人的毒人。”蔡伤无可奈何地道。

“毒人？这是怎么回事?”刘承东有些不解地问道。

“如果绝情就是令郎，怎会武功如此可怕，更如何能胜过大将军呢?”刘傲松更有些不解地问道。

众人的目光全都集中到蔡伤的脸上，期待着他的答复。

“风儿成为毒人之后，他的功力暴增三倍以上，躯体也异于常人，其生机更强百倍，武功在一瞬之间突破极限，这是外人根本想象不到的。他曾与尔朱荣交过手，虽然只是几招，但尔朱家族中人传出他的武功绝不逊色于尔朱荣，他也与我交过手，而我更险死于他的刀下。”蔡伤忧虑地道。

“这……这怎么可能?”刘傲松不敢相信地道。

“洛阳城中，这是事实，他已经不认识以前所有的亲人，包括我这个父亲。而只听命于他的主人金蛊神魔田新球，是以，为了完成田新球的任务，他不择手段地对付我。险死还生之后，我才知道他已经变成了毒人，而他的下一项任务则是抢走瑞平，制造一幕英雄救美之戏，然后自瑞平手中骗出道家至宝《长生诀》，交给金蛊神魔田新球。”蔡伤认真地道。

刘瑞平和刘傲松及刘承东同时一惊，惊讶地望着蔡伤，不敢相信地问道：“大将军如何知道《长生诀》之事?”

蔡伤哂然一笑，道：“这也并不为奇，天下没有不透风的墙，郑王为何愿意摆明得罪靖康王？就是因为他知道《长生诀》的秘密，而这秘密却是魔门传出的，至于魔门是如何得知此秘的，便难以知晓了。”

刘瑞平脸色变得十分苍白，吸了口凉气低问道：“伯伯准备让瑞平怎么做呢?”

“要想给魔门一记狠击，唯有一个办法!”蔡伤肃穆道。

“什么办法?”刘傲松和刘承东迫不及待地问道。

“让绝情恢复本性，破开田新球在他身上所设的禁制!”蔡伤声音有些沉重地道。

“怎样才能够解开蔡公子的禁制，让他恢复本性呢?”刘瑞平再一次充满了希望地问道。

“在来这里之前，我去了一趟积金，向通明大师请教了一秘方……”说到此处，神情显得有些为难地转换话题道，“我想让另一人易容为瑞平，去实行此法。”

“我不行吗?”刘瑞平奇怪地问道。

蔡伤神色有些尴尬地道：“虽然你也行，但你千金之躯却不能冒险，否则，只怕我也无法向老太爷交代。”

刘瑞平心头一阵疑惑，更涌起了一团疑云，蔡伤可是极不含糊之人，可为什么说出这个药方时，却如此吞吞吐吐，“千金之躯又怎么了?”刘瑞平心中不由暗暗打定主意：“一定要得知那方子，为了让蔡风恢复本性，冒点险算什么?”

她自然想不到这个方子的异样之处，连刘傲松与刘承东这样的老江湖都有些疑惑，但既然蔡伤这么说了，他们也不好再追问。

“可是若绝情发现所抓之人不是我，那又该如何呢?”刘瑞平问道。

“那只得听天由命了，我也没办法可想。”蔡伤叹了口气道。

屋内之人不禁全都愣住了。

火堆之旁，竟是一座极为简陋的木屋，虽然极为简陋，但用来挡风是绝对没有问题的。

让凌通吃了一惊的却是在木屋四周踱步的几只大狗。

陈志攀掠近，那几只大狗极为亲热地靠上用嘴舔了舔陈志攀的手，显然极为熟络。

“看好门，知道吗?”陈志攀在那只舔着他手背的大花狗脑门上轻拍了一下。

“呜……汪……”大花狗一跃退了开去。

“是老三来了吗?”木屋之中传出一声极为苍老而浑雄的声音。

凌通心头一惊，这声音真是太熟悉太熟悉了。

“我来迟了一步，让几位兄弟久等了。”陈志攀推开木屋的门，烛焰一晃，门便又关上了。

“通哥哥，怎么了?”萧灵小声对着凌通的耳朵问道。

凌通一惊，低应道：“没什么。”可心里却在暗忖：“他怎么也会出现在这里呢？又怎会和陈志攀在一起？还有那大胡子是不是也在其中？抑或是我听错了声音呢?”旋即又否定地暗忖道：“不会，不会，绝对不会听错，定是剑痴，我和他对骂了一年多，怎么也不会听错他的声音，可是要不要显身见他们呢?”

“通哥哥，我们要不要过去看看他们想干什么?”萧灵问道。

凌通苦笑道：“除非我们首先将那几只狗杀掉，不然我们便过不去。”

“那我们怎么办呢?”萧灵又问道。

“我也不知道该怎么办，不过，这些人似乎都是我的朋友，应该不是坏人。”凌通道，心中暗暗分析，剑痴乃是梦醒的人，而陈志攀却和剑痴称兄道弟，那大胡子又找过陈志攀，那么说大胡子也是梦醒的人了。如此看来，这帮人自不会害自己，想到此处，凌通心中放宽了不少。

正想着，身后不远处突然传来了匆匆的脚步声。

几道人影快捷无伦地自凌通身边不远处掠过，若非两人所选的藏身之处茅草与灌木极杂且多，只怕此刻已被他们发现。

这些人有两人各背着一只大麻袋，刚靠近小木屋便高声喊道：“兄弟们，快出来帮帮忙，有恶狗追咬。”

凌通一惊，却发现这群人身后有数十人紧追而至，才明白对方口中的恶狗是指什么，但同时暗自担心自己会不会被识破行踪。

百忙之中，凌通一拉萧灵的手，猫着腰向几棵大树之后溜去。

虽然小木屋之前有火堆，可是凌通距小木屋仍有七八丈远，因为他的确对那些狗是敬而远之，昨日见过那斗狗的场面，对狗的能耐总有些高估。是以，他所处之地光线极暗，又借灌木杂草作掩护，自然没有人发现暗中会有这么一号人物的存在。

# 第一百章　智斗魔门

阴影之中，凌通迅速爬上树，与萧灵选了一处横杈，挤入暗处，若非在大树之侧，抬头上望，则很难发现他们的行踪。此季正值腊月，树叶已经落光，虽然没有树叶的掩护，但夜色掩护的效果也并不逊色。

小木屋依然很寂静，倒是几只狗却狂吠不停，篝火依旧燃得极旺。

那数十人身形一至木屋七丈范围之内，就呈扇形散了开来，神情极为紧张，但也渐渐对小木屋成包围之势，并不断缩小包围圈，至四丈许，全都刹住脚步，若一群觅食而噬的野狼般，紧紧地盯着猎物。

那几只狗仍在狂吠，但却不敢攻击，似乎也嗅到了那浓烈的杀气，感觉到死亡的气息在逼近，竟有些畏怯地缩在一角，狂吠的声音越来越低，渐渐陷入沉默，偶尔低“呜”一两声。

木屋并不是很大，但却没有任何动静，自那几人蹿入木屋之后，便若陷入了死寂一般，静得让人有点窒息之感，唯有凄厉的北风仍在呼啸嘶鸣。

凌通也感觉到有些不耐烦了，他最讨厌的就是这种闷战，不愠不火，半点热闹劲也没有。不过，他已经深深感觉到，这份热闹迟早会到来的，只是心中暗想：“我是不是应该帮一帮剑痴他们呢？这些人又是什么来路，武功似乎都并不弱。”

“朋友，还不出来吗？若再不出来的话，我们可要不客气了。”一道极为雄浑的声音传入凌通的耳朵。

凌通暗自吃了一惊，这人的功力可是极高，只怕自己都不是他的对手，如何还能助剑痴？只不知这些人是什么来路，难道又是刘府之人？可是说话的音调却有些不一样。

“这人我认识。”萧灵把小嘴凑到凌通的耳边低声道。

一股淡淡的幽香杂着热热的气流，使得凌通心头一荡，但他却知道，只要自己稍不小心，就会被对方发现行踪，那可不是好玩之事，说不定还会小命归天。于是只好强压住心神，低问萧灵道：“他是你的朋友吗？”

“不是，他是平北侯府的外务总管昌久高，专门为平北侯处理一些外务，而平北侯是郑王的人，郑王又害我靖康王叔，所以这些人不是我的朋友。”萧灵充满恨意地道。

“奇怪，你们不都是一家人吗？为什么要相互残杀呢？真不明白他们的心是怎么长的。”凌通不解地问道。

“皇族中就是这个样子，谁也没办法。”萧灵无奈地道。

“那平北侯又是什么人呢？”凌通忍不住问道。

“平北侯叫昌义之，当年因稳守钟离，以三千人马抵抗北朝数十万大军，后与韦睿大败北魏南伐大军，就那一战让北朝元气大伤，无力南伐，才成为军中重要的人物。”萧灵小声地道。

凌通对这些可是半点也不知道，也不怎么喜欢去注意战争方面的事情，更没有蔡风那种天生的军事天才。与蔡风那对天下形势了若指掌的气魄相比，他的确仍是个小孩子，这也便是蔡风的可怕之处。

天下间，像蔡风这样的奇才，的确找不出第二个，他天生就是最佳猎人的材料。

“他是南朝的人，怎会跑到这里来呢？难道他们不怕官兵来追捕他们吗？”凌通有些不解地问道。

“这个，我就不知道了。”萧灵也有些茫然地摇了摇头道。

凌通心中暗自好笑，如此询问萧灵自然是没有结果，暗忖自己怎么变得糊涂起来了呢？

“若是再不出来，我们可要放火烧屋子了。”昌久高冷冷地道。

“哈哈，你想烧吗？烧呀，放火呀，‘失魂草’熏人肉的味道肯定极好，到时候，你们一人吃几块，别忘了我们的好处就是了。”一道极为悠然的声音自木屋之中传了出来。

接着木屋之中涌出一阵哄笑，似乎他们都对生死毫不在意，抑或知道对方根本不敢放火。

昌久高的脸色变得极为难看，也似乎的确被对方的话给震住了。

凌通却一惊非同小可，心中又自大喜，暗忖道："怎的木屋之中会有失魂草呢？若拿失魂草来制造迷香，或加入一些到蒙汗药中去，那岂不是可以制出天下最厉害的迷香？哇，怎么也要想办法弄上一些来。"可是他又有些奇怪，这失魂草乃是生长在极北苦寒之地，而且十数年才能开一次花，开花一载便会枯死，而未开过花的失魂草只能算是劣品，唯有在开花之后，而未枯死之间的失魂草才最具神效，可以想象出失魂草的数量极少，要想弄上一些极品的失魂草也还真不容易，却不知这些人是怎么弄来的，又拿来干什么呢？

"总管，他们不出来，我们就以石块将他们的木屋砸烂，不相信他们会不出来！"一名汉子望着木屋冷冷地道。

"他好像是叫昌富。"萧灵又低声对凌通道。

凌通心里却暗惊，若是用大石块砸木屋，只怕木屋真的经不起几下子，到时候那些人该怎么办呢？

木屋之中再一次陷入了寂静。

昌久高狠声道："你们听到没有，只要你们交出失魂草，我们可以网开一面，不再追究你们的过失，但若敬酒不吃吃罚酒，那我们就只好不客气了。"

木屋之中又传来一声极轻的笑声，道："我们什么酒都喜欢喝，平生爱酒，敬酒只那么一杯，而罚酒却是三杯，看来还是罚酒划算一些。"

凌通和萧灵有种忍不住想笑的冲动，望向昌久高，果然见他大怒，昌富极知趣地一挥手，便立刻有十余人去搬石块了。

这里的地面似乎清扫得十分干净，除杂草和灌木之外，却并无大的石块，想找一块稍大些的，都要退出十数丈，那是个不大的乱山岗，大小石块倒是极多。

凌通心中暗想："要是自己能够帮助他们的话，大概也只能利用这个机会了，可是那样自己的行踪就会暴露，如果只有自己一人，自然不会害怕，但身边却有萧灵，可不能连累了她。”是以只好打消去对付那些搬石块之人的计划。

良久，凌通感觉到有些不太对劲了。

也的确有些不对劲，连昌久高也感觉到了，因为那些去搬石块的人，一个都未曾回来，连半点声息也没有，就像是被这寒冷的冬夜给吃掉了一般。

这是怎么回事？那乱山岗之中有很多石块，而且与这小木屋的距离只不过是十几丈远，虽然是在黑夜之中，但那些人也不应该到这个时候还未回来呀。

昌久高扭头望了望那黑沉沉若墓冢一般阴森的乱山岗，心头禁不住微微发寒。过了这么多时间，就是走上三五个来回也足够了，可是这搬石块的十余人，竟然没有一个回来，只凭这一点就不得不让人心寒。

昌富吸了口凉气，皱着眉头低声道：“总管，只怕情况有些不对。”

昌久高望了望剩下的二十余名属下，低声吩咐道：“你带几名兄弟前去察看一下，小心一些。”

昌富心头也有些发毛，那十几名兄弟都无声无息地失踪了，到底是遇到了什么事情呢？而他前去，又会是怎样一种结果呢？但他根本不能犹豫，因为这是昌久高的命令！

昌富也是个极为小心的人，领着五人，向着乱山岗呼叫了几声，但声音全都融入空荡荡的寒风之中，根本没有人回应。

行进数丈，乱山岗依然是黑沉沉的一片，找不到任何生命的气息。

凌通也感到大为奇怪，这十几人无声无息地失踪了，到底是什么人干的呢？难道是陈志攀他们的人？可这又有些想不通了，只是这黑漆漆的夜晚，便是凌通的眼力再好，也无法看清乱石岗的景况，但既然有人已经帮他出头了，他自然乐得在树上纳凉。

“吱……吱……”木屋突然门墙齐开，现出密密的一排箭孔。

昌久高还来不及呼叫，劲箭已经怒射而出，密密麻麻，显然是有备而发。

昌久高诸人都并未带来强弓硬弩，也不知他们是从什么地方追来，根本未曾备有劲箭，但剑痴却是装备已久。

这突然而起的攻击，又是在如此近的距离之中，昌久高的属下虽然武功不弱，可事出仓促，也立刻有数人中箭而倒。

惨叫之声立刻划破了夜空的寂静。

昌久高根本不知道木屋之中究竟有什么安排，抑或有什么样的人物，因此不敢贸然闯入，于是只得退后、躲闪，他根本没有更好的应敌之法。

昌富那头也突然发出几声惨呼，跟着又是几声闷哼。

凌通很快便看见昌富惊惶地暴跌而退，跟在他身边的五名弟子，只有两人未曾倒下。

再定眼一看，昌富已一跤跌倒，“哇”地吐出一口鲜血，显然是受了极为沉重的内伤。

昌久高脸色极为难看地掠到昌富身边，却并未发现有任何敌人的存在，禁不住暗惊，急问道：“到底怎么回事？”

“有高手暗伏！”

木屋之中再一次陷入寂静，那箭孔之中只可以看到黑暗，没有半丝动静，但昌久高那些属下却心弦绷得极紧极紧，也不知道木屋之中会再有什么攻击，他们未得到对木屋进攻的命令，更不能放火对木屋进行焚烧，而搬石块砸也已是不可能，竟在刹那间变得有些束手无策，不知该如何办才好。此刻昌富再次受伤，只让他们心头发寒。

昌久高的心头也在发寒，对方竟能够在一招之内将昌富击成重伤，单凭这一点，就已经可以肯定对方是一个可怕到极点的高手，而对方却又是在什么地方呢？这完全是难以想象的，对方能够在如此短暂的时间中逸走，定是借着夜色之助。

一个高手本已经很可怕了，一个不择手段、隐于暗处的高手却是更可怕。

“烧掉这些草！”昌久高怒吼着吩咐道。

那些人总算是找到了事情，这时风大，而且茅草和灌木又干燥，若是放一把火，肯定会烧得一点不剩。

凌通也大惊，若是这样，只怕他也再无法遁形了，那可就麻烦大了。

那些人迅速拾来篝火之中的柴棒，朝着茅草灌木四处烧了起来。

凌通大急，小声地道："不能让他们发现了我们，咱们用箭射他们！"

萧灵立刻会意，小弩轻张，对准一名正在不远处引火的汉子射去。

劲弩无声无息地透入那人的后脑，他到死也不会想到，敌人就在他的头上。

"呀……呀……"数名正在放火的汉子突然发出一阵惨叫，有几人随即倒下，但有几人却是蹲着身子惨叫不已。

受到攻击的竟是几只巨大的兽夹，那锋利的铁齿扎入骨肉之中竟也不发出声响。

火光越来越大，昌久高的脸色也越来越难看，今夜之局，自己等人竟是掉入一个陷阱中来了。他们根本就未曾与对方正面交手，便已经死去了二十几人，他如何能不惊？

惊骇加之大怒，使他更为清醒，因为他知道，今夜若不能让对方显身，那么他只有一条路可行，那就是死！

"烧屋子！"昌久高喝声道，却并未曾发现凌通与萧灵的存在。

凌通心中暗自担心，若是这些人什么都不顾地烧房子，那可是大大的不妙，而自己难道就要眼睁睁地看着对方杀死剑痴与陈志攀诸人？可是自己若出手，对方人多势众，且都是高手，自己和萧灵肯定只会是死路一条，除非剑痴有足够的力量对付敌方剩下的二十余人。

"呼……呼……"昌久高那些下属对烧那片荒草倒是生了畏惧之心，但让他们烧这小木屋却是胆气十足，也恨意十足。

"通哥哥，我们要不要阻止他们？"萧灵在凌通的耳边低声问道。

凌通却有些为难。

木屋着火极快，虽然并未浇桐油，可顶部却是干得不能再干的茅草，自是一遇火源便丝毫不能抗拒地着火了。

凌通的脸已经被火光照得极红，只是对方仍未曾注意到这棵树上有人而已，但凌通的心已经绷得极紧极紧，如果这样下去，即使自己不出手，也会被对方发现，到时候，他们岂会不找萧灵麻烦之理？说不定真还小命难保，而此刻若出手，鹿死谁手还不能定论呢。

那二十几人已经在全神戒备前后两方，但谁也不曾注意到头顶的大树杈上潜伏着杀机。

凌通望了望火势渐旺的小木屋，咬了咬牙，在萧灵的耳畔低声道："你伏在这里不要动，我去对付他们。"

萧灵虽然对凌通极为信服，可是敌人太多，而且知道对方的来路，自然很清楚双方力量的悬殊，不由得担心道："他们人多，又厉害，还是不要去为好。"

"不行，就是不去，过一会儿还是会被他们发现的，不如现在就下去，也许还能给陈大哥助上一臂之力呢。你在这里别动，千万不要让他们发现，否则到时我可是不能照顾这许多了。"凌通坚决地吩咐道。

萧灵知道没法说服凌通，只得担心地道了声："小心！"

凌通轻若灵猫地溜上了另一棵树，因为此刻那些灌木、茅草的"噼啪"之声极大，凌通的动作本就十分轻巧，是以并无人发现他的行踪。

凌通向萧灵打了个眼色，小弩轻张，无声无息地射出箭矢，吹箭更是无声无息。

"呀……"只听数声惨叫，就已有五人倒下，另一人中箭后一声惨呼。

萧灵也在同时发出了攻袭，吹箭可以连发两次，但萧灵毕竟未曾习惯使用吹箭，其中一支便失去了准头，扎在一人的大腿之上，但吹箭乃是用剧毒炼制，射中大腿也跟要命是一回事，萧灵只出击一次，便静伏不动。

当凌通以极快的速度再次连射两箭时，昌久高终于发现了他的位置，于是如愤怒的大鹰一般向他扑至。

凌通"嘿嘿"一声怪笑，手中白光一闪，却是一柄飞刀若流星般射向昌久高。

飞刀的劲道、角度和速度，都绝对不能轻视，昌久高不敢大意，从这一刀中，就已经看出对方是个极难对付的角色。

也的确，自从凌通功力大进之后，他的武功已经完全有资格挤入高手之列，虽然实战经验仍稍欠缺，可他的机警和猎人的狡黠却足以弥补这方面的缺陷。

凌通再不犹豫，自树上飞扑而下，却是选择那正有些慌乱的小兵，避实击虚就是他主要的战略方针。

“咚咚……”敲门之声惊扰了元叶媚的思路，从沉思中回过神来，却发现那一钩弯月已升上中天。

“谁呀?”元叶媚极为慵懒地问道。

“禀小姐，是定芳小姐。”被元叶媚支出门外的丫头小心翼翼地回应道。

元叶媚微微一愕，心中暗感奇怪：“夜已深了，怎么她还未曾休息呢?”但仍轻轻地吩咐了一声：“让她进来吧。”

“吱呀——”烛焰晃了一晃，元定芳那俏丽的身影就已进入了房中，反手关上房门。

元叶媚发现她的容颜有些憔悴，依然强打起精神，轻柔地问道：“芳妹这么晚还没睡吗?”

元定芳涩然一笑，道：“因为我知道表姐今晚肯定无法入睡。”

元叶媚粉脸微红，以纤纤玉手极为惬意地拂了一下披散的秀发，出神地望着灯火，有些淡漠地道：“芳妹未睡的原因和我相同?”

元定芳并不掩饰地点了点头，随即紧靠着元叶媚而坐，也有些默然地望着跳动的烛焰，室内陷入了一片死寂，唯有两道极轻的呼吸之声在推动空气。

良久，元叶媚方轻问道：“你说他会不会既是绝情又是蔡风呢?”

元定芳很明白元叶媚的意思，她自己本身就有一些困惑，不由得反问道：“表姐对蔡风的认识有多深呢?”

“我不知道，他就像是一座永远无法让人看透的山峰，但我却对他的特征极为熟悉。”元叶媚有些苦涩地笑了笑，软弱地道。

元定芳一呆，绝情不就是这样一个人吗？永远都难以猜到他的深度，而且常常是有意或无意地出现在一个让人想象不到的地方，她根本无法明白，为什么绝情会如此崇尚荒野和山林，如此喜欢大自然，而他所说的每一句话都似乎包涵着极为深刻的哲理。

“那你可有在绝情的身上发现蔡风的特征?”元定芳淡然问道。

元叶媚脸上微微泛起一丝红润，轻轻地摇了摇头，道："在他的后背上有块拇指头大的红色胎记，而胸前有三颗黑痣，呈三角之形分布，只要看看绝情有没有这些标志，就可以认出他究竟是不是蔡风。"

元定芳心中大奇，有些惊异地望着元叶媚，却不知道该说些什么好。

元叶媚立刻明白元定芳误会了，不由得解释道："那是他在受了数处重伤之时，我为他包扎伤口之时发现的。"

元定芳这才释然，有些不好意思地问道："那表姐是想一探究竟了?"

元叶媚抬起美目，定定地盯着元定芳，良久才道："我必须找到蔡风!"

元定芳没想到元叶媚回答得如此坚决而肯定，不禁微微呆了呆，有些感叹地问道："找到蔡风又怎样呢?"

元叶媚脸色霎时变得有些惨白，眼神显得十分茫然，软弱地道："我不知道，真的不知道。"

元定芳心中一声叹息，她也弄不明白，感情究竟是什么东西，也许这就是孽，心想："自己何尝不是黯然神伤呢?"

凌通出剑快捷无伦，那层包裹剑鞘的白布，一震即碎，若满天蝶舞，狂散而飞。

那本已有些慌乱的众人，只是在凌通的飞刀射出之后，才真正发现他的位置，但凌通此时的剑已经出鞘。

火光辉映之下，弧光一闪，凌通的长剑已经在一名对手根本未曾反应的当儿，切断了他的兵刃，也在同时割破对方的咽喉。

那仅剩的十数名南朝好手，根本来不及吃惊。

凌通的剑的确是锋利得超出了他们的想象，更何况凌通的功力比他们又高出许多。

昌久高伸手一拔，飞刀自他的剑畔滑落，跌入火势之中，吃惊之下，他来不及思考，便电闪般向凌通扑去。

"呀!"一声惨叫传出，却不知是自何方射至的箭矢。

木屋之顶"哗——"的一声塌入木屋之中，但木屋之中却并未传出半声惊叫，也未曾见到半个人影掠出。

这几乎是不可能的，但事实确是如此。

凌通和萧灵忍不住都惊呼了起来，为那塌落的小木屋而惊呼。

陈志攀究竟怎样了？剑痴究竟怎样了？

萧灵的惊呼声没有逃过这些人的耳朵，立刻有两人向萧灵所在的树杈上爬去。

萧灵也知道再也无法隐藏身形，更不会再作任何留手，劲弩一松。

在极短的距离之中，对方根本就来不及反应，就被弩箭钉入了胸膛。

萧灵轻巧一跃，剩下的一人见对方弩机来不及上矢，不由得大喜，而对方又是小孩子，哪还会有不手到擒来之理？

萧灵没有闪避，就在那汉子的手臂离她还有六尺，而也正是那汉子得意欣喜之时，萧灵的嘴上多了一根近尺长的芦苇杆。

那汉子来不及细看，也来不及想那根芦苇杆究竟为何物之时，突感胸口一麻，一道锐利的劲风透体而入。

一道死亡的阴影升上心头，那扑至的大汉依然跃高了三尺，却再也无法进一步接近萧灵，身形跌落于火堆之中。

萧灵并不惊慌，她身离地面两丈多高，虽然树下的茅草已经着火，但火焰却无法卷到这个高度，只是热气逼人。

“小心了，灵儿！”凌通却是极为关心萧灵的安危，忍不住惊呼道。

萧灵心头一热，极顽皮地在树干之上跳了两跳，跃出火势范围之外。

昌久高却把肚皮给气爆了，想不到今晚是被两个小孩给要了，此刻见木屋已经烧塌，犹未曾见有人逃出，唯有那几只狗狂吠而逃。

萧灵正自得意，突然脚下一紧，一根不知从何处袭来的软鞭若毒蛇一般卷住她的脚踝，她来不及惊叫一声，就被掀下树来。

握鞭之人乃是一个光头汉子，只见他目露凶光，对这接连损失他两名兄弟的小女孩是恨之入骨，所以一出手就是杀招！

萧灵惊慌之中，仍不忘挥手一撒，一蓬灰末直盖而下。

“啪……”萧灵被重重地摔在地上，虽然她会轻功，可这一摔仍痛得惨叫一声，眼泪都滑出了眼眶。

那光头汉子正准备继续施以杀手，突然觉得一阵昏眩，来不及弄清楚是怎么回事便轰然倒地。

萧灵很快爬起，可劲风突至，本已跌得晕头转向的她哪有抗拒之力？

凌通更是大惊，一惊之下，昌久高的大杵已经幻成一幕黑影，有若天罗地网般罩下，劲气之猛，几乎让凌通有些窒息。

要知道，昌久高曾是昌义之属下的第一猛将，力大无比，虽然人并不是很高大，但一根铁杵却重达一百三十六斤，确实是一个绝不能轻视的高手。

只凭对方这一手，凌通就知道自己的功力和臂力仍差对方一筹，只有趋避一途，但萧灵遇险使他已经乱了方寸。

"当！"一声爆响，凌通禁不住"噔噔噔……"倒退数大步，手臂酸麻无比，却未能切断对方的大杵，毕竟重兵刃占优势，且对方在功力之上又弥补了兵刃许多的缺陷。

"哧……"凌通匆忙之中仍甩出两柄飞刀，他与萧灵之间的距离不近，知道出手援救已是鞭长莫及，更何况他的处境也不很乐观。

仓促中的凌通，两柄飞刀的角度虽准，但却力度不够，对方轻而易举就将之击落，于那攻击萧灵的贼人根本起不了作用。

当萧灵被刀风惊醒过来的时候，三柄刀距离面门已不到两尺之距，吓得她一身尖叫，在尖叫的同时，只觉得脚下一滑，仰面跌倒，却是有人重重地拖了一下长鞭。

三件兵刃全都斩空，但萧灵却是吓得闭上了眼睛，自以为非死不可。

昌久高并不想给凌通任何喘息的机会，他本以为对方只是个小孩子，刚才那一杵便足以将之击毙，但出乎意料之外的，却只将凌通震退了几大步，甚至没有受伤的痕迹，反而还能乘机发出两柄飞刀，那他的功力之高，的确是出乎昌久高的意料之外，一个如此年轻的人，却身具如此功力，将来岂不是一个极为可怕的祸害？是以他的杀意极浓！

凌通见萧灵避过致命的一击，可心头仍是叫苦不迭，因为在他的身形未稳之际，已有五件兵刃朝他斩来。

对手根本就不管他是不是个小孩，更不讲什么江湖规矩，一心要置凌通于死地。

百忙之中，凌通只得倒地一滚，以极快的速度几个翻身，在背上被划开两道刀痕之时，终还是避开了五件要命的兵器。可是情况一点好转也没有，随着一股强大的压力只让他喘不过气来。

昌久高的铁杵以君临天下之势猛砸而下！

凌通暗叫这次完了，他根本就不可能回剑格击。

“嘭！”一声闷响，凌通只觉得脸上一热，一股浓浓的血腥味扑入鼻子之中。

没死，凌通有这个感觉，昌久高的那一重杵并没击在他的身上，代他而死的人，是那用鞭的秃头。

可怜的秃头，在昏迷之中被大杵击碎了脑袋仍懵然不觉。

一个昏迷的人自然不会舍身救人，援助凌通的是一个身材高大的蒙面人。

黑暗之中，凌通仍能一眼辨出对方就是剑痴，在这要命的时刻，剑痴不知是从何处蹿出来的，凌通没有看见，就是昌久高也未曾发现，因为在他的大杵击碎秃头的脑袋之时，就已经感觉到剑痴的存在。

似是黑暗中逸出的魔鬼，那浓浓的杀气，且似乎无所不在的气机，让昌久高不得不放弃对凌通进行攻击的念头，因为他并不想死！

萧灵脚上的那根软鞭突然竖起，像是一条噬人的毒蛇，不是攻向萧灵，而是射向那攻击萧灵的三名汉子。

萧灵的身体突然如羽毛般飞升，当她睁开眼时，发现自己竟在树杈之上，而她刚才所处的位置上，立着的人正是陈志攀。

凌通和萧灵都有些吃惊和不解，明明见到他们在那小木屋之中，而小木屋被烧穿屋顶之时，他们都未曾出来，那他们究竟是从哪儿出来的呢？

不单是凌通与萧灵感到吃惊与茫然，就连昌久高也大为不解，因为此刻出现的不止是剑痴和陈志攀两人，而是那一群盗走失魂草的人都在此时出现了，可刚才自己明明见到这些人冲入了那小木屋，这一切……

但他根本没有机会去思考，此刻的战局根本就是一面倒的局式。在人手之上，剑痴这方此刻已占了优势，昌久高本来有四五十人，但此刻却只剩下十余名；在武功上，对方比起剑痴这群人要逊色一些，而凌通除了怕那个昌久高之外，对付其他的人还不是轻松无比？配上那一柄锋利无比的宝剑，真如斩瓜切菜一般，杀得兴致大起。

萧灵望着地上火头四起，虽然身在高处，可再也感觉不到北风的寒冷，反而有些热热的感觉，尽管地上的厮杀十分惨烈，但她却对此不以为意。

刘承福推开房门，低道了声：“请！”

刘瑞平和刘承东诸人的眼神全都落在来客的身上。

蔡伤淡淡一笑，道：“她是我的义女凌能丽。”

刘承福顺手又拉上房门，凌能丽轻轻地掀落头上的斗篷，露出让人心醉的绝世容颜，就连刘瑞平也禁不住心头颤动了一下。

“能丽见过义父、两位老爷子和刘家小姐。”凌能丽的落落大方之态，更衬出一份清灵而纯美的韵味。

刘承东和刘傲松望了望她，禁不住又回头看了看刘瑞平，若让他们评说谁更美一些，只怕他们永远也回答不出来。

唯有蔡伤依然平静，世间万物似乎已经没有什么可以让他失去镇定。

刘承东此刻才真的明白为何刘文卿会如此迷恋这个女子，此刻也不会为刘文卿的表现感到惊讶了，试想一下自己，如果倒回三十年前，会否做出同样的傻事呢？想着禁不住再次打量了凌能丽一眼。

凌能丽眉目之间蕴涵几缕淡淡的落寞，那坚定果断的眼神，一股自骨子里透出的野性的确是没有任何男人可以抗拒的。

“伯伯准备用凌妹妹来易容成我吗？”刘瑞平心中有些酸酸的，但语气却是极为平淡地问道。

“不错，我的身边有位易容高手，可以让她的容貌与瑞平变为一模一样。”蔡伤极为自信地道。

“那太好了，既然这样，大将军又有什么可担心的呢？只要破解之法得当，令郎恢复本性岂不是很容易之事？”刘承东道。

蔡伤涩然笑道：“但愿如此，只是天下间没有人比我更明白风儿的可怕之处，他自小与兽为伍，培养出了超乎常人的觉察力，他可以凭其敏锐的第六感觉辨别出一个人的身份。我担心的是在这之前，他已经对瑞平进行了观察，以他的敏感，只要在之前对某人观察过几次，就是再好的易容之术，也很难瞒过他的眼睛，如果让他发现这处破绽，事情就会难以预料了。”

众人有些难以相信，难道世间竟会真有第六感觉？真会有这比野兽更可怕的人？

那些死于乱山岗的人，尸体也很快便卷入了火海之中，风极大，火头蔓延得很快。

战局已定，唯留下烧焦的地面一片狼藉，凌通极轻松地拭去剑上的血迹，扶下树杈上有些胆颤心惊的萧灵。

“通哥哥，你背上受了伤，还在流血呢。”萧灵关心地道。

“没事，小意思!”凌通故作无所谓地道，目光却落在剑痴那蒙面之上，不甘心地狠声骂道：“我还以为你这老不死的死了呢？害得老子苦等了那么多天，原来你早一步跑到这儿来溜达了。”

众人禁不住一愣，谁也没有想到凌通一上来就骂开了，而且还是对他们老大这般无礼地谩骂。

“小东西几日不见，也还像模像样，只是越来越没体统了，若再这般大呼小叫的话，老子定叫你屁股开花。”剑痴也笑骂道。

众人又是一愣，才明白这老少两人本就是相识，而且还交情不浅。

陈志攀有些奇怪地问道：“凌兄弟怎的跟来了呢?”

凌通有些不好意思地笑了笑，向那大胡子一指道：“其实，今天他来找你之时，我就已经发现，因为当初与这位老兄有过一段……嘿嘿……交情，是以，我就跟在你后面出了城来，谁知道，在这里遇到这么多朋友。”

那大胡子也干笑了两声，神情微微显得不怎么自然，众人却有些不明白凌通口中的交情是指什么，不过看凌通的表情和那大胡子的神态，就可知其中的关系定不简单。

剑痴心知肚明凌通所指，却也不挑明。

“咦，你们是怎么从木屋中出来的呢？我明明看见你们都在木屋之内呀!”萧灵大惑不解地问道。

陈志攀笑了笑，道：“我们是从地底下钻出来的，你们自然看不到了。”

“你们到底是些什么人?”昌久高有些不甘心地问道。

“哈哈……”众人望了一旁被制住穴道且伤痕累累的昌久高一眼，全都大笑起来。

陈志攀语带滑稽地道：“我们是专门来对付你们这群魔崽子的人。”

“对，对，就是专门干让你们这群魔崽子不高兴之事的人。”那大胡子也笑道。

凌通明白剑痴乃是破魔门中人，但说到为何要对付南朝之人却又有些不明白，而且南朝这些人要失魂草又是为什么呢?

在药典上记载，失魂草其性属极寒，除了说明可以炼成最厉害的迷药外，还可让人患上失记之症，但在药典上仍有这样一句：“若用药者配药手段不同，亦可以出现许多不同的功效，但本卷所载不详，因此用药者须甚之又甚……”

凌通对凌伯留下的药典记得比较熟，关于失魂草这一段他也看过，是以对失魂草的兴趣极大。

“哼!”昌久高对这一行人并不看好，虽然他并不明白这一群人的来路，似乎对自己的安危也并不担忧。

陈志攀正想讥讽几句，但瞬即又将声音压了下去，眼中闪出一丝惊讶和骇异之色，然后便是凌通和萧灵。

所有人的目光投向熊熊的烈火之时，所有的人都似乎变成了哑巴。

他们看到了自己终生也无法忘怀的一幕，一件根本就有些不可思议的事情。

烈火之中，出现了一个人，一个在火中活着的人!

之所以说这个人仍然活着，是因为他在动，尽管在熊熊的烈火之中，众人依然无法看清这人的真正面目，就像是这人本身就没有脸一般。

所有人的心底都在冒着寒气，因为这个人此时正向他们逼近。

那么缓慢而优雅的步子，似乎是在赏花观月。

“有鬼!”萧灵忍不住内心的惊恐，呼出一声，一下子抱紧了凌通。

凌通的手心也在冒汗，他亦不知道为什么会这么紧张，但他已经嗅到了一种死气——死亡的气息！

火焰跳动着，似乎在燎烧着那张模糊的脸，似乎在亲吻着那置身于烈焰中的每一寸肌肤，但那鬼一般的人物没有发出半声惨叫。

他似乎完全没有感觉到火的存在，完全没有……没有人能够去想象这可怕之人的可怕！

难道世间真的有鬼？

众人的眼中再一次显出震骇和讶异，难以置信地望着那在火中摆动飘舞的暗黑色披风。

这人不仅不是死人，而且还穿着衣服，甚至连那遮住眼睑的头发也没有半丝受损。

火，似乎完全失去了它应有的热力，如此熊熊烈焰之中，竟然能走出一个穿着完整衣衫的人，抑或他根本就不是人！

根本就不应是人，是鬼！抑或是魔！来自地狱、冥界之魔！

火焰轻轻地分开，像是被一只无形之手分开的乱草一般，露出一条被烧得焦黑的路面。

依然没有人能够看清对方的面目，自那纷乱而散漫的黑发之中，唯有那双眸子之中森寒冰冷的目光透出，似乎刺破了夜色，刺破了虚空，刺破了所有人的皮壳，深深地洒落在每一个人的心上。

暗黑色的披风自那焦黑的火路之间拖出，在寒风中飘摇成一种虚幻的错觉。

死气——死亡的气息极浓极浓。

剑痴的眸子中跳动着一股狂热的战火，一幕暗淡而真实的异彩，但他的心有些发冷！发冷！！

这不是鬼，绝对不是！而是一个实实在在的人，抑或是魔！而且是一个可怕得难以想象的高手，剑痴有这种感觉，一种真真实实的感觉。

凌通的手心在冒汗，这自烈火之中行出的人，就立在距他三丈外的地方。

萧灵抱得更紧，怯怯地自凌通腋下望着这神秘莫测的人。

场中好一阵沉默，那人就像是屹立的冰山，浑身散发着浓浓的死气，像是一个死神的降临！

昌久高的眼中露出了欣喜和快慰的神色，却没有人能够捕捉到，因为，这时所有的目光全都被神秘来客所吸引了。

“朋友是什么人?”剑痴缓缓地踏前一步，以最普通的江湖礼节询问道。

“我不是你们的朋友。”那人的声音似传自幽冥地府般，森冷得让所有人都打了个寒战。

无论如何，只要对方开口了，就不会是鬼、魂之类，也就不会像刚才那么可怕，众人再一次用心地去打量眼前这位神秘人物。

自上到下无一不是暗黑之色，依然无法看清对方的容颜，那散披的黑发形成一道自然而有效的护罩，使人无法一睹其庐山真面目，正是这样的打扮才使这个神秘人物浑身透着一种异样的邪气。

凌通不自觉地握紧了手中的剑，更抱紧了萧灵，他感觉到对方身上的死亡气息越来越浓。

剑痴知道事情有些麻烦，对方的来意并不明显，但冲着今晚这次行动而来却是不可否认，任何人都感觉到了对方的敌意。

“既然不是朋友，也就没有必要再说了，老大，我们走！”陈志攀以退为进地道，伸手就向昌久高一抓。

“哧！”“呀！”陈志攀忍不住一声惨呼，飞快地缩回抓向昌久高的手，一缕鲜血已自指尖滑落。

没有谁会再保持镇定，陈志攀手上插着的是一片叶子，一片干枯的茅草叶！